Atlanta International School
Ecole Internationale d'Atlanta
Colegio Internacional de Atlanta
Internationale Schule Atlanta

The Group One Award
is presented to

Leila Varzi

May 23, 2013

Signature _____

NULLE PART DANS LA MAISON
DE MON PÈRE

DU MÊME AUTEUR

La Soif, roman, Julliard, 1957.
Les Impatients, roman, Julliard, 1958.
Les Enfants du nouveau monde, roman, Julliard, 1962.
Les Alouettes naïves, roman, Julliard, 1967.
Femmes d'Alger dans leur appartement, nouvelles, Editions des Femmes, 1980 ; Albin Michel, 2002.
L'Amour, la fantasia, roman, Lattès, 1985 ; Albin Michel, 1995.
Ombre sultane, roman, Lattès, 1987, Prix Liberatur (Francfort), 1989.
Loin de Médine, roman, Albin Michel, 1991.
Chronique d'un été algérien, Plume, 1993.
Vaste est la prison, roman, Albin Michel, 1995.
La Blanc de l'Algérie, récit, Albin Michel, 1996.
Oran, langue morte, nouvelles, Actes Sud, 1997, Prix Marguerite-Yourcenar (Etats-Unis).
Les Nuits de Strasbourg, roman, Actes Sud, 1997.
Ces voix qui m'assiègent, essai, Albin Michel, 1999.
La Femme sans sépulture, roman, Albin Michel, 2002.
La Disparition de la langue française, roman, 2003.

Films et longs métrages
La Nouba des femmes du mont Chenoua, 1978, Prix de la critique internationale, Biennale de Venise (Italie), 1979.
La Zerda ou les Chants de l'oubli, 1982.

Théâtre
Filles d'Ismaël dans le vent et la tempête, drame musical en 5 actes créé à Rome, 2000.
Aïcha et les femmes de Médine, drame musical en 3 actes, 2001.

ISBN 978-2-7427-8485-1

ASSIA DJEBAR

NULLE PART DANS LA MAISON DE MON PÈRE

roman

B A BEL

à Gayatri,
avec mon affection

De loin je suis venue et je dois aller loin…

KATHLEEN RAINE,
"Le Voyage", *The Pythoness*, 1949.

PREMIÈRE PARTIE

Eclats d'enfance

*L'enfance serait-elle secret inaudible,
poussière de silences ?*

1

LA JEUNE MÈRE

Une fillette surgit : elle a deux ans et demi, peut-être trois. L'enfance serait-elle tunnel de songes, étincelant, là-bas, sur une scène de théâtre où tout se rejoue, mais pour toi seule à l'œil exorbité ? Ton enfance se prolonge pour quelle confidente d'un jour, pour quelle cousine de passage qui aurait vu éclater tes larmes en pleine rue, autrefois, ou des sanglots qui te déchirent encore ?

Un ancrage demeure : ma mère, présente, grâce à Dieu, pourrait témoigner. Dix-neuf ans seulement me séparent d'elle. Quand j'apprenais à marcher, elle se savait, dans la cité de Césarée où les rites andalous se déroulaient, immuables, jouir du statut privilégié de "jeune mariée", avec rang spécial pour trôner dans les fêtes de femmes, porter tant de bijoux précieux, perdus à présent – tels ces oiseaux et ces roses en or qui, dressés au-dessus de sa coiffe de satin moiré, se balançaient lentement, auréolant son front –, elle, idole souriante, yeux fardés et paillettes d'argent rehaussant le haut de ses pommettes.

A présent, moi, sa fillette, je lui tends la main dans le corridor du rez-de-chaussée, chez Mamané, sa mère.

Toute jeune femme, enveloppée de pied en cap dans un voile de satin blanc, a besoin d'un enfant pour aller rendre quelque visite d'après-midi dans la petite cité. Dans ce vestibule, ma mère se couvre lentement du haik immaculé avec franges de soie et de laine. Je peux entendre encore le froissement du tissu, de ses plis fluides autour des hanches et des épaules maternelles, tandis que nous faisons halte dans la pénombre, devant la lourde porte.

Ultime minute d'arrêt : ma main tendue accroche le coin du voile, tout près du corps masqué de la jeune dame. Est-ce que, dehors, je saurai la guider lorsque, toutes deux, nous nous avancerons ?

Celle que j'escorte porte sur le nez un triangle d'organza qui laisse libres ses yeux – c'est le privilège des femmes de ce port repeuplé de réfugiés andalous, trois siècles auparavant. Dans la rue, la dame blanche marchera, regard fixé au sol, ses cils palpitant sous l'effort : moi, je ne me sens pas seulement sa suivante, mais l'accompagnatrice qui veille sur ses pas.

Ma mère, bourgeoise mauresque traversant l'ancienne capitale antique, elle, la dame d'un peu plus que vingt ans, a besoin de ma main. Moi, à trois ans peut-être, puis à quatre, à cinq, je sentirai qu'une fois dehors mon rôle est de la guider, elle, devant les regards masculins. Nous longeons quelques rues, d'abord derrière l'église, puis nous cheminons le long du cirque romain ; nous continuons devant une enfilade de maisons anciennes – chacune avec porte de bois peint en vert, en bleu et présentant une lourde main de bronze pour heurtoir.

La marcheuse est ensevelie sous la soie immaculée, elle dont on ne pourra apercevoir que les chevilles et, du visage, les yeux noirs au-dessus de la voilette d'organza tendue sur l'arête du nez. Ma main frôle le tissu de son voile ; je me sens si fière de paraître à ses côtés ! Je la guide, comme on le ferait pour une idole mystérieuse : moi, son enfant, je dirais son page, ou même son garant, tandis que, s'éloignant de la demeure de sa mère, elle se dirige lentement vers une autre maison familiale.

Les regards des hommes – boutiquiers dressés, badauds assis ou simples curieux – se posent sur nous deux (c'est le début d'un après-midi ensoleillé) ; ils nous réunissent.

Mais si on la fixe, elle, bien qu'invisible, reconnaissable à maints détails du voilement, du gonflement du tissu souple aux hanches, son regard baissé ou se portant au plus loin, moi, la fillette, je ne compte pas !

Je me sens fière car j'introduis ma mère – que je sais la plus belle, la plus désirable – à toute la ville, au monde entier : ceux qui l'admirent, je pressens déjà qu'ils nous jugent, qu'ils nous guetteront, méfiants et circonspects...

Il m'arrivera de penser (mais plus tard) que ces voyeurs, je pourrais les braver – pour elle, pour nous deux !

La mère et sa fillette. Ombre fluette, je transporterai ce duo au-dedans de moi, tant de décennies plus tard : le passage du vestibule à la lumière ensoleillée des premières rues – pas celles du centre-ville, non, le trajet codé, toujours en lisière, le long des ruines romaines – devient ma première aventure. Mon enfance est mobile, mais sous contrôle, encombrée d'une responsabilité ambiguë et qui me dépasse.

Nous arrivons enfin à la demeure de la famille alliée. Accueil de voix joyeuses, bruyantes, dès le vestibule. Les hôtesses embrassent ma mère ; l'une ou l'autre lui enlève le voile, le plie, puis admire sa toilette. Dans le patio, au centre duquel je devine les poissons écarlates glissant dans l'eau du bassin de marbre, agitation et gaieté s'éparpillent.

Du premier étage, par-dessus la rampe, d'autres femmes saluent, promettent de descendre, une fois le café et les friandises servis sur la table basse. Des jeunes filles, des parentes, me soulèvent, moi, la petite, et m'embrassent avec exubérance.

A la suite de ma mère, je dois aller m'incliner devant une ou deux aïeules, l'une presque aveugle, l'autre accroupie sur un tapis, un chapelet dans sa main tremblotante.

Dans la pénombre d'une chambre, quelque adolescent invisible joue du luth. Soudain, des fillettes m'entraînent avec autorité vers un long vestibule obscur ; je dois partager leurs jeux… L'une fait gesticuler des poupées faites de baguettes de bois peint, des *Guaragouz*, l'autre, accroupie sans façon, désire rivaliser avec moi au jeu des osselets.

J'aurais préféré rester là-bas, près de l'oranger amer, ou m'asseoir au bord du bassin tout près de ma mère, pour écouter les bavardages précieux de ses amies.

Une jeune fille m'enlace avec des rires, des baisers qui m'étouffent ; une autre, accroupie à même le carrelage et sans façon, caresse ma robe courte ou ma jupe écossaise.

— Elle est habillée comme une petite Française ! s'exclame-t-elle, ironique ou envieuse, en direction de ma mère qui sourit, ne dit rien.

Puis, après un moment :

— J'aimerais bien, soupire la jeune parente, échanger sa jupe contre mon séroual !

Elle a un regard de dédain vers son pantalon bouffant à la turque, tout de satin fleuri.

"Si ma mère n'était pas là, ai-je secrètement pensé, j'accepterais volontiers l'échange !"

Une autre, à son tour, déclare haut devant l'auditoire "qu'il paraît que son père, au village…".

Je me tais, je me sens soudain étrange, étrangère à cause de ces menus commérages.

— Mais oui, insiste une troisième sur un ton excité, son père lui achète, dit-on, des poupées… pas comme celles que nous fabriquons nous-mêmes avec des chiffons et des baguettes de bois, non… (elle rêve, nostalgique) De vraies poupées comme chez les Français !

Ma mère se lève, s'éloigne vers un autre groupe ; ce n'est là, pour elle, que bavardage.

Moi, silencieuse dans ce patio bruissant des voix de ces femmes de tous âges qui ne sortent qu'ense-velies de la tête jusqu'aux pieds, soudain alarmée par cette remarque, je me sens "la fille de mon père".

Une forme d'exclusion – ou une grâce ?

2

LES LARMES

Remonte en ma mémoire le souvenir d'une fillette de cinq ou six ans, lisant son premier livre : elle est arrivée en coup de vent dans cet appartement du village, avec, à la main, un roman emprunté à la bibliothèque scolaire. Sans embrasser sa mère dans la cuisine, elle a foncé dans la chambre parentale ; elle s'est jetée à plat ventre sur ce lit qui lui semble immense (en face, dans le haut miroir ancien, elle peut s'entrevoir, tout au fond, en une autre fillette).

Oui, à plat ventre, les genoux pliés, ses pieds ayant rejeté les sandales, elle a ouvert le livre et elle lit : comme on boit ou comme on se noie ! Elle oublie le temps, la maison, le village, et jusqu'à son double inversé au fond du miroir.

Lisant, elle décide : "Je ne m'arrêterai qu'à la dernière page !"

Peu après, elle pleure sans s'en apercevoir, en silence d'abord, puis avec des sanglots qui la secouent lentement. Sa mère, qui a préparé le goûter comme chaque jour, entend, de la cuisine, ce lamento ponctué de hoquets. Alarmée, elle se précipite, se fige sur le seuil, contemple son aînée brisée, pour ainsi dire, mais qui continue à lire goulûment.

La jeune femme de vingt-quatre ans – qui ne sait pas encore lire le français, seulement l'arabe – imagine quels obstacles, quels ennemis pour sa petite, dans "leur" école.

— Que t'est-il arrivé en classe ? interroge-t-elle avec inquiétude.

Sans lever la tête, sans s'essuyer les joues, sur un ton de curiosité avide, la fillette palpite d'un trouble tout neuf. Ses doigts tournent vivement chaque page :

— Mais rien ! Je lis, Mma ! s'exclame la pleureuse, fièrement et avec volupté.

Ainsi, pour la première fois, la fillette est saisie – je suis saisie – par la vie si proche, si palpable d'un autre être, le héros de *Sans famille* imaginé par Hector Malot.

Un garçonnet a perdu ses parents : la fillette pleure devant ce malheur, calfeutrée, elle, dans le lit parental – si large, aux montants d'acajou et où, auparavant, à peine réveillée dans le petit lit à côté, elle demandait à être placée entre son père et sa mère. Elle se pelotonnait au milieu, tout contre eux ; ils se parlaient par-dessus son corps à elle.

L'embrassaient-ils tour à tour, jouaient-ils avec elle ? Elle s'en souvient à peine. Mais comme elle se sentait bien, entre eux, ces dimanches matin où le père pouvait paresser tandis que la mère finissait par aller préparer le petit déjeuner !

Elle se rappelle (je me rappelle) que son père lisait ensuite son journal ; la mère, elle, allumait la radio – "Radio Alger, chaîne arabe" – en fervente auditrice tantôt de musique sentimentale égyptienne, tantôt de complaintes déroulées en dialecte algérien…

Et les larmes de l'enfant – de l'infante – suscitées par cette première lecture ? Tant d'années après, elle se demandera si ces larmes évoquées ne tenaient pas leur douceur du lit de ses parents où elle s'était jetée, alors que le garçonnet du livre, lui, ne connaissait nul repos, nul havre dans ses malheurs tout au long des pages tournées.

Ma mère, longtemps hésitante sur le seuil, a tenté de me calmer :

— Ne pleure plus ! Viens prendre ton goûter à la cuisine !

Moi, engloutie dans les péripéties de l'histoire :

— Tu vois bien, je lis ! ai-je rétorqué, sans me soucier de sa tranquillité d'esprit…

Je ne sais si je me suis essuyé les yeux ; me reste, ineffaçable, l'âcre plaisir de ces larmes.

A-t-elle insisté, la jeune mère ? Rêveuse, elle a fini par s'éloigner : "Ainsi, de lire des choses tristes, cela fait pleurer, mais sans véritable tristesse !" devait-elle se dire en découvrant cette énigme.

Elle-même aime si souvent chanter les complaintes andalouses ; elle en a copié les paroles dans leur arabe raffiné, elle, seule citadine au village et qui devait souffrir de solitude, cloîtrée qu'elle se trouvait dans cet appartement pour instituteurs.

Les volutes, les tournures sophistiquées des chants anciens qu'elle fredonnait, elle en percevait soudain sinon la tristesse, du moins l'inspiration élégiaque surannée.

Après m'avoir contemplée en pleureuse – le livre de bibliothèque encore ouvert sous mes yeux –, ma mère, en rejoignant sa cuisine, concevait sans doute comme un pont fragile entre la sensiblerie qu'excitaient en moi ces histoires occidentales et la beauté secrète, sans égale, pour elle, des vers andalous qu'elle fredonnait, tout émue.

Avant ces larmes jaillies du seul et ardent plaisir de ma lecture – étincellement d'un imaginaire en crue –, les toutes premières, je me souviens, je les ai versées en flots inextinguibles avant mon entrée à l'école, dans l'antique cité familiale : larmes de désarroi causées par un chagrin à vif, déchirure étirée à l'infini et me taraudant tout au long d'une course qui, dans ma mémoire, paraît encore ne jamais finir…

Dans une rue de Césarée, je cours ; je cours en sanglotant, je n'ai pas plus de trois ans, sans doute. Je hurle presque, mais à demi, et si, en courant, je me laisse porter par le rythme même de mes sanglots qui n'éclatent pas, qui m'écorchent la gorge, si je fonce au plus loin, ce sont comme d'immenses et larges et chaudes ailes de la douleur qui me portent.

Je pleure et je cours, mon cœur va éclater dans ma frêle poitrine, je suis dehors la fillette de trois ans, qui m'a dit que ma grand-mère paternelle (Mamma, pas Mamanné) est morte – je ne crois pas avoir vu son corps, je ne sais si elle est encore couchée, ou si elle a déjà été emportée –, je cours parce que je ne veux pas croire à cette séparation, à cet abandon (Mamma m'a abandonnée), elle est partie ou on l'a enlevée de force, qu'est-ce que cela veut dire : "elle est morte", sinon que je ne serai plus rien pour elle, que je ne pourrai plus jamais traverser la nuit dans ses bras, que personne ne m'aimera, que ma mère… Ma mère est ailleurs, peut-être se trouve-t-elle chez sa mère à elle et il me faut la retrouver !

Dehors, dans la rue descendante d'Aïn-Ksiba, je cours, je sanglote, je crie à demi ou j'étouffe mes sanglots, des nœuds en moi se dénouent, s'exhalent par ma gorge, deviennent cours sauvage et débondé, sanglots mués en fleuve qui gronde par-dessous et n'en finit pas – lente puis violente, plaintive puis furieuse exhalaison puisque, tout ce temps du chant sangloté, sursauté, écorché par des épines sous ma glotte, mon corps de fillette est en train de bondir hors de la maison paternelle, celle tout en haut, près des casernes et des collines. C'est devant tous les étrangers de cette ruelle en pente (les boutiquiers, les enfants, quelques curieuses pointant le nez hors des seuils), dans ce long cauchemar sans reprendre souffle, que je dévale la rue, en hurlant presque, jusqu'à la maison de ma mère et de sa famille, peu avant l'église, rue Jules-César.

Larmes dans le vent : je suis condamnée à descendre sans fin cette pente ! La rue est à présent envahie de calèches, d'animaux de trait, de marmaille devant les portes closes ; sur le côté à droite, voici l'humble entrée de chez ma tante paternelle : je devine la terrasse et son citronnier, je pourrais m'y réfugier, sécher mes larmes dans ses bras à elle, mais non, elle est restée là-bas en haut !

Je l'ai vue, c'est elle, *"'Amti"*, qui a déplié, devant nous tous, le linceul blanc avec des rayures de soie et une frange verte ! Je n'ai pas vu la morte, "Mamma" la douce, désormais l'évaporée.

Dans mon élan, je dépasse la demeure de la tante. Je cours encore, mes larmes en flux bouillonnant, tel un voile scintillant sur mes épaules, mes jambes de cavale poursuivent leur course aveugle, je ne perçois plus rien, toute douleur est à la fois abolie et sans fin, les mains de ma grand-mère, la nuit, me caressant contre le froid, ces mains, où les retrouver, sous quel ciel, courir jusqu'à la mer, jusqu'au port, jusqu'au bout !

La porte de la demeure maternelle, en bas, s'ouvre soudain : dès l'entrée, j'ai dû tomber dans les bras de ma mère, ou d'une cousine, ou d'une voisine avec ses voiles, mais de "chez eux", de ce monde qui ne sera jamais le mien puisque ma grand-mère, là-haut, a disparu !

Dans cette maison-ci, dans cette famille, je vais certes continuer, par la suite, mon enfance. Mais, plus jamais je ne verserai un tel torrent de larmes, non ! Plus jamais là-bas mon cœur vibrant, ni ce tranchant du désespoir !

Je ne pleurerai plus du tout, je crois ! Je regarderai les autres avec netteté, comme en retrait, envahie du seul désir secret de ne rien oublier. Chez eux, dans leur maison bourgeoise, je n'aurai que des yeux : regard avide, attention froide et sur le qui-vive, comme si j'étais devenue, auprès de ces grandes personnes, une intruse.

Enfant encore : ce doit être plusieurs étés après. Avec ma cousine la plus proche, durant le mois de Ramadan, toutes deux en chemise blanche. Parentes, tantes et cousines, toutes levées en chuchotant, pour le second repas qui fera supporter le jeûne du lendemain. Or, nous voulions jeûner nous aussi : par orgueil ! Et voici qu'ensommeillées, titubantes, nous leur faisons vif reproche, déçues de nous voir exclues de cette halte nocturne, parce que jugées trop "petites" !

Les grandes personnes rient, un peu confuses, tout en nous faisant place. Nous sommes alors si heureuses de rester manger le *shor* avec les adultes, pour tenter de traverser la journée suivante sans manger ni boire. Nous qui avons surgi, tels des fantômes graciles, pour ces dîners d'après minuit, nous leur faisons soudain presque l'effet de perturbatrices…

Cette scène de notre irruption, en longues chemises et cheveux dénoués, au milieu du rituel familial, je l'aurai vécue avec cette cousine du même âge, ma complice d'alors. Aux adultes, dans la semi-obscurité des bougeoirs, nous semblions figures jumelles de leur remords : devant leur cercle, nous, aux paupières rougies, nous avalions vite le bol de semoule de blé, avec légumes divers ; nous buvions le verre de lait chaud ; renfrognées, nous retournions dormir, souffrir ensuite, le lendemain, surtout de la soif, en particulier les fins d'après-midi (dans mon souvenir, il s'agit toujours de longues journées d'été).

Cette fois encore, je n'aurai été que regard. Toutefois, jamais plus mes joues ne seront ruisselantes de larmes, même devant d'autres visages éplorés ! Dans ces maisons de vacances encombrées où nous nous sentions parfois à demi prisonnières, je me vois fermer les yeux derrière une porte claquée, un rideau de seuil baissé d'un coup, dans une pénombre maintenue ; mon oreille d'enfant s'affûtera, surtout pour ne rien oublier de ce monde qui est moi et qui n'est plus tout à fait moi !

Plus tard, vers la fin de l'enfance qui finit trop tôt dans les pays de soleil, je resterai marquée par cette voracité, une perméabilité sans but défini : peut-être, sans en avoir claire conscience, je ressentais déjà combien, dans ces médinas d'autrefois, il y a trop de corps de femmes entassées, elles qui ne sont assoif-fées que du dehors, de cet espace qui leur demeure interdit ; dès lors me voici (mais j'anticipe) à épier l'avidité de ces vierges dont je ne comprends encore ni l'attente, ni l'impatience ou la rancœur...

Quant aux voix démultipliées, entremêlées ou à demi ensommeillées durant les longues siestes de l'été étouffant, je m'en envelopperai, comme langes d'une mémoire précoce quêtant obscurément quel ailleurs, quel avenir.

Il m'arrive désormais de constater : mes larmes, toutes mes larmes – je veux dire celles nées de la rupture ou de l'abandon –, il me semble les avoir versées d'un coup, et bien trop tôt ! A flots, comme dans ce vent de ma course d'enfant, après le premier chagrin causé par la perte de ma grand-mère : l'être qui m'abreuva de la tendresse la plus pure.

Je ne verserai plus jamais de telles larmes, celles de la douleur absolue. Mon deuil restera fermé sur lui-même, sans reflet ni tremblement : le regard en dedans.

Certes, il y aura ensuite l'émotion pour humecter les traits, la mélancolie pour embuer les yeux ; puis le rêve, mille rêves ! Enfin l'amour doux-violent, par accès tordu et retordu ! Mais même le premier amour ne se dépliera avec des larmes ni d'émerveillement ni d'amertume.

L'amour, telle la douleur nue, vite asséchée, garde parfois un regard cannibale.

La main scripteuse de la femme d'aujourd'hui ressuscite une fillette livrée à son premier chagrin échevelé. L'inscrit, avec un sourire d'indulgence, non devant son reflet, plutôt devant celui d'une autre : fillette de Césarée qui serait l'esquisse d'un moi effacé, quoique écrit, qui me semble soudain fantôme.

Mes larmes couleraient encore, mais douces à cause de cette distance en années, en décennies multipliées.

3

LE TOUT PREMIER LIVRE

Peu avant ce roman, *Sans famille,* qui me fit tant pleurer, j'ai eu entre les mains un autre livre. Un livre que je n'ai jamais lu, que j'ai rapporté presque triomphalement de l'école à la maison et que je n'ai plus revu… Non feuilleté, ce livre, je sens pourtant encore son épaisseur et la largeur de son grand format entre mes doigts. Je me revois sortir en trombe de la classe (celle du cours préparatoire, juste après la maternelle) avec, dans mes mains, ce si grand livre. Je m'entends dire – oh, en silence, juste pour moi-même, et maîtrisant ma vanité : "Un livre de prix, le tout premier !"

C'est la fin de l'année ; je reçois donc ce livre de prix, le plus volumineux, le plus beau !

La scène se réanime tout à fait, cette fois sans larmes ! La cour de l'école communale est séparée en deux par un grillage assez haut : d'un côté les classes de filles, de l'autre celles des garçons. J'ai jailli loin des autres enfants, car j'ai pensé vivement : "Mon père ! Il me faut lui montrer ce prix !"

Mon père, en blouse noire, doit comme à l'ordinaire faire les cent pas, seul derrière le grillage, loin des autres maîtres : il va et vient parmi ses élèves, tous des petits garçons indigènes, les *yaouleds*, disait-on en introduisant ainsi dans le parler scolaire ce mot arabe : presque tous des fils d'ouvriers agricoles ou de sous-prolétaires, eux qui viennent en espadrilles ou même parfois pieds nus, eux que le maître surveille avec sévérité dans la cour, puis durant l'heure de l'étude.

"Tenter, disait-il, de leur faire rattraper leur retard dans la langue française", car leurs parents ne parlent que l'arabe ou le berbère ; surtout, il n'y a pas d'électricité dans leurs masures, ni même de table haute, si bien que ces élèves ne peuvent faire leurs devoirs qu'à l'étude, après seize heures.

Pour l'heure, c'est la récréation ; dans l'autre cour, le maître "indigène", mon père, va et vient, surveillant ses élèves avant l'"étude". Sa classe rassemble tous les niveaux, tous les âges : il a tant à faire, à s'occuper de ces gamins de six à douze ans, qu'il ne se mêle pas à ses collègues européens.

Me voici me hâtant avec ce livre volumineux entre les mains. Je monte sur un muret, face au grillage, dans le coin où je peux m'approcher de mon père qui fait les cent pas, là-bas...

Je me vois habillée d'une robe courte, et mes socquettes blanches dépassent de mes souliers vernis. Ma mère a dû soigner ma tenue, ce matin-là, sachant que c'était un jour important : le dernier avant les vacances d'été... Grimpée sur le muret, je fais signe à mon père, non sans quelque exubérance...

La fillette brandit le fameux livre de prix : son "prix d'excellence".

Enfin son père s'approche lentement. D'une voix qui a dû se perdre dans le brouhaha des cris et des rires, aux derniers instants de la récréation, elle a annoncé presque triomphalement :

— C'est mon prix !

Derrière le grillage, le père s'est arrêté à deux ou trois mètres de là. Elle croit bien faire, la fillette, agitant le livre pour rendre visible la couverture avec le portrait d'un vieux monsieur, moustachu et coiffé d'un képi... militaire.

L'instituteur indigène aperçoit enfin le titre du livre. Il s'agit d'une biographie : la tête du monsieur français à képi est... le maréchal Pétain, qui dirige alors le pays (la France et ses colonies). On doit être en juin 1940 ou 41.

En vérité, moi qui me souviens, si longtemps après, je ne cherche pas vraiment à préciser les dates : je revois la scène comme si elle datait d'hier ou de l'année dernière, et ce qui me frappe, c'est l'étrange demi-sourire sur la face paternelle.

La fillette, avec obstination, exhibe encore son livre. Elle doit se dire : "Il est content, mon père, parce qu'il est l'instituteur, le seul instituteur arabe dans cette école, et moi, sa fille, la seule fillette arabe de la classe... Or, c'est moi la première !"

Elle vit déjà cette distinction en termes de solidarité, la fierté du père devenant sa presque fierté...

Mais voici que la scène reste en suspens : il y a comme un raté. Elle ne comprend pas ; elle reste un long moment avec son bras en l'air et ce livre brandi avec photographie d'un maréchal.

Elle ne sait pas encore ce que c'est qu'un maréchal ! On doit pourtant déjà chanter – tous les enfants, bien rangés devant le drapeau tricolore qu'on fait lever haut, chaque matin : "Maréchal, nous voilà !"

Et elle qui a chanté, toute l'année avec les autres, "Maréchal, etc." elle seule a eu le livre au portrait – et, en sus, la vie revue et corrigée pour enfants bien méritants du Maréchal, chef de l'Etat.

Cela devrait faire une scène digne de la presse de l'époque, de leur presse… La fillette "indigène", ou "musulmane", ou arabe, comme on veut, seule fillette de ce type, sans doute, de l'école, en 1940 et 41 (ensuite, il est vrai, la fille du boulanger suivra, puis, un an après, la fille de la concierge de l'école : ce sera tout, côté féminin arabe, dans ce village), eh bien moi, si fière ce jour-là, comment se fait-il qu'il ne me reste rien de la lecture de cette biographie exemplaire, rien que le livre brandi par ma main pour que mon père en soit honoré, de l'autre côté du grillage ?

Au regard, mais surtout au demi-sourire, contraint ou ironique, paternels, elle a senti – elle qui sera, un an plus tard, la lectrice passionnée et en larmes de *Sans famille* d'Hector Malot –, elle a gardé en mémoire l'inattendue réaction du père : il a hoché la tête, il a lu, lui, le titre, il a eu ensuite, en direction de sa fille, un vague demi-sourire. Ironique ? Elle est trop petite pour saisir cette nuance.

Elle est surtout déçue de ne pas le voir content.

Quelques années plus tard (elle aura huit ou neuf ans, ce sera donc avant d'aller au collège, à son internat), à l'époque déjà où le père aura commencé à dialoguer avec elle, à lui parler en tête à tête, en français, à lui expliquer. Elle comprendra à retardement pourquoi ce sourire paternel refusait le livre :

— Ils ont fait exprès de choisir ce livre : moi seul alors, je n'étais pas "pétainiste", et ils le savaient ! Rappelle-toi, quelques mois après ce prix, je montais avec toi l'escalier qui conduit à notre appartement. J'ai entendu un bruit au-dessous. Je t'ai dit : "Arrête !" Je suis redescendu doucement et, sous l'escalier, j'ai surpris le gendarme du village : tout confus qu'il était.

Le souvenir revient ; mon père, ironique, disant bonjour au gendarme gêné.

— Il avait ordre, ajouta mon père, d'essayer d'écouter quelle fréquence de radio je mettais le soir, chez nous… Bien sûr, c'était Radio Londres !

Il élucidera le contexte pour sa fille :

— Nous, les maîtres de l'Ecole normale d'instituteurs, nous sommes fiers d'être républicains et socialistes.

Puis il continuera :

— Ils avaient envoyé de Blida un commissaire de police, assez haut placé, pour instruire le dossier contre moi. Sauf qu'ils ne savaient pas que ce commissaire, nommé Gonzalès, avait été mon condisciple à l'Ecole normale : après, seulement, il avait fait carrière dans la police ! C'est lui qui, discrètement, m'a averti : "Prends garde, Tahar ! Ils vont te faire comme à Léchani, ton aîné qui, exclu de l'enseignement, a dû travailler comme marchand de légumes !"… Heureusement survint, peu après, le débarquement des Américains, et Léchani retrouva son enseignement. Moi, ma fille, j'ai dû alors me montrer plus prudent : j'avais à ma charge non seulement vous ici, mais également ma mère, veuve, et une sœur, dans notre ville !

INTERMÈDE

Qui dit que la "colonie", c'est forcément un terrain vierge où s'installent et s'aventurent des pionniers impatients de construire à vide, à neuf et pour tous ?

Non, la colonie, c'est d'abord un monde divisé en deux : "nous qui construisons parce que nous avons détruit" (pas tout, mais presque tout !) et "ce qui reste d'avant" (avant nous et avant nos destructions, nos combats traînant dans leur sillage un souvenir supposé glorieux).

"Cela" nous regarde, anonyme, depuis l'"avant" – car le Temps s'est fracturé, il y a une durée, une histoire pour les uns, une autre pour les autres.

Depuis l'"avant" et pour plus tard, pour ceux qui ne seront les enfants ni des uns ni des autres…

La colonie est un monde sans héritiers, sans héritage.

Les enfants des deux bords ne vivront pas dans la maison de leurs pères ! Et s'ils ont tous des ancêtres, ceux-ci ne leur auront laissé que la rancune en partage, au mieux l'oubli, le plus souvent le désir de partir, de fuir, de renier, de chercher n'importe quel horizon pour, dans ses draps de crépuscule, s'enfouir…

La colonie, la division elle l'enfante : elle est inscrite dans son corps, chacun des sexes est divisé, chacun de sa postérité est écartelé, chacun de ses cadavres ou de ses aînés est renié !

La colonie, cela a d'abord l'air d'une revanche, d'un avenir, d'une terre d'aventures, alors qu'elle étale devant elle un territoire sans bornes, un Sahara, une terre de "réserves" pour réprouvés, un camp pour détenus perpétuels, en relégation…

A quel enchaînement, vers quel déchaînement nous trouvons-nous acculés ? Serait-ce pour revenir à l'enfance de cette fillette qui, à Césarée, dévalait un jour la ruelle du haut de la colline, près des casernes jusques en bas, derrière l'église, pleurant et sanglotant, ululant la mort de l'aïeule paternelle, elle, toi, moi qui écris, qui regarde et qui pleure à nouveau – moi qui n'ai pas pu pleurer, hélas, pour finir, le père tombé d'un coup dans la métropole du Nord, sur la terre des Autres, finalement transporté jusqu'à Césarée, enterré au milieu de ses sœurs, de toutes les femmes, mais pas de toi qui écris, courant encore au soleil, du haut jusques en bas de Césarée, à trois ans, fillette dans la rue et les larmes.

4

LE PÈRE ET LES AUTRES

Un jour, à Paris, un homme de l'âge de mon père, instituteur en retraite comme mon père, s'est approché de moi et, après qu'on me l'eut présenté, sembla attendre que nous fussions en tête à tête – au milieu du tumulte d'un salon, je ne sais plus où exactement –, mais ce condisciple de mon père finit par me dire en confidence :

— Je me rappelle bien la grand-mère de votre père, vous savez !

— Vous voulez dire ma grand-mère paternelle ?

Et je m'arrêtai, le cœur battant, violemment émue ; une voix profonde en moi protestait : "Qui se souvient, dans le monde d'aujourd'hui, de Mamma (je dominai mon trouble), sinon toi-même – et seulement dans ton sommeil ? Peut-être parfois ton père, son fils !" (Mon père alors était encore en vie.)

L'homme, le visage assez jovial, souriant – un bon bourgeois dans la soixantaine de notre cité de Césarée –, répliqua d'une voix douce mais ferme :

— Non, j'ai bien dit : je me rappelle la grand-mère de votre père !

Il y eut un arrêt entre nous. Tant de bruit autour – c'était (je me souviens soudain) au cours d'une réception parisienne dans les salons d'un grand hôtel ; je me trouvais là presque accidentellement.

Je répondis tout bas, étonnée de ma réponse jaillie trop vite :

— Mon père ne m'a jamais parlé de sa grand-mère !

— Il s'agit de la grand-mère maternelle de votre père, reprit encore plus doucement mon interlocuteur (retrouvons son nom, me dis-je à présent, je lui suis si reconnaissante, il ne mérite pas l'anonymat !).

Puis monsieur Sari – c'était son nom, un nom de bourgeois de Césarée – devint volubile et justifia l'urgence – pour ainsi dire – d'avoir fait état, d'emblée, de son souvenir : – J'étais petit garçon dans notre cité commune, madame ! Cette femme, grand-mère de votre père, venait chez nous, sans doute en voisine. Eh bien, c'est l'être de notre ville qui m'a alors le plus impressionné !

Et il l'a dépeinte, cet homme ; il l'a ressuscitée en quelques phrases. Moi, je promis d'aller lui rendre visite à Alger, où il vivait en retraité. Je ne le revis plus : pourtant, l'aïeule de mon père m'est restée dans sa voix à lui, inoubliable, évoquée en quelques flashs seulement.

Par son verbe autant que par son allure, m'avait donc rapporté cet homme, par le ton enflammé de ses remarques, la grand-mère de mon père défiait, semblait-il, les bourgeoises d'autrefois, habituées entre elles à l'euphémisme et aux insinuations du dialecte citadin.

— Comme votre père – qui lui ressemble physiquement, précisa monsieur Sari –, elle gardait de son origine ses yeux verts de Berbère et un feu de la parole. Elle entrait d'une maison à l'autre ; elle ne tenait pas en place, toujours son voile sur la tête car elle sortait aussi vite, et les dames se méfiaient de son franc-parler !

— Sa fille, ma grand-mère, dis-je, était le contraire : petite et surtout discrète et douce, plutôt silencieuse !

— Sa mère, rétorqua-t-il, était, par contre, grande, belle, les cheveux roux ; son verbe était haut ! Elle disait aux bourgeoises leurs vérités crues ! C'était – et monsieur Sari rit, comme s'il la revoyait vivante – c'était une contestataire, oui, elle allait et venait à sa guise, et ce dans presque toutes les petites maisons de Ain-el Ksiba, notre quartier !

Il rêvait, cet homme, comme si son enfance à lui était revenue, née de ce besoin qu'il avait eu de m'aborder. Et j'ai imaginé, grâce à lui, cette société de femmes restées immobiles, avec des codes les maintenant inchangées depuis au moins trois générations, disons même depuis l'arrivée des Français dans leur ville, au milieu du XIXᵉ siècle.

Tout comme moi (moi, lorsque je restais accroupie des heures durant entre les genoux de ma grand-mère, la fille de celle qu'il venait d'évoquer, assise sur une natte dans l'humble maison de mon père), monsieur Sari savait combien ces femmes, devant leurs maris et leurs fils, faisaient semblant de croire que ceux-ci restaient les maîtres… du moins, dans la cour de leurs maisonnettes.

Je me souviens encore que le condisciple de mon père hésita, puis ajouta un peu plus bas :

— Votre grand-mère, la fille de cette dame, a eu des malheurs, elle : elle est restée veuve toute jeune, avec un garçon orphelin. Heureusement, sa mère a pris en charge son destin et l'a remariée à votre grand-père… Elle a eu ensuite quatre enfants. Mon ami, votre père, était son benjamin.

Ainsi, monsieur Sari réparait pour moi la coupure dans la généalogie féminine, du côté paternel.

Cette scène est survenue à une époque où la vie me paraissait hélas si tranquille ! Quand, plus d'une décennie plus tard, je retournai à Alger – Alger alors si proche de moi –, monsieur Sari était mort et mon père s'affaiblissait.

Cette image de l'aïeule dont mon père ne m'a laissé aucune trace, je n'osai la brandir comme si, après tant d'absents, je risquais devant lui de tenter le sort, pressentant sans doute cruellement que je serais, à mon tour, bientôt orpheline.

Dans le village du Sahel où il avait succédé à un autre instituteur "indigène" – ce dernier, disait-il, trop humble et silencieux devant les colons (notre village, au pied de l'Atlas, se trouvait au centre d'une région viticole en plein essor) –, mon père a ainsi dû hériter du tempérament de sa grand-mère pour, souvent et en se dominant malaisément, défier les Européens "pieds-noirs", influencés par les plus riches colons du pays.

Adolescent, il a été l'un des meilleurs nageurs de sa ville – champion de natation de fond, consacré lors de la course annuelle qui, chaque été, se déroulait entre le port et le phare antique si éloigné du rivage.

Il m'a relaté – une seule fois, en ironisant alors sur l'"audace" de la jeunesse – comment, à la suite de son succès sportif local et tandis qu'il était accompagné de son meilleur ami (qui deviendra mon oncle maternel), il s'était permis, sur la grande plage aux portes de Césarée, de fouler le sable de la partie strictement réservée aux Européens, puis, devant les jeunes Françaises en maillot, allongées nonchalamment au soleil, comment, du pied, ostensiblement, il avait renversé toutes les plaques affichant les mots "interdit aux Arabes" : oui, l'une après l'autre, ces pancartes montées sur acier et bien visibles, lentement, de son pied de champion de natation, il les avait retournées sur le sable, négligemment. Puis le corps nu, seulement sanglé d'un maillot noir, il s'était élancé dans les vagues, après s'être en vain attendu à quelque esclandre.

Je l'entends encore nous raconter, au village, ces scènes de Césarée qu'il trouvait désormais "puériles", la ségrégation raciale lui paraissant, il est vrai, soudain moins oppressive que la misère désespérante des journaliers agricoles au cœur de cette plaine, la plus riche du pays, où nous vivions alors.

Mon père était un jeune homme très grand, aux larges épaules. Il avait les yeux bleu-vert de son père, ou peut-être de cette grand-mère maternelle que je n'ai pas connue.

Un soir, en famille – son verbe, en français, devint rude –, il nous rapporta (à ma mère qui s'était mise à comprendre le français et à moi) comment la veille un père d'élève – un Français, un Espagnol ou un Maltais – s'était permis de le tutoyer à la porte de l'école parce que cet "instituteur arabe (pensait l'Européen) est décidément plein de morgue", lui qui persistait à porter le fez turc écarlate : dans les années 1930, le modernisme d'Atatürk restait alors en vogue parmi les jeunes musulmans du Maghreb qui se voulaient "évolués".

Un artisan du village, ou un petit colon, je ne sais plus, apostrophe à la porte le "maître arabe" qui sort en même temps que ses élèves. C'est la fin de l'étude, non à quatre heures et demie mais à six heures du soir. Exceptionnellement, on a dû confier à mon père deux groupes d'enfants – parmi lesquels des enfants français.

L'un de ceux-ci est sorti en pleurs, à cause, dit-il, de la sévérité du maître.

— Le maître arabe ? s'est exclamé le Français à la paternité susceptible.

Et, d'emblée, il s'adresse à mon père sur un ton agressif :

— Toi, là-bas, tu as fait pleurer mon fils ?

— Toi, ici, répliqua aussitôt mon père, à qui crois-tu parler ? A ton berger, peut-être ? A ton esclave ?

Le père de l'élève (du coup, ce dernier a cessé de pleurnicher), dans un français très populaire, sur-saute :

— Tu oses… ?

Et l'homme de s'étrangler de colère.

— Il était râblé et vif, continua mon père à ce dîner familial, prêt à la bagarre, certes ! précisa-t-il.

Et il ajouta, après une pause et sur un ton neutre :

— J'ai posé de côté mon cartable, je lui ai fait face ; d'une main, prestement, j'ai ôté mon fez, que j'ai tendu à l'un de mes élèves. Le provocateur a reculé : il a soudain réalisé que j'avais quinze centimètres de plus que lui, ou simplement que mon regard ne cillait pas ! Il a hésité.

Il ne rit pas, le père. Il constate tout haut, presque pour lui seul. D'ordinaire, il ne parle pas à table. Quelque chose de sa sévérité d'instituteur subsiste chaque soir dans la cuisine où l'on mange en silence, pas sur une table basse comme chez les autres familles indigènes, non, à la manière européenne, sur une table haute, et cela même quand ma grand-mère paternelle, qui vivait avec nous, dînait comme nous.

Le cérémonial se déroulait alors dans le silence. C'était seulement une fois dans leur chambre, quand mon père s'allongeait – après avoir écouté les informations à la radio –, que, de mon coin à moi, dans l'autre pièce, j'entendais la rumeur de leur conversation de couple…

Ma mère, cette fois, qui a écouté, tendue, le récit en français de son mari, a dû reprendre en arabe :

— Et alors ?

Le père élude. Il n'a pas recherché l'effet. Il n'a pu s'en empêcher : c'est tout ! Il ne regrette rien.

Moi qui revis la scène sans la commenter, seulement à présent, je comprends que c'est la généalogie des femmes qui le dresse et le redresse : à l'instar de sa grand-mère maternelle qui traitait de haut les bourgeoises musulmanes nanties et souffrait, par contre, de la trop grande douceur de sa fille.

Dans mon souvenir de ce repas familial, mon père a déroulé un récit plutôt sobre pour ne pas inquiéter son épouse… Peut-être même que sa vieille mère est présente, je n'en suis plus si sûre. En tout cas, s'il s'est ainsi oublié en rapportant le risque d'une dispute avec ce père d'élève français, il ne tient pas à alarmer outre mesure son épouse.

Mais il s'est mis à justifier sa réponse d'une calme fermeté ; du coup, il a parlé français.

Dans cette cuisine, ma mère semble soudain fière, face à moi qui, dans cette scène – je m'en rends compte à présent –, me trouve vraiment de tous les côtés à la fois : de ma mère qui écoute et se rassérène, peut-être même du côté de la mère de mon père, qui, si elle est là, comprend sans comprendre, et pourquoi pas de la mère de cette grand-mère, certes l'absente que je ne peux évoquer désormais qu'en ombre tenace mais qui s'est exprimée à travers son petit-fils – dirait monsieur Sari qui l'admirait… "C'est elle, affirmerait-il, qui hante les éclats d'audace irraisonnée de votre père, madame !"… Et si je ramène, à mon tour, ombre après ombre, la mère de ma grand-mère paternelle à la suite de sa fille également fantôme, c'est, j'en suis sûre, parce que, pendant une ou deux générations encore, les morts habitent leurs enfants, les soutiennent pour les calmer, peut-être, surtout pour les redresser.

Puis mon père (je reprends la scène du dîner, dans la cuisine) de conclure, en se levant pour écouter les informations à la radio française :

— J'ai dit au pied-noir : "Tu m'as tutoyé ? Je te tutoie à mon tour !"

Il s'est tu, a quitté la cuisine, nous laissant, ma mère et moi, imaginer de concert et sans nous parler l'"Européen" furieux, hésitant devant la stature de ce maître arabe qui lui avait répondu dans un français impeccable, sans même rouler les "r" comme tant d'autres indigènes.

Rangeant sa cuisine, ma mère paraît désormais soulagée : s'il y avait eu empoignade, n'est-ce pas que le "maître arabe" aurait immanquablement encouru un blâme ? Peut-être même aurait-il été chassé de l'enseignement "pour comportement agressif", doit-elle songer, et voilà la petite famille contrainte de retourner à Césarée, d'aller vivre dans la modeste maison où ma mère ne se plairait pas, où elle avait d'ailleurs refusé de passer les vacances, la demeure de sa mère lui paraissant plus spacieuse et confortable.

Or, pour la première fois, l'été passé, son mari avait cédé.

5

LA BICYCLETTE

Une scène, dans la cour de l'immeuble pour institeurs me reste toutefois comme une brûlure, un accroc dans l'image idéale du père que malgré moi – sans doute parce qu'il est irréversiblement absent – je compose.

Cette cour, assez large, est séparée de la rue ; notre immeuble se dresse dans le centre même du village, face à la mairie et au kiosque, sur une placette devenue le cœur de la vie publique "européenne" dans ce bourg de colonisation datant environ d'un siècle (au pied des sommets de l'Atlas qui, après avoir été le lieu des combats de la conquête française, allaient bientôt se renflammer, une décennie plus tard), dans cet enclos, donc, presque privilégié par sa paix, devenu un havre pour nos jeux, nous, enfants d'instituteurs, jouions là, dans l'ignorance provisoire de nos différences. J'avais le droit d'y rester, une heure au plus chaque soir, mais des heures entières parfois, les jeudis et dimanches.

Nous lancions tout bonnement la balle contre le mur, mus par une émulation consciencieuse ; quelquefois c'était le jeu de la marelle. Plaisirs simples dont il ne me reste aucune scène particulière, seulement le charme de la répétition, avec quelques criailleries, de joie ou de déception.

Mais, lorsque je voulus à mon tour – à quatre ou cinq ans, je ne sais plus – apprendre à monter à vélo, de ce passé quelque chose vrille dans ma mémoire, devient blessure, griffure.

Aidée du fils de l'institutrice, une veuve, notre plus proche voisine, j'ai ce jour-là enfourché une bicyclette et, après quelques tentatives timides, je me suis sentie prête à garder presque seule l'équilibre. Je ne me souviens même pas d'être tombée ou d'avoir eu peur. Mon cœur bat, certes, je vais être autonome ; bientôt, comme les autres, j'irai faire un tour d'abord dans cette cour, puis à travers le village, libre et volant, m'envolant… Mais je rêve déjà : j'ai dû tomber une première fois ; je remonte, je suis résolue, têtue… Je suis sûre que je vais maîtriser seule cet engin. Le garçon qui m'aide d'un bras, contrôlant la poignée de la machine, m'encourage doucement.

Sur ce, mon père apparaît, revenant du village ; je le vois, je continue à braquer la roue, à… Il a fait comme s'il ne me regardait pas ; il a marché d'un pas vif jusqu'à l'escalier qui conduit aux appartements. De là, il s'est retourné à peine et, d'une voix métallique, il m'a appelée par mon prénom. Sans plus.

Je n'ai même pas cherché à lui dire : "Attends ! Je ne vais pas descendre tout de suite : sois spectateur de ma victoire ! Dans un instant tu vas me voir tenir seule, en équilibre sur la machine !"

54

Le père a répété encore plus haut mon prénom : c'était vraiment un ordre ! Surprise, déçue, je suis descendue du vélo, je n'ai rien dit au garçon français, pas même "Merci !", ou "Je vais revenir, attends !".

Je me vois monter en silence l'escalier derrière mon père, qui, lui, entre en trombe dans l'appartement, me tient la porte, la referme, puis s'exclame, comme si la phrase qu'il profère il la portait en lui depuis son entrée dans la cour :

— Je ne veux pas, non, je ne veux pas – répète-t-il très haut à ma mère, accourue et silencieuse –, je ne veux pas que ma fille montre ses jambes en montant à bicyclette !

Puis, sans attendre, il rejoint leur chambre – qui, lorsqu'il est là, devient le lieu inviolable du couple que forment mes parents, aussi bien pour moi que pour ma grand-mère – ici comme l'ombre absente de ce souvenir qui m'écorche.

Etat de brume prolongée, d'irréalité pour moi, dans les instants qui ont suivi. Il me semble m'être dit pour la première fois : "Mon père est-il le même ? Peut-être devient-il soudain un autre ?" Je n'ai retenu de sa phrase vibrante, comme une flèche d'acier qui résonne entre nous, que ces deux mots en arabe : *"ses jambes"*. Qu'est-ce que cela veut dire : sa phrase, son ton, sa colère, le fait que pour la première fois, il se rue dans "leur" chambre, cet antre ?

Comme s'il venait soudain d'être acculé à quelque chose d'obscur...

Je crois que j'ai tenté d'effacer ce malaise, et même l'impression qu'un autre, un inconnu, survient, qui prend l'apparence de mon père… Un être sans identité, doté d'une voix nouvelle pour cet éclat incontrôlé, cette colère d'aveugle et ce ton qui pourtant me faisait honte ?

Non, pas exactement "honte", plutôt en moi une sensation informe, l'intrusion chez mon père d'une nature pas tout à fait humaine, pas exactement bestiale ; plutôt une sorte de matière brute entrevue, une boue jaillie d'un sol inconnu… Et cette soudaine hostilité que je ne lui avais jamais connue, qui n'était pas dans sa nature, même quand sa sévérité de maître intimidait tant ses élèves ? Je n'y comprenais rien.

J'ai tout de même noté (mon souvenir ici est très précis) que ma mère est restée silencieuse, comme si elle avait compris ! Il n'y avait pas entre eux vraiment une connivence, mais elle ne protestait pas, alors qu'elle n'avait pas conscience de mon état d'ahurissement.

Je crois même avoir supposé que mon père avait été en contact avec quelque microbe, un mal sans nom – parce que laid, parce que noir. Une tourbe, une immondice !

Non, je n'ai eu en tête aucune image précise : tout de même, ma mère ne semblait nullement mesurer mon trouble, ma honte – alors que, c'était presque sûr, le père s'était soudain changé en un autre !

Il y avait surtout ce mot arabe pour "jambes" dans la phrase, et j'étais froissée de sentir qu'il avait ainsi délimité ma personne, retranché de moi quelque chose qui n'était pas à lui ; or, c'était moi ! Mes jambes, et alors ? Il faut bien que je marche avec : chaque enfant a des jambes ! C'était vraiment injuste de sa part ! Les avoir ainsi séparées de ma personne, c'était, je m'en rendais compte, insultant, mais pourquoi ?

Je suis allée dans un coin opposé à eux deux (car, déjà, ma mère l'avait rejoint dans leur chambre). Je me voulais loin d'eux, dans la maison certes mais me cherchant une place bien à moi. Que leur arrivait-il : une maladie contagieuse ? Puisque ma mère, elle non plus, ne m'expliquait rien !

Je me rappelle cette blessure qu'il m'infligea (peut-être, en fait, la seule blessure que m'infligea jamais mon père), comme s'il m'en avait tatouée, encore à cette heure où j'écris, plus d'un demi-siècle plus tard ! Cela m'a ensuite empêchée de tenter d'apprendre à monter à vélo, même mon père une fois disparu, comme si ce malaise, cette griffure, cette obscénité verbale devait me paralyser à jamais tout en m'éloignant d'eux – eux, un couple acceptant, admirant néanmoins la société de leurs voisins : leurs écoles, qu'ils sacralisaient, leur religion, dont ils se sentaient étrangers mais qu'ils respectaient, tout devenant pour eux presque exemplaire, digne d'être suivi, copié, sauf… Sauf que mes jambes de fillette de quatre ou cinq ans ne devaient pas chercher à maîtriser une bicyclette !

Et, dans cet interdit qui m'était échu, le mot "jambe" faisait tache !

C'était déclarer que tout garçon, tout adulte, tout vieillard est forcément un voyeur lubrique devant l'image nue de deux jambes de fillette, séparées du reste de son corps et pédalant dans une cour !

J'ai dû, j'en suis sûre, faire semblant de dîner, m'enfoncer ensuite dans le sommeil, ne pas dire "bonsoir" respectueusement (la formule arabe usuelle était pourtant si chaude, si belle, si…) – du fait que la sévérité du père, après son éclat, après cette fameuse phrase que j'inscris ici comme un fer chauffé à blanc sur mon corps entier, cette âpreté devint tout naturellement mutisme de sa part et silence complice de la part de la mère-épouse qui, à sa manière, exprimait qu'elle avait partie liée avec lui.

C'était donc moi la réprouvée – ou plutôt cette paire de jambes qui devait ne me servir que pour marcher !

Ce trouble, ce trauma, le ressuscitant si tard, je découvre toutefois que mon corps, sourdement, à la préadolescence et à l'adolescence – mais dans l'internat de jeunes filles, un lieu fermé, un "harem" nouvelle manière –, prendra sa revanche : de dix à seize ou dix-sept ans, au collège, par des entraînements prolongés au basket-ball et à l'athlétisme…

Pour ce qui est de monter à bicyclette, j'ai scrupuleusement respecté l'interdiction patriarcale.

Les années suivantes, je n'ai même plus éprouvé le désir – même seule, même si personne n'entrait dans la cour – de m'approcher d'un vélo, que ce fût avec précaution ou avec l'émoi que pouvait susciter la chose convoitée. Même plus la tentation d'essayer, au risque de tomber mais d'apprendre ! Comme si j'avais désormais gravé en moi que je ne monterais jamais de ma vie à vélo, ni au village, devant tous, ni à l'école, fût-ce sur ordre de la maîtresse !

M'étais-je après tout une seule fois étonnée que ma mère, contrairement aux épouses d'instituteurs – qui, de simples voisines, étaient pour elle devenues peu à peu des amies –, ne pourrait jamais, elle, du jour au lendemain, sortir "nue", selon le vocable arabe utilisé alors – c'est-à-dire sans le voile blanc dit "islamique" –, et par conséquent ne jamais apparaître au soleil, tout comme ces Européennes qu'en langue arabe nous qualifions de "nues", elles que tout le monde cependant, y compris nous-mêmes, respectait ?

Il ne me reste pour ma part que cette sonorité du mot "jambes" (car il s'agissait bien de mes jambes à moi !), portée par la voix si altérée, si hostile de mon père, et qui me maculait, m'avait à ce point révulsée : oui, je ne trouve pas d'autre mot !

J'aurais dû me révolter, mais, à cinq ans au plus, alourdie par mon admiration du père, je ne l'ai pas prise à bras-le-corps, cette image "sale", à cause de la fureur incontrôlée de celui qui la proférait.

Il faudrait ajouter que c'était Maurice, le fils de l'institutrice veuve – la seule que mes parents invitaient chez nous, par véritable affection ou par compassion pour son veuvage (si bien que ce garçon, de trois ou quatre ans mon aîné, figure sur l'une de nos photographies de famille) –, c'était justement lui qui, tenant le guidon du vélo, s'était proposé pour être mon mentor dans cet apprentissage.

Je me revois : j'ai peur, mais je continue, je continue précisément parce que j'ai peur, et je veux vaincre, me vaincre, la bicyclette va de droite et de gauche, je retiens mon souffle, Maurice m'aide : je crains de tomber en pleine face, c'est alors que mon père entre dans la cour, voit la scène en un éclair, ne s'arrête pas, puis, son pied posé sur la première marche de l'escalier, dos tourné aux enfants qui jouent, me hèle, moi !

Il me hèle encore à présent. Il me convoque au tribunal ancestral de l'interdit contre la gent féminine, de l'âge de cinq ans – ou de trois, ou de quatre – jusqu'à la puberté, jusqu'à la nuit de noces, pour alors céder ce droit si lourd au premier époux, à un second au besoin, mais il pourra enfin souffler, le père – chaque père –, déposer l'obscur, l'obscène charge du devoir d'invisibilité – dans mon cas, celle de mes petites jambes désireuses d'actionner les roues d'une bicyclette.

Tandis que le père, dos toujours tourné, pied toujours arrêté sur la marche d'escalier, scande : "Viens immédiatement !", j'entends, oui, j'entends encore aujourd'hui la voix chaude, amicale, peut-être déjà aimante de Maurice qui me souffle, déçu :

— Attends un peu, tu allais réussir !

Mais j'ai rejoint mon père, ni dans l'affolement ni dans la froideur ou la crainte ; lui, dos tourné, continue à monter, moi le suivant sans comprendre, et c'est seulement à l'intérieur, à cause de la phrase cinglante lancée à ma mère à propos de mes "jambes", que je le découvre raidi dans la cuirasse de sa colère.

Je n'ai pas eu le temps de me dire : "Sa colère, mais pourquoi ?" Il entre dans l'appartement et je réinscris sa phrase d'aveugle qu'il lance dans le corridor à ma mère silencieuse, dressée au seuil de sa cuisine : "Je ne veux pas (il crie) ! Je ne veux pas que ma fille montre ses jambes devant les autres au village !" Puis il va s'enfermer dans leur chambre.

Je ne crois pas qu'il vint nous rejoindre pour dîner, ce soir-là. Sans doute ma mère nous servit-elle en silence, le petit frère et moi.

L'exclamation paternelle, sa vibration, son diktat : "je ne veux pas", puis la fin "devant les autres, au village !", ces deux lambeaux de phrase se mirent à danser en moi. Sans cesse je souffrirai de cette incongruité de la voix paternelle, prononçant les deux mots : "ses jambes".

Ignorante du trouble profond que cela introduisit en moi (une brèche dans la statue paternelle que mon amour filial avait, d'emblée, dressée), ma mère n'eut tout simplement pas l'idée, ni le loisir de tenter de m'expliquer.

Des années plus tard, il lui arriva de me rappeler l'austérité de mon père, sa rigueur puritaine de censeur appliquée à elle, pourtant tout emmitouflée dans son voile traditionnel, quand ils devaient voyager en couple et dans un car parfois bondé de ruraux tentés, une seconde de trop, de regarder les yeux de ma mère – ses beaux yeux qu'elle baissait obstinément... ("Mon cœur battait tout le long du voyage, de peur d'un esclandre !" me confia-t-elle plus tard.) Moi, en réponse à ses évocations, je ne lui révélais même pas ce premier trouble ; elle aurait trouvé maintes justifications, à commencer par l'époque : sans télévision, sans images à profusion de l'intime, de l'indécent, ou même plus simplement du familial...

En ce temps-là, dans les intérieurs musulmans, y compris même dans la petite classe moyenne citadine, les seules photographies affichées dans les salons n'étaient que masculines. On ne concevait pas d'exhiber le portrait d'une sœur – jolie fille, pourquoi pas –, d'une épouse que d'autres yeux eussent risqué de convoiter : c'est à peine si certains montraient leurs fillettes de cinq ou six ans ; mais, le plus souvent, n'avait le droit d'être affichée, encadrée et posée sur un guéridon, que l'image du vénérable visage de l'aïeule qui venait de mourir... Or, ma grand-mère paternelle était morte, elle (quoique pas dans mon cœur d'enfant, non !), sans même avoir eu le loisir de se prêter à une séance photo !

Je devrais sourire à présent à l'évocation de cette scène anecdotique ; sauf que durant les dix ou vingt ans qui suivirent, quand j'ai tenté, à la première occasion, d'empoigner le guidon d'un vélo, dans un jardin, une cour, un sentier de village, la voix de censeur du père et l'indescriptible malaise de la fillette ressuscitée m'y font renoncer. Renoncer à quoi ? A défier le père, à dire désormais à son fantôme : "J'ai raison, j'ai vaincu, je peux pédaler, montrer mes jambes, mes pieds nus, mes mollets, mes genoux, et même mes cuisses aussi !" – ainsi rire, aimer la vitesse, oublier le monde, le village, et même Maurice, le garçon qui me troublait, ce que je ne réalisais même pas ! Oh oui, je suis libre, et mes jambes non seulement me portent, me font courir, mais actionnent une machine, un vélocipède, une bicyclette même pas pour fille, pour garçon, pour me faire traverser enfin le village et sa grand-rue, parcourir en tous sens sa rue principale, devant les cafés dits "maures" à un bout, les brasseries pleines de mâles européens à l'autre, oui, rouler ainsi devant eux tous, de l'école à la mairie, de la mairie à la gare et, tant qu'à faire, continuer à pédaler encore et encore, traverser, mais cette fois sur un engin de professionnel, tous les villages du Sahel les uns après les autres jusqu'à Césarée – jusqu'à la ville ancestrale, jusqu'à la porte de ma grand-mère maternelle, rue Jules-César !

Tout cela pour oublier le père ? Non, pour qu'il m'accueille soudain à l'arrivée de cette "course du siècle", et qu'il m'embrasse et qu'il m'honore en reconnaissant que parcourir ainsi l'espace avec des jambes de fillette peut-être, de championne cycliste sans doute, valait tous les prix de fin d'année scolaire, tous les succès à venir, de ceux qui, paraît-il, font honneur au père... Lui, transformé, lui, ne parlant plus de "mes jambes", mais simplement de moi, sa fillette aussi sportive que lui qui avait été champion de natation de fond dans sa ville, sa fille aussi excessive que lui, aussi contestataire que lui, et même autant que sa grand-mère maternelle à lui, mais que jamais il ne m'évoqua !

6

LE JOUR DU HAMMAM

Dans la salle froide de l'entrée du hammam, au fond d'un coin sombre avec estrade, est réservé un lieu où sont installés des divans confortables et où s'amoncellent des matelas couverts de tapis aux vives couleurs. Chaque jeudi après-midi, ma mère et moi (j'ai alors quatre ans, puis cinq, puis six) nous y prenons place avec sérénité, comme dans un véritable salon.

Peu auparavant, à peine avons-nous pénétré toutes deux dans l'ombre du premier vestibule, après avoir soulevé le rideau à larges rayures rouges et noires qui protège de la rue, que Lla Aïcha, la gérante des lieux, s'est précipitée au-devant de nous, a salué ma mère, encore voilée, en lui étreignant la tête et le cou (ma mère, je la sens réticente à ces effusions qu'elle ne peut éviter).

L'hôtesse nous a précédées dans la salle d'attente si fraîche, bruissante de lointaines rumeurs, de ruissellement d'eaux à l'arrière et de l'écho des voix criardes de baigneuses à demi nues, régnant sur les salles intérieures, leur peau sans doute déjà rougie par la chaleur humide que je redoutais, moi, dès l'entrée, avant de m'y soumettre à mon tour.

Entre-temps, Lla Aïcha, si démonstrative, tente de se rattraper sur moi, me soulève, me caresse, m'emporte dans ses bras à côté de ma mère ; j'ai beau me raidir, gigoter des jambes pour me libérer et sauter à pieds joints sur le carrelage de couleur brique, je n'y réussis pas toujours. En riant, la gérante me pose enfin près de ma mère, installée déjà dans le coin faisant estrade de la salle dite "froide".

Des villageoises font aussitôt cercle autour d'elle. Moi, accroupie parmi le tas de coussins bariolés qui me paraissent, dans la pénombre, presque luxueux, je lève les yeux sur elle, encore toute droite, qui laisse alors lentement glisser son voile de satin blanc de ses épaules jusqu'à ses hanches. La gérante semble chaque fois heureuse et fière de recevoir, aussi régulièrement, l'épouse du maître d'école. Les autres baigneuses, épaules dénudées, cheveux mouillés tout ruisselants, demeurent debout, muettes, mais surtout curieuses. Elles paraissent stationner là comme à demeure et depuis longtemps : l'après-midi au bain, pour elles, constitue l'événement de leur semaine. Elles ont dû arriver tôt, dès l'ouverture de la séance pour femmes, vers les onze heures du matin ; auparavant, les lieux ont dû être nettoyés de fond en comble, car ils servent souvent, la nuit, de dortoir aux paysans des environs, venus de loin, la veille, pour le marché de l'aube.

Les salles de l'intérieur, profondes comme des tombeaux, donnent sur ce vestibule ; le cercle des baigneuses y stationne, chacune encombrée d'une marmaille d'enfants qui les attendent en gémissant ou en chantonnant. L'une après l'autre, elles observent ma mère, dont l'arrivée continue d'être célébrée, je le constate non sans naïveté.

Je m'habitue peu à peu à l'humidité et à la pénombre des lieux, ainsi qu'à l'allure fruste des baigneuses dénudées, dont certaines saluent ma mère avec d'interminables formules de convention.

Avec sérénité, elle leur répond d'un signe de la tête, ou parfois (j'aime assez ce geste) en leur tendant deux ou trois doigts de sa main qu'elles frôlent, chacune, puis portent à leur front en murmurant des bénédictions qui me paraissent mystérieuses.

En s'asseyant, ma mère a négligemment laissé glisser son voile de satin. La gérante s'est précipitée pour le plier, avec soin ; ma mère, qui tente chaque fois de refuser, laisse par contre deux ou trois de ces dames traîner jusqu'à elle la petite malle que mon père a fait envoyer dès le matin. On l'appelle *"sappa"*, comme s'il s'agissait d'un prénom de femme, alors que c'est le vocable réservé par les citadines de notre ville à cette mallette de bain, tressée en simple vannerie, profonde, assez longue et qui, une fois ouverte, laisse admirer un intérieur doublé de satin rose, orné de multiples poches brodées, ainsi que de deux ou trois miroirs incrustés.

C'est alors un moment de suspens : découvrant ce raffinement pour la première fois, l'une des villageoises va s'approcher de trop près, et la gérante de la retenir, fière, comme si c'était elle, l'auteur de ces travaux !

Ma mère garde son naturel. Elle me serre près d'elle. Les curieuses commencent par s'éloigner et retourent l'une après l'autre aux salles de l'intérieur. Me fascine alors chaque fois la rumeur que laisse échapper, par vagues, une lourde porte de chêne qui s'ouvre face à nous, se referme, puis s'entrouvre à nouveau. Il me semble parvenir aux rives d'un monde souterrain dont le ruissellement des eaux paraît infini ; se prolongent, au fond, les criailleries d'enfants qu'au milieu des vapeurs on doit étriller sans ménagement.

Où suis-je soudain, dans un rêve de cascades et de nuit, de sorcières peut-être qui, en plein cœur de cet antre, m'attendraient ?

Ainsi, toute petite, avais-je si peur, mais la mallette de bain, une fois ouverte sur son intérieur en satin, me calmait : nous devenions deux êtres à part ; cette *sappa* venait de notre ville, là-bas, de Césarée. Nous n'avions rien à craindre. Nous avions tout notre temps.

Tandis que les autres femmes retournent laver leurs enfants qui se sont tus, je retrouve avec délices les rites de l'accueil : la gérante apporte des limonades, converse à voix menue avec ma mère ; elle lui donne des nouvelles des deux ou trois familles "connues" du village : l'épouse du boulanger kabyle (qui n'a même pas permission de venir au bain), celle du coiffeur – celui-ci est très lié à mon père.

En chuchotant, Lla Aïcha relate aussi la visite, la veille justement, de la famille du caïd, avec ses nombreuses filles et la plus récente de ses épouses…

Ma mère, elle, attend que chacune des curieuses soit retournée à la chambre chaude ; alors, seulement, la gérante tend un drap entre deux colonnes de bois vieilli pour que, furtivement, ma mère puisse se déshabiller loin des regards.

Quand je lève les yeux vers elle, elle est déjà dans sa tenue de bain – une sorte de robe de plage qui lui laisse les bras et le dos nus – ; je fais comme elle : je suis coquette, j'ai, moi aussi, plusieurs "robes de plage" qui ne sont pas de plage, seulement pour le hammam.

Tout ce temps-là, Lla Aïcha n'a cessé de nous donner des nouvelles du village ; ma mère ne l'interrompt que par quelques exclamations. Cependant, elle a tout rangé : nos vêtements de ville, ainsi que son voile, dans la *sappa*. Elle sort une série de bols en cuivre étincelants et de différentes tailles ; elle me les donne à porter. Debout, elle prend ses pots de savon spécial, ses différents gants de corde. La servante du bain lui a déjà retenu deux tabourets et a fait vérifier que la salle qui nous est réservée à l'intérieur a été lessivée à grandes eaux froides. Nous entrons enfin avec cérémonie et précaution, ma mère me répétant de faire attention à ne pas glisser sur le sol dallé (nous portons toutes les deux des sandales légères, à semelles de bois spéciales pour le bain).

Lla Aïcha nous précède fièrement à l'intérieur du hammam, comme le ferait un garde du corps.

Je me rappelle ici un rite immuable et discret : juste au premier seuil de ces lieux d'ombre et d'eaux ruisselantes, ma mère me retient d'un geste. Avant de pénétrer dans la petite salle :

— Baisse-toi ! me chuchote-t-elle.

Je comprends : elle veut me bénir ou me "protéger du mauvais œil". Et elle le fait. Je reçois cela comme une marque particulière de son amour – peut-être, me dis-je, seulement des décennies plus tard, que le bain maure nous allège aussi le cœur de toutes nos retenues silencieuses, de la réserve habituelle à ma mère, d'une discrétion qui nous inclinait, autrefois, nous, les filles citadines, à une excessive pudeur.

Oui, ce silence rare, ce non-dit maternel, si long-temps après, la chaleur émolliente de ces lieux me les fait mieux percevoir, comme dans un corridor de pénombre.

Enfin c'est elle, ma jeune mère, qui, se courbant jusqu'à mes genoux, sur le seuil de ce royaume d'eaux et d'échos, tout en me murmurant une formule coranique de prière ou de prévention, me verse, d'une écuelle de cuivre ciselé, un premier jet d'eau froide sur le pied droit que je tends d'instinct. Je frissonne, elle se relève, remplit derechef le bol, m'asperge de cette même eau froide le pied gauche, tendu à son tour. Elle chantonne sa litanie. Moi, je ris sous le froid de l'eau !

J'entends encore aujourd'hui la voix maternelle épelant les mots sacrés qui vont me bénir, me pro-téger au milieu de ces lieux embrumés de vapeur.

— Mma, ai-je chuchoté la première fois, pourquoi sur les pieds ?

Sans nul doute ma mère a-t-elle dû répondre comme toutes les mères de notre ville :

— Protection sur toi ! Sur tes pieds, d'abord, pour ne pas glisser... Et que ton bain aussi te soit bénéfique !

Plus tard, Mère – à moins que ce ne fût, à sa place, quelque cousine plus âgée – m'expliquera longuement pourquoi ce geste sur chaque pied.

Ces lieux de pierre vieillie et de ruissellement constant, avec cette chaleur étouffante et toutes ces vapeurs, pourraient être aussi bien l'enfer où l'on glisserait, où l'on se brûlerait ! L'enfer ou quelque autre lieu souterrain, pas forcément menaçant, où – serait-ce une légende racontée entre filles à marier – des vierges qui refuseraient le mariage, choisiraient, paraît-il, de se cacher. Un repaire d'insoumises, en quelque sorte – c'est ce que d'autres jeunes parentes me raconteraient, mais plus tard…

Ces images me reviennent dans ce calfeutrement sous les plafonds bas, dans une pénombre où se dispersent les voix des villageoises, tantôt éraillées, tantôt joyeuses. Il prend parfois l'envie à l'une des baigneuses, jeune ou surtout vieille, de désirer entendre soudain sa propre voix – voix déchirée ou au contraire profonde, puissante, flot dominant celui de l'eau –, oui, sentir sa voix dans les buées moites, planer, partir à la dérive, voix d'une seule, alors que toutes, soumises ou tranquilles, resteront rivées à l'époux, aux enfants, à la belle-mère – oui, près de celles qui ne quitteront jamais le village, la voix d'une seule pourrait se libérer, sans retour, neuve !

Une fois franchi le seuil de la lourde porte, me voici dans ce royaume obscur, aux eaux ruisselantes : univers des ombres dont je rêverais longuement, la nuit suivante, avec sa houle de sons profus, fluctuants, les égosillements de tant de voix d'inconnues, souvent le corps déjà nu, dont je ne distingue que vaguement la silhouette.

Ma mère et moi, on nous a conduites dans une petite salle longuement lessivée à l'eau froide, avec des bassins au ras du sol. D'étroits sièges en bois nous y attendent.

Il fait chaud, mais cette chaleur s'insinue parcimonieusement, tandis que l'ombre opalescente, comme venue d'un autre monde, me fascine bien davantage. Comme si des fantômes m'attendaient, moi, à la suite de ma mère.

Celle-ci reste placide, dans ce domaine de l'ombre et de l'eau, avec les cris rythmés d'enfants qui, au fond, gémissent ou pleurent à petits coups comme des chiots.

La gérante nous a quittées après quelques propos à mi-voix avec ma mère. Je comprends qu'elle la laisse choisir entre deux ou trois assistantes destinées à venir me laver, moi ; il m'a été expliqué que les enfants ne peuvent rester qu'un temps assez court dans cette atmosphère d'étuve. Et c'est une autre femme – souvent âgée, plus rarement une jeune fille – que l'on nous envoie.

L'"étrangère" du bain, comme je l'appelle, va s'asseoir sur un des tabourets, me tirer à elle, me presser entre ses cuisses nues, me frotter vigoureusement la tête, me laisser à peine souffler, me rincer à grandes eaux – sans que je pleure ? Certes, si !

Je me souviens, les premières années, du chant profus qui sortait de ma gorge. "Le chant ?" dira plus tard, ironiquement, ma mère, mais non, tu pleurais continûment, presque par plaisir !

Ce "chant" donc accompagnait les mains vigou-
reuses de l'inconnue qui me malaxaient le cuir
chevelu, me frottaient le corps dans tous ses replis,
cependant que je prétendais pleurer à cause de mes
yeux, irrités par le savon qui me picotait... Passé
l'âge de trois ans, je pleurais pour le plaisir de m'entendre pleurer, parce que les mains de la laveuse,
énergiquement accrochées à mes longs cheveux, me
massaient le crâne selon un rythme régulier, presque
celui de mes pleurs, me semblait-il, et cela tout au
long du rituel du bain. Mes yeux me picotant, ma
peau si fort étrillée, c'était vraiment comme si mon
petit corps s'émiettait sous la vigueur des mains qui
me frottaient – oui, pour finir, je pleurais par volupté,
dans le seul espoir que ce pourrait être ma mère,
dont j'entendais, au loin, la voix à travers mes larmes,
qui me laverait, ensuite, plus tendrement.

Peut-être que dans ce bain aux salles vieillies où
l'eau semble ruisseler depuis une éternité – pour
quels purgatoires de la nuit ? –, je prenais peu à peu
conscience de mon petit corps, à moins que je n'eusse
soudain peur que ma mère risquât de m'abandonner
là ?

Non, je ne crois pas me souvenir d'une pareille
alarme. Seulement, à partir d'un certain moment
– mais à quel âge ? –, opéraient la magie de me sentir si petite et la crainte de me retrouver soudain seule
dans cette vaste et sombre salle, ruisselante, aux
plafonds si bas...

Je ne me rappelle que des traces effilochées de
ce temps immobilisé, presque noyé. Je n'ai plus deux

ou trois ans ; je suis à présent une grande fille d'au moins cinq ans tandis que, en compagnie de ma mère, je me vois traverser le centre du village et me rendre régulièrement au hammam. Désormais, il y a avec nous le petit frère. C'est une autre dame qui s'occupe de moi : une femme noire aux formes opulentes et à la voix chaleureuse.

A l'aller comme au retour du hammam, nous apparaissons au centre du village : ma mère, voilée exactement comme dans sa ville. Je ne me rendais pas compte qu'elle devait faire sensation à cause de ce voile de citadine, silhouette blanche aux plis fluides, totalement masquée, certes, mais à l'allure si élégante, et moi comme toujours accrochée par la main à sa hanche, moi, la petite qui ne lui servait plus seulement de garant, mais plutôt de protection – il ne s'agissait plus d'affronter, comme dans notre cité, les regards des hommes arabes, mais, ici, ceux des Européens installés aux terrasses de leurs brasseries, sur la large avenue menant jusqu'à la gare et que cette Mauresque si particulière remontait chaque jeudi après-midi.

Sur son passage, immanquablement, s'avivait la curiosité ou la nostalgie, et chacun des badauds, le regard fixé sur cette apparition exotique, devait remarquer :

— C'est jeudi ! Le jour des femmes au bain maure… Chez eux !

L'épouse du maître arabe se rend ainsi à son bain un peu comme une princesse d'Orient masquée débarquerait de très loin, marcherait en se balançant légèrement sous son voile presque translucide, elle que les yeux des Européens des deux brasseries les plus importantes du village épient : "Cette jeune inconnue... ah, si d'un coup son voile, grâce à la plus légère des brises, glissait, tombait, voir comment elle est faite, cette jeune dame ! Le tissu se gonflant et s'envolant comme un parachute, sûr qu'elle se figerait, elle n'avancerait plus, on verrait comment elle est habillée, si c'est comme une sultane avec des broderies d'or étalées sur du velours, ou si elle est en petite tenue, comme une almée avant d'entrer en scène ?"

Et l'imagination de chaque mâle français du village de battre la chamade !

Quant aux badauds arabes, jouant aux dominos aux terrasses des cafés maures, ils savent, eux, que cette passante est l'épouse de celui de leur compatriote qui préside à l'instruction de leurs gamins ; elle s'avance en citadine sereine, quoique exilée au village, donnant la main à sa fillette, conformément aux convenances. Par respect pour le maître, ces spectateurs ne se veulent pas voyeurs ; ils rentrent à l'intérieur de leur boutique ou, quand ce sont des clients installés déjà au-dehors, ils baissent la tête, décident de se replonger dans leur interminable partie de dominos.

Celle-ci terminée, peu importera qui a gagné, qui a perdu ; il ne sera pas dit qu'une avidité malsaine aura excité leur curiosité à eux, tous âges confondus, ne serait-ce que pour regarder marcher jusqu'au hammam l'épouse de leur *"cheikh"* si rigoureux, si fier devant les "autres", mais si proche d'eux quand il vient les tarabuster pour que leurs garçons fassent quelques progrès, puissent aller jusqu'au certificat, ou peut-être même au-delà…

"Non, devaient-ils penser ; baissons les yeux par respect pour celui qui a tant souci de nos garçons !"

A mon tour, moi, fille de leur "maître", je me contente de constater, plus tard et avec quelque certitude : "La pudeur, la silencieuse retenue se trouve le plus souvent du côté des plus pauvres !"

Ainsi, Mère et moi, après cette déambulation, chaque jeudi, en plein cœur du village colonial, nous entrions au hammam où la gérante nous accueillait, nous souriait, nous installait pour le bain.

7

LE PETIT FRÈRE

La mort du premier frère, un bébé de six mois : cette perte-là gît dans un noir de ma tendre enfance… Quel âge dois-je avoir, cinq ans déjà ou un peu moins ? Je ne sais. Mais nous revenons de Césarée ; c'est l'automne et juste avant le premier jour de classe.

Pourquoi ce souvenir soudain : le second frère est-il déjà dans son berceau ou s'essaie-t-il déjà à ses premiers pas dans l'appartement ?

Voici, père, que tu me prends à témoin dans l'antichambre (ma mère, au fond, doit s'occuper de son nouveau fils, et toi, à brûle-pourpoint, tu te lances, tu me parles en confidence !). J'entends ta voix évoquer en français un souvenir d'il y a deux ans déjà, sans doute. Je ne fixe pas mes yeux sur ton visage ; je dois m'étonner que tu me parles soudain comme à une adulte, à moi qui ai à peine cinq ans :

— Tu vois, ma fille…

Car tu as dû brusquement te rappeler mon âge, et tu as commencé sur un ton paternel, mais ensuite c'est comme à une femme que tu t'adresses, je sens cette nouveauté-là – comme un déséquilibre, une anticipation (ce tableau, je le pose là en médaillon, symétriquement à l'étrange douleur de ma mère, bien plus tard, en son premier jour de veuvage, lorsqu'elle s'abandonnera dans mes bras).

Toi, tu ne t'abandonnes pas ; tu t'écoutes plutôt, devant ta fillette à qui tu parles avec précaution.

Devant mes yeux attentifs, levés vers toi, tu revis pour moi la tristesse de la jeune épouse.

En cette veillée de rentrée scolaire, tu as donc dit à ta fille de quatre ou cinq ans (elle te paraît grandie, et je le suis assez pour saisir que, dorénavant, en tête à tête avec moi, et sans doute parce que, à moi seule, tu peux parler, pour l'instant, en français, tu te livres – oh, à demi… Me parler en arabe, cet arabe qui te fait bégayer quand l'émotion t'étreint, aurait été inefficace…).

Dans ce dialogue de confiance, ta fille te paraît plus âgée : presque déjà une confidente, elle fait le lien entre l'épouse et toi.

Tu m'as dit… oh, cela paraît si simple, peut-être même si banal – tu te laisses aller à évoquer ma mère revenue après un été si tragique pour elle, tu oses rappeler tout haut sa douleur.

Je me souviens, ou je reconstitue : le ton d'abord sentencieux de mon père, là, dans le couloir de l'appartement au village, alors que les valises sont tout juste déposées, et pas toutes ouvertes. La mère est occupée, derrière la porte de sa chambre, par le nourrisson qui lui fera oublier la peine vibrante du récent passé.

J'entends cette voix de père qui se souvient tout haut (vais-je ainsi inaugurer face à lui mon rôle d'alter ego dans la parole ?).

— Je voudrais te dire, ô ma fille… Ce retour m'en rappelle un autre, dans notre appartement… Là où je me trouve, ta mère s'est arrêtée, a lentement ôté son voile, de ses épaules, puis a murmuré (il hésite, mon père, il revit le souvenir) : "O Tahar, nous sommes partis d'ici avant l'été, nous étions quatre… et – elle a eu un sanglot – nous voici revenus à trois !" Après, elle est allée se coucher, sans dîner !

Il a alors repris son ton ferme de père :

— Je te dis cela, ma fille, car de ton petit frère qui est mort, là-bas, il ne faudra jamais parler devant ta mère ! Jamais…

Je l'ai regardé. Peut-être avait-il éprouvé un doute, ou un soudain accès de timidité pour s'être laissé aller : à sa tendresse pour sa femme, à sa propre peine, redoublée par celle de ma mère "devant qui il faudra éviter à jamais l'évocation du premier fils" !

On le taira donc. On l'enterrera à nous trois, très vite, les années suivantes. A présent, dans cette scène de l'antichambre et du retour au village, "de nouveau à quatre" puisque le second fils a remplacé le premier (mais l'aura-t-il vraiment remplacé ? Celui-là se dira souvent que non !), mon père a soudain dû prendre conscience de mon âge : est-ce pour cela qu'il a lourdement insisté sur ce conseil qu'il me donnait, lui-même surpris de laisser transparaître ainsi son amour pour l'épouse, lui qui jugulait tout sentiment à cause des traditionnelles convenances, mais aussi du fait de son austérité ?

Je ne comprenais pas encore que mon père ne supporterait pas les larmes, ni le silence gelé par les larmes non répandues de sa jeune épouse, elle qui n'acceptait pas que son premier fils, un si beau bébé, si joufflu, âgé à peine de six mois, eût pu succomber, en vingt-quatre heures, le médecin étant arrivé trop tard et n'ayant pu que constater l'irréparable…

Où étais-je lors de ce jour fatal, sinon dans la modeste demeure de la famille paternelle, sur les hauteurs de notre ville ? Préservée, moi, de l'aile noire de ce trépas.

Plus tard, de ce conciliabule à mi-voix, je garderai à jamais en mémoire la voix précautionneuse de mon père : "Ne parle jamais du bébé mort, ta mère ne le supporterait pas !"

Cette mise en garde, sans doute me l'adressait-il parce qu'il savait ne pas pouvoir affronter lui-même, à nouveau, le spectacle de ma mère en jeune femme échevelée, en proie aux convulsions de la douleur.

Se lève pour moi une conclusion inattendue, en épilogue à cette séquence relative à la mort du premier fils. Intervient en effet ma sœur cadette – des décennies plus tard, nous vivions alors, elle et moi, à Paris, et il nous arrivait pourtant rarement de faire resurgir des scènes de notre enfance commune.

Cette fois, ma sœur se rappelle, à brûle-pourpoint – est-ce parce que je viens de lui rapporter la recommandation de notre père ? –, le souci presque angoissé qu'il avait de ne pas proférer, devant son épouse, la moindre allusion à la mort éclair du premier fils – survenue, celle-ci, au cours de leurs vacances d'été, à Césarée, dans la maison aux hautes terrasses de ma grand-mère maternelle.

M'écoutant rapporter la défense qui me fut faite de ne jamais évoquer ce petit frère mort – "Jamais !" répétait la voix fiévreuse de mon père, comme si, devant lui, l'image de l'épouse-mère allait risquer de se disloquer –, ma sœur donc, ma cadette (bien que vingt ans au moins se fussent écoulés depuis cette scène entre mon père et moi), eut un sourire d'une infinie lassitude :

— C'était donc cela, dit-elle d'un ton neutre, ou amer, que je ne lui connaissais pas.

Sur ce, elle me livra une scène de sa propre enfance.

Retournons donc au village colonial lorsque intervient la benjamine du couple, pour revivre son enfance plus "libre", en tout cas moins frappée d'interdits que la mienne – huit ans nous séparent, années d'évolution rapide, au moins en quelques domaines secondaires : ma sœur, je crois, apprendra sans encombre à enfourcher une bicyclette, verra sa mère devenir presque amie avec ses voisines européennes, se mettre même à sortir en Européenne, c'est-à-dire sans le voile islamique, quand elle se rendra à la capitale, consulter quelque médecin, par exemple – ma sœur donc soupira à peine :

— Ainsi, le silence que mon père t'a demandé d'observer, puisqu'il ne pouvait supporter les larmes de ma mère, ce mutisme-là, vous l'avez tous strictement gardé ! Veux-tu en savoir la conséquence, pour moi ? ajouta-t-elle avec sa douceur habituelle.

J'hésitai :

— Que vas-tu m'apprendre ? dis-je.

Et je remarquai, avec une pointe d'ironie, en me prévalant de mon "droit d'aînesse" :

— Moi qui croyais jusque-là que, comparée aux autres couples musulmans gravitant autour de nous, notre famille avait une image si claire, si transparente !

Ma sœur eut son habituel sourire d'indulgence à mon endroit. Elle est, faut-il le préciser – une femme de science et qui longtemps exerça, avec passion, son activité de médecin endocrinologue.

— J'admire, fit-elle, combien toi et les autres avez observé le vœu paternel ! Mais (elle hésita) les silences concertés ou les secrets de famille, il faut bien que quelqu'un d'autre, parmi le cercle des proches, en paie le prix !

Je n'ai rien dit. J'ai attendu. Elle a repris posément :

— Voici la scène que j'ai vécue enfant et qui a laissé en moi des traces. J'ai dû la refouler pendant des décennies. Sauf qu'il y a quelques années elle a réapparu au milieu d'une séance d'analyse... Souviens-toi, j'avais choisi presque de concert avec toi ce psychanalyste parlant aussi arabe, puisque d'origine égyptienne.

Ma sœur entreprit donc de se raconter ! Et moi, à sa suite, je retournai par la pensée à nos années communes : le même village, le même appartement dans l'immeuble des instituteurs.

Cela faisait déjà trois ans que j'étais interne dans le collège de la ville voisine. Les week-ends que je passais en famille, étais-je assez attentive à cette sœur cadette qui devait avoir six ans, qui fréquentait au village la même école que moi, avec les mêmes maîtresses ?

Or, de la scène qu'elle me rapporte, je suis totalement absente :

— Souviens-toi, commence la narratrice. Te rappelles-tu le docteur du village ? Un vrai médecin de famille !

— Il présentait à mon père, me rappelai-je avec vivacité, la note annuelle de ses honoraires, seulement à la fin décembre !

Ce détail me fait sourire : il devait en être ainsi, au XIXe siècle, dans les provinces de France…

J'ai remarqué combien la silhouette et les visites du docteur Trainard (même son nom me revient, car ils en plaisantaient tous deux, mon père et lui) ne se sont pas effacées ; j'ai oublié par contre le nom de son successeur.

— C'est justement la première visite de ce dernier que je vais te relater, murmure ma sœur.

J'ai attendu, quelque peu distraite par le souvenir de "ce bon docteur Trainard-qui-ne-traîne-jamais !", comme disait mon père : c'était, je crois, son seul véritable ami européen au village, lui qui décida d'ailleurs de prendre sa retraite dans notre bonne ville de Césarée !

— J'en viens à la première visite du remplaçant du vieux bon docteur Trainard, reprend ma sœur, le regard au loin. Une fin d'après-midi, mon père entra avec ce jeune médecin chez nous. De son ton sévère, selon son habitude, il me dit, d'emblée : "Va donc dans ta chambre ! Ne nous dérange pas : le médecin vient pour ta mère !" Devant moi, mon père présenta le nouveau venu à ma mère ; ils pénétrèrent au salon, où ils s'isolèrent… Moi, je ne sais plus, j'étais peut-être censée faire mes devoirs, ou simplement rester tranquille, mais mon père avait ordonné : "Va dans ta chambre !" Or, avec la curiosité propre à tout enfant, j'avais remarqué que la porte du salon n'était pas tout à fait close… Très vite, à pas de loup, je me suis approchée et j'ai… (sa voix fléchit) j'ai tout écouté. Du moins le début !

Je l'ai regardée : quel secret si lointain tourmente ma sœur, alors quadragénaire ?

— La première question que le nouveau médecin posa à ma mère fut : "Madame, combien avez-vous eu d'enfants ?" Et ma mère… (la voix sororale eut presque un spasme) "Quatre enfants !" Quatre, elle avait dit quatre ! continua ma sœur en revivant sa surprise. Ma mère, me dis-je avec effroi, a eu quatre enfants et nous ne sommes que trois !

Elle a repris son souffle et a poursuivi son récit plus sereinement, mais d'un ton soudain durci :

— Je reçus cette révélation, soupira-t-elle, comme un coup d'épée me traversant le corps ! Affolée, reculant contre le mur, je me suis dit et redit : "Ma mère a dit quatre ! Ils ont eu quatre enfants ; ils en ont donc perdu un !"

Les yeux dans le vague, elle reprend, mélancolique :

— J'ai revécu récemment cette scène qui, pour moi, fut un véritable traumatisme. Moi, fillette de six ans, je me suis répété cette vérité toute la nuit, peut-être même toutes les nuits suivantes : "Ils ont perdu un de leurs enfants ! Ce sont donc de mauvais parents.

Puisqu'ils en ont perdu un, ils vont me perdre, moi aussi ! Ils vont m'oublier quelque part, ils…"

Elle se tait.

— Voilà à quoi aboutit, conclut-elle, cette consigne du silence que mon père fit observer autour de lui… (Elle ajouta, rêveuse :) Il est vrai qu'alors, toi, l'aînée, ainsi que leur second fils, vous aviez chacun votre vie au collège, à l'internat de la ville voisine… Après tout, je vivais, moi, comme une enfant unique.

Je me suis alors rappelé comment, à cet âge précoce, quelques semaines plus tard, la santé de notre benjamine s'était altérée : elle s'était mise à souffrir de crises d'asthme, alors qu'il n'y avait aucun antécédent familial.

Elle sourit un peu tristement, ma sœur : sans doute son propre jugement de médecin avait auparavant déjà tranché.

Dans ce passé bouleversé, ma mère, inquiète, se mit, avec son énergie habituelle, à présenter notre petite dernière à des médecins de la ville proche et de la capitale. Un branle-bas de combat se fit : pour la santé de notre cadette, un complet changement fut inauguré pour nos vacances d'été.

— Je me souviens très nettement, dis-je, du premier été qui suivit tes problèmes de santé : plus question des maisons familiales du côté maternel, où retrouver l'atmosphère habituelle des fêtes de femmes (noces ou baptêmes) qui nous replongeaient dans les mœurs policées de Césarée !

Cet été-là, je me rappelle, pour soigner la santé vacillante de notre benjamine (elle finalement que le sort avait choisie pour victime inattendue, afin, selon le vœu paternel, d'assurer la tranquillité de l'épouse, moi-même me pliant à la règle de silence imposée), pour ce premier été, donc, mes parents louèrent un appartement à Miliana, vieille ville sur les monts de l'Ouarsenis.

Dirai-je, pour conclure, que le prénom choisi à la naissance de notre cadette signifie, en arabe, "sérénité" ?

Comme si mon père n'avait soudain eu pour seul obsédant souci que la sérénité de son épouse et qu'à ce prix, sans le savoir, ce fut l'équilibre de cette enfant prénommée "Sakina" qui fut si tôt fragilisé.

8

DANS LA RUE, AVEC LE PÈRE,
OU JEUX DE MIROIRS

Je suis la petite accompagnatrice entre l'école française et l'appartement de l'immeuble destiné aux
familles d'instituteurs. Nous deux, mon père et moi
– moi, ombre minuscule – cheminons à pas incer-
tains, presque au bord du déséquilibre (mais c'est
lui, mon père, qui perçoit le danger) entre la société
des "Autres" et celle des indigènes.

C'est pourtant la langue, celle des "Autres", qui
reste son armure, même si, après l'étude, il lui arrive
d'aller chez l'épicier kabyle et là, quelquefois – le jeudi
peut-être –, de faire sa partie de dominos, de se remettre aussi à parler en arabe, un arabe avec les "r"
non roulés, parfois avec un début de bégaiement
qu'il maîtrise vite.

L'épicier est par ailleurs tout fier de prêter son
arrière-boutique au maître coranique, le cheikh à
l'allure de seigneur (toge d'un blanc de neige sur
gandoura gris clair et légère gaze de soie transparente,
couvrant le chèche rouge à fils d'or posé sur sa tête) :
à cette *médersa* de fortune, je vais, deux ou trois fois
par semaine : assise en tailleur à côté de la fille de
l'épicier, Djigdjiga, au prénom berbère qui me paraît

barbare. Toutes deux, nous nous sentons comme deux princesses silencieuses et attentives au milieu d'une dizaine de garçonnets à l'allure parfois misérable.

Quand je sors de la boutique, ma planchette sous le bras, mon père quitte sa partie de dominos. Il me laisse marcher toute seule, en le précédant. Il ne me prend pas la main, comme le matin, ou plutôt comme les deux premières années, quand j'étais plus petite.

Je marche les yeux baissés ; nous passons devant la mairie, le long du kiosque à musique. Il n'y a que des hommes dans la rue. Les pères français, non plus, ne donnent pas la main à leurs fillettes, mais celles-ci au moins n'ont pas déjà honte de leurs jupes plissées qui leur arrivent aux genoux. Moi, si.

Les regards des hommes arabes, sur l'autre trottoir, me visent seule. Pour les oublier, je me répète la sourate du jour afin de la débiter à ma mère, en rentrant. Elle en sera fière. Dans une semaine, je lui montrerai ma planchette ornée de mes dessins, dont j'aurai clos le texte appris.

Elle invitera la femme du caïd et ses trois filles plus âgées que moi, qui viendront, toutes voilées, et se risqueront à pousser des youyous pour honorer mon savoir.

Le soir, la mère dira, avec un demi-sourire :

— A chacune de nos fêtes, les Françaises de notre immeuble nous prennent certainement pour des sauvages !

Quelques années après, sa réplique me reviendra en écho lorsque je serai interne au collège de la ville voisine. D'autres adolescentes arabes plaisantaient, elles aussi, sur le même sujet :

— Les Français, quand ils entendent nos mères avec leurs chœurs de youyous suraigus qui s'envolent, n'en perçoivent pas la joie, ça non !

— Ils entendent quoi ?

— Nos youyous ressemblent un peu aux cris des Indiens dans les westerns américains !

Cette conclusion s'inscrira en moi, dix ans plus tard. Pour l'heure, au village, je suis fière de la fierté de ma mère, tandis que je récite la sourate aux invitées qui m'envient (leur père ne leur a permis ni l'école française, ni même l'école coranique) ; devant moi, elles soupirent, elles disent m'envier, leur mère – ou leur marâtre (car le caïd répudie facilement ses épouses) – leur ayant appris juste assez de Coran pour psalmodier leurs prières...

Et mon père, dans le souvenir de ces jours lointains au village ? Nous remontons donc à partir de la boutique de l'épicier, moi devant, en jupe plissée, et lui derrière, saluant, je suppose, les indigènes du café maure, sur l'autre trottoir, au centre de ce village du Sahel. C'est à cause de ce public d'hommes de sa communauté (journaliers, artisans, chômeurs) qu'il ne me tend plus la main. Un homme arabe, père de famille, doit marcher seul, son regard posé sur ses enfants (en général mâles, mais je suis l'exception), et avançant, lui, comme un vrai "chef", d'un pas tranquille.

Et si j'avais été un garçon ? Puisque le second garçon, né après la mort du premier, est encore trop petit pour faire partie du tableau, la démarche paternelle, dans ce cas, aurait-elle été la même ?

Toi, mon père, dans la rue centrale du village, je te réimagine, cette fois, à partir d'un souvenir de ma mère. C'est étrange que je me mette à parler de toi au passé ! Est-ce parce que tu es vraiment mort ?

Si je m'étais aventurée à t'évoquer, toi vivant, ma mère aurait-elle développé la même image de mon enfance, elle, jeune épouse n'ayant pas encore atteint trente ans ? Je ne crois pas, et c'est ton absence, ton absence irréversible, hélas, qui la fait répondre à mon évocation.

J'en viens à un dialogue avec ma mère, récemment veuve, comme si j'avançais avec elle sur un terrain vierge – pour elle, inviolable, toi vivant. Comme si, d'avoir fait vraiment couple avec toi (épouse au statut inconnu chez les siens, chez sa mère, aussi bien que chez ses sœurs plus âgées), ton "épouse" au sens plein du terme, au sens où l'entendaient les voisines européennes, institutrices ou simplement femmes d'instituteurs, soit la "moitié" la plus sensible d'un couple indissoluble – ma mère, si elle vivait cloîtrée, comme les autres femmes "indigènes", chaque jeudi après-midi, allait au bain maure, enveloppée dans son voile blanc et fluide de citadine, ne se souciant pas d'être l'exception du village : une sorte de "dame blanche", mobile et pour le moins surprenante.

Je pense qu'elle s'exposait en étant pleinement consciente d'être l'"épouse du maître arabe", certes, mais aussi la "dame de la cité ancienne", qui gardait sa simplicité de bourgeoise au milieu de tant de ruraux des deux bords.

Tandis que je revois, des décennies plus tard, sa silhouette de "belle Mauresque" traverser le centre du village, indifférente aux regards des hommes – français ou indigènes –, je crois désormais que, cette sortie hebdomadaire, elle s'y pliait avec le naturel d'une princesse masquée, rôle qui ne lui pesait nullement ; elle l'interprétait même avec une sorte de bonne grâce (comme lorsque, près de quinze ans plus tard, elle se transformera en une élégante occidentale de la quarantaine, voyageant en cette France lointaine qu'elle traversera en tous sens, en sa qualité de visiteuse de prisons).

Si je reconstitue ainsi la fermeté et presque l'aisance de ma jeune mère en Mauresque voilée du village (si aisément transformée plus tard en Occidentale voyageuse) au temps de ma première enfance, moi lui servant de guide nécessaire, c'est qu'elle a déjà conscience de cette unité à deux têtes qu'elle se sait avoir constituée avec mon père.

Même à sa fille aînée, fillette ou préadolescente, elle ne se risquait pas à parler du père comme d'un être séparé d'elle (certes séparé d'elle au-dehors, dans la rue arabe). Mais, chez nous, elle aura de plus en plus construit une forme d'association nouvelle, même si, parlant de "lui" en arabe, elle dira tout au plus "ton père", mettant en avant l'autorité sur moi qu'il tient de nos mœurs, alors que, dans son cœur, il a été et reste l'époux, l'autre moitié d'elle.

Cette scène, plus tard : moi revenue de l'autre bout de la Terre, j'entre dans le petit appartement parisien et prends ma mère, veuve d'un jour, dans mes bras et elle s'affale, la mère forte, la dure, l'inentamée, elle s'abandonne dans les bras de sa fille aînée, celle justement, dit-on, qui ressemble le plus au père, et elle lui dit à l'oreille, d'une voix soudain enfantine (c'est la première fois de ma vie que j'entends cette plainte maternelle), oui, d'une voix éperdue, elle me souffle en arabe, avec son accent de Césarée :

— Tu me vois, moi… (sa voix désespérée hésite, trouve la seule image qui jaillisse d'elle, de son cœur, de sa chair, de sa mémoire)… moi, ô ma fille, pareille à une chatte sans… menottes !

Oui, elle a eu cet étrange aveu : la voici muée en chatte, plongée dans la douleur, et ses mains ou ses pattes, elle n'a pas dit qu'elles étaient dépourvues de griffes, non : *"bla didates"*, a-t-elle soupiré en arabe – "sans menottes" !

Cette image me bouleverse au plus profond : "une chatte sans ses menottes", comme si la mère-épouse,

104

noyée dans l'extrême douleur, disait à sa fille aînée :
"Reçois-moi, moi, l'amante de ton père, reçois-moi
comme un bébé qui vient de naître !"

Je l'ai étreinte maternellement, j'aurais voulu la bercer pour la consoler. Tout s'inversait : elle se retrouvait enfant, devenue presque bébé, et moi, rentrée en une nuit de Toronto à Paris, je l'étreins comme une jeune mère, elle qui se dit soudain la "chatte" (comme si soudain sa chair réclamait malgré elle l'absent) ! Me voici donc revenue de si loin pour me muer, cinq longues minutes, non en fille endeuillée, plutôt en jeune mère de ma mère à peine vieillie. Comme si le deuil la rajeunissait ; comme si la mort de l'époux la dépouillait de sa sérénité, surtout de cette confiante quiétude que toi, mon père, tu lui avais jusque-là insufflée !

Si je m'attarde longuement sur cette étreinte entre deux femmes au lendemain de ta mort, ô Père (ton dernier souffle alors que tu t'étais assoupi seul dans une chambre d'hôpital parisien), c'est aussi parce qu'au bout de ce long échange, dans un partage de la peine entre elle, la mère soudain veuve, et moi, la fille orpheline, je perçois la nouveauté de ta trajectoire, toi, l'époux. Ton ineffaçable sillage…

Non, ce n'est pas ton image de père initiateur de sa fille aînée qui te sera (disons au Jugement dernier) comptée comme principal acquit. C'est bien davantage qu'ayant épousé, selon la tradition de ta ville ancienne, la sœur de ton meilleur ami de jeunesse, la benjamine de la famille la plus noble de la cité, donnée pourtant au "fils de pauvre", au quasi-prolétaire, avec certes en guise de dot – en ta qualité de prétendant – ton savoir français garant d'un avenir assuré, tu auras établi, contrairement à tes condisciples du même groupe social et malgré ta rudesse et ton austérité, dans un certain secret et sans ostentation, une égalité de fait avec ta jeune femme – épouse ensuite moins jeune, dès lors ta veuve qui, ce matin-là, pleurait par amour l'époux-amant, sa "moitié", eussent dit ses voisines européennes du village : cette trajectoire, je la restitue à travers une seule image – qui, en dialecte arabe, s'avère poétique.

Plutôt que de déclamer : "Il est parti, mon ami, il m'a laissée", je réentends les quatre mots de ma mère : "Une chatte sans menottes, je me sens !" En une seconde à peine, l'éclair de sensualité du premier mot s'engloutit dans le nu de "sans menottes". Il m'a enveloppée, il m'avait donné sa force, et son départ m'a laissée… "sans griffes" ? Non. "Sans menottes !" Pour caresser ?

Quelque chose d'elle (de sa chair, de son cœur) a crié : *"bla didates"* – plus de mains pour caresser, pour tenir, pour se tenir ! Elle aurait pu conclure – et j'ai senti que, moi seule, je devenais un peu l'ombre de son mari pas encore enterré : "Prends-moi dans tes bras, redonne-moi, parce que tu lui ressembles, un peu de sa force ou, même, de sa présence !"

Elle a dû à peine penser cela (dans l'étreinte, yeux fermés et pourtant sans larmes, tendue vers toi seul qu'elle quêtait) : "Rends-moi sa tendresse !" ai-je cru avoir entendu.

Car – et je ne me parle cette fois qu'à moi-même – il devait être tendre, mon père, dans la chambre des épousailles, tendre et austère à la fois !

9

LA CHAMBRE PARENTALE

A mes yeux d'enfant, dans le village colonial, la chambre et ses meubles en acajou massif, d'un élégant style 1920, chambre à coucher complète avec un lit large et bas aux hauts encadrements de tête et de pied, aux deux tablettes de nuit et à l'imposante armoire aux trois immenses miroirs, faisaient partie intégrante de mes premiers rêves encore informes, souvent fantastiques, où luisaient indéfiniment les boules de cuivre ornant les quatre coins du lit, celles-là mêmes que les miroirs, en face, reflétaient lorsque, dans mon petit lit à côté, je me réveillais juste avant l'aube et que ma mère, se dressant lentement, sortait pieds nus de la chambre pour ne pas nous troubler, mon père, à l'autre bout du grand lit, et moi.

Je suis alors leur seul enfant. J'ai dormi dans cette chambre jusqu'à la naissance du premier fils, mon cadet, qui mourra prématurément et dont je ne garde aucun souvenir.

Mon lit étroit est profond, avec un encadrement métallique peint en marron clair. Quand, dans cet appartement du village, je rejoindrai ma grand-mère paternelle pour dormir auprès d'elle, au salon, j'aurai dix-huit mois. Ainsi mon premier souvenir est-il auditif et nocturne.

Je dors. Je m'endors chaque soir face aux grands miroirs, dans le noir… Peu après, une demi-heure ou une heure s'étant écoulée, parfois davantage, très régulièrement, je dirais même chaque nuit (tant le premier souvenir d'un être, même dénué de parole, avec une imperceptible lueur de conscience, flamme de bougie vacillant sur fond d'obscurité, ce souvenir-là persiste, tenace tarentule fichée dans ma mémoire fragile), chaque nuit, donc, je m'endors aussitôt : je m'enfonce, m'engloutis, me noie.

Une demi-heure, une heure s'écoule, peut-être davantage ; et régulièrement, chaque nuit, un bruit de voix à la fois lointaines et proches me secoue.

Je me souviens non d'un réveil, plutôt d'un malaise qui me ferait resurgir à la surface : ainsi, nuit après nuit, d'un somme pareil à une boue dont je m'extirpe difficilement.

Nuits successives d'un bébé d'au moins dix-huit mois. L'endormissement est régulièrement inter-rompu par une voix, plutôt une double voix, un chuchotement à la fois si proche, venant comme de très haut, et de si loin, qui n'a réaffleuré à ma conscience que des années plus tard : ce réveil, avec son trouble, même à un âge si précoce, s'enrobait alors d'une culpabilité, pour ainsi dire animale. Comme si je ne devais absolument pas entendre ! Comme si un énorme interdit, un mur de brumes et de nuit avait dû s'installer entre la couche parentale et mon petit lit de cuivre. Aussi n'ouvrais-je jamais les yeux.

Nous devons tous nous trouver dans le noir ! Je ne sais ce qui se passe. C'est une sorte de musique, une plainte informe, mais de jouissance (je ne connais pas le mot, je le sens ainsi).

Je ne sais si ce bruit – comme un égouttement – émane des deux parents, ou n'est-ce qu'une seule et même plainte tressée, envahissant la chambre entière. Mais le nourrisson qui se réveille, qui ne va pas jusqu'à se boucher les oreilles (je n'ose bouger), sait confusément qu'il est un intrus, qu'il est de trop, qu'il ne devrait que pleurer peut-être, gémir ou faire semblant d'avoir besoin du lait maternel. Une telle gravité s'installe partout !

Non, ne pas m'agiter, je ne dois pas faire un geste, surtout pas, je dois tout faire pour regagner le noir du sommeil !

La musique vocale continue, s'éloigne un instant, n'en finit pas – ce qui ajoute à mon malaise. Je parviens enfin à replonger dans le sommeil, soit parce que là-bas, tout à côté, le calme est revenu, soit par épuisement. Le silence, ensuite : à côté, deux respirations, à peine un chuchotement.

L'étrange n'est pas ce réveil d'un nourrisson de dix, ou douze, ou d'un peu moins de dix-huit mois. L'étrange est comment, bien plus tard, quand à mon tour je suis devenue épouse (vers vingt-deux, vingt-trois ans), devant un bébé (pas encore le mien), j'ai soudain un haut-le-cœur :

"Tout bébé, si petit soit-il, me dis-je dans une réminiscence, ne doit pas dormir si près du lit parental !"

Affleura alors en moi le souvenir : lente et informe souffrance d'avoir dû, malgré moi, autrefois entendre ! J'ai la conviction que, après tout ce temps d'oubli de ma conscience précoce, le fait d'avoir perçu le long chant de jouissance des sens (voix femelle, me dis-je avec certitude), oui, après tout ce temps, le fait que ma mémoire de nourrisson se refermât comme une huître sur une proximité dérangeante – qui, même à moi, bébé, faisait honte –, étonnamment, ce ne fut pas tant une pudeur frileuse qui l'a ressuscité, vingt ans après, que la permanence du souvenir dormant, eau souterraine au fond de moi, trace indélébile du plaisir pareil à un fruit.

Lentement ensuite, durant les longues années de ma première vie conjugale, j'expérimentai sans le savoir, mais indissolublement, une transmission de femme à femme : ma mère, jadis jeune épousée de dix-neuf ou vingt ans, m'avait ainsi délégué, à son insu, la plénitude sereine du plaisir amoureux.

De cela, à tous deux, jeune couple d'autrefois, je demeure reconnaissante.

DEUXIÈME PARTIE

Déchirer l'invisible

> *Quel est celui, dans mon oreille, qui*
> *écoute ma voix ?*
> *Quel est celui qui prononce des paro-*
> *les par ma bouche ?*
> *Qui, dans mes yeux, emprunte mon*
> *regard ?*
> *Quelle est donc l'âme, enfin, dont je*
> *suis le vêtement ?*

DIWAN DE SHAM'S TABRIZ (XIIᵉ siècle)

1

MADAME BLASI

Comment raconter cette adolescence où, de dix à dix-sept ans, le monde intérieur s'élargit soudain grâce aux livres, à l'imagination devenue souple, fluide, un ciel immense, découverte, découverte, lectures sans fin, chaque livre à la fois un être (l'auteur), un monde (toujours ailleurs), l'effervescence intérieure traversée de longues coulées calmes où lire c'est s'engloutir, s'aventurer à l'infini, s'enivrer, l'horizon qui se déchire, recule, même à l'intérieur de la salle d'études d'un internat de jeunes filles, pensionnaires toutes en blouse bleue, la mienne ayant de plus en plus ses poches déchirées qui bâillent, un livre dans l'une, à droite, un livre dans l'autre, à gauche.

Dire aussi, maintenant, tant de décennies après, ces trois mots : BEAU DE L'AIR.

Lentement, après la première syllabe, l'image se lève : de longs doigts aux ongles si longs eux aussi, mais d'un rouge écarlate, deux mains de femme réunies en un geste... de prière ? d'offrande ? Je regarde, n'ayant jamais vu d'ongles écarlates, longs, si longs au bout de doigts si effilés, et c'est une voix qui revient, traversant tant de décennies, précautionneuse et grave,

115

avec un accent qu'alors je ne sais reconnaître, disons un accent provençal chez cette femme longue et mince – mais ce sont ses mains, les mêmes, ses ongles écarlates, les mêmes qui me la feront reconnaître un jour, à Blois, au moins trente ans plus tard, juste avant que je ne lève les yeux sur elle, l'apparition d'une dame longue, mais non, c'est la voix qui fixe en moi pour toujours, comme la première fois, son image, elle qui m'a donné, oui, la première à m'avoir donné à boire le tout premier vers français, prononcé comme j'étais auparavant habituée à recevoir seulement les versets du Coran : avec une lenteur quasi majestueuse, une gravité à peine marquée, une fluidité tranquille, presque fervente dans la chute.

La voix de la dame aux longs doigts qui, ainsi joints, devraient, dans un autre pensionnat, accompagner (je le suppose maintenant) l'Ave Maria, ou la prière des morts, ou celle des amoureux si du moins il en est une, cette voix de madame Blasi, première Française à m'avoir fait un tel don, par élan, par recueillement, comme à toute la classe silencieuse, une classe de sixième de lettres classiques. Les fillettes ont fait silence à cause du geste ou grâce à la voix, à sa lenteur, à son léger accent, moi assise devant ou bien au deuxième rang (je ne suis sûre que du geste des mains jointes en offrande, comme dans un soudain rituel), je regarde, j'écoute, le cœur battant, je reçois un premier ébranlement, plus que cela : une commotion qui me laboure.

Je réentendrai si souvent, plus tard, la voix de cette femme aux ongles rouges, au visage osseux, qui, soudain muée en prêtresse, officie dans le silence de nous toutes, de mon cœur qui sourdement bat :

> *Mon enfant, ma sœur,*
> *Songe à la douceur*

J'ai ainsi reçu d'un coup *L'Invitation au voyage*, plus que cela : l'invitation à la beauté des mots français ; plus que cela encore, à la respiration secrète sous les mots, rythme qui fait à peine tanguer cette voix de lenteur et de cérémonie. J'ai reçu ces vers lentement, d'abord comme si elle les improvisait, elle, par brusque miracle, par douce éclosion – mais, peu après, comme un coup, un coup en pleine poitrine… J'ai regardé fixement les longs doigts, les ongles étranges, et me voici à mon tour dérivant ailleurs comme autrefois, vers quatre ou cinq ans lorsqu'à la radio de langue arabe, par une aube d'hiver glaciale, se déroulait une voix de ténor psalmodiant la mélopée coranique, puis l'élevant soudain très haut en volutes ; et moi, dans cette classe de collège, j'oublie que, pour mes camarades, je suis différente, avec le nom si long de mon père et ce prénom de Fatima qui m'ennoblissait chez les miens mais m'amoindrit là, en territoire des "Autres", eux qui font semblant de nous accueillir mais par notre envers, croient-ils – sur quoi, ce lent poème de Baudelaire (mais j'anticipe, je n'ai pas encore entendu prononcer le nom du poète), c'est à peine si je tâtonne, je le toucherais presque du doigt et de l'oreille : je suis ébranlée de sentir combien la beauté est une et multiple, que même le verset coranique a son contrepoint, que…

Ecoutant, je suis à la fois dans la classe et ailleurs : tout s'est élargi, s'est déchiré, agrandi, le ciel au bout et cette dame qui termine le poème, pour moi un long, très long poème, pas un verset de sourate, une "invitation au voyage", dit-elle, puis elle ajoute après une seconde de suspens…

— Charles… Baudelaire.

Elle a détaché le nom du prénom. Elle a presque perdu le souffle dans ce court arrêt. Mais non, sans hésiter, sans défaillir, elle a au contraire prononcé le nom du poète dans la même coulée harmonieuse, aussi grave que pour les vers du sonnet. Et moi j'ai levé les yeux vers elle. Je l'ai fixée longuement du regard, la musique encore dans l'oreille, puis son écho.

Je revis la scène, mon premier choc esthétique, c'est-à-dire total, mais "chez eux", là où, pourtant, la veille, on a refusé d'amener un professeur d'arabe "juste pour moi" ("Juste pour vous ! Vous, une seule élève !" s'est exclamée avec une pointe d'indignation la directrice qui s'était déplacée parce que je m'étonnais tout haut, après avoir levé le doigt, puis en débitant ma réclamation : "En tant que première langue étrangère que je peux choisir, je voudrais apprendre littérairement la langue de ma mère, celle de mes aïeux – par ses poètes et ses textes anciens, et non comme au village où j'allais à l'école coranique et où le Coran s'apprend par cœur, donc sans vraiment comprendre !").

Moi, pas encore onze ans, dès le premier cours de cette sixième de lettres classiques, j'avais débité debout mes arguments d'une voix raidie, tenant à formuler ma déception (certes, pensais-je, l'arabe littéraire ne peut m'être une "langue étrangère", mais…). La directrice du collège – que nous appelions entre nous "Dix-heures-dix" à cause de sa démarche, les pieds tournés vers l'extérieur, et de sa façon d'avancer mécaniquement –, elle que l'on disait à voix basse "communiste" et que le régime pétainiste, quelques années auparavant, avait chassée de ses fonctions, cette dame, donc, tout auréolée de son passé de persécutée, voici qu'elle me déclarait avec vivacité que ma prétention à vouloir étudier "littérairement" ma langue maternelle ne justifiait nullement que l'on m'assignât, pour moi toute seule, un professeur…

— Ce sera l'anglais, trancha-t-elle, comme pour toutes vos compagnes ! Sinon, renoncez au latin et rejoignez la sixième lettres modernes, où il y aura, je crois, trois ou quatre fillettes comme vous ayant choisi l'arabe… littéraire !

Elle accentuait l'épithète, semblant douter qu'il pût y avoir une telle variante de cette langue pour "indigènes".

Et "Dix-heures-dix", habillée de noir comme toujours, me salua presque militairement, sa silhouette faisant trois quarts de tour pour quitter les lieux, et moi me rasseyant, rigide, car ma demande si spécifique restait en moi suspendue, consciente que j'étais de n'avoir pas trouvé les arguments adéquats, mais comment chercher à comprendre à cet âge pourquoi mes condisciples dites "européennes", pourtant nées comme moi au pays, étaient disposées à apprendre toutes les langues de la terre, y compris les langues dites "mortes" (nous savions déjà que les meilleures de la classe, d'ici deux ans, choisiraient d'étudier le grec classique – moi seule, toutefois, connaissais le dicton arabe, colporté même par des parentes illettrées, à savoir que, "si l'arabe est la langue de Dieu", puisque Mohammed l'a entendue de Gabriel dans la grotte, le grec est néanmoins "la langue des anges"), mais que ces fillettes ne chercheraient nullement à comprendre la langue parlée, hors de l'école, par les neuf dixièmes de la population du pays ! Même moi, je ne m'étais pas posé la question, comme si la période coloniale où nous vivions anesthésiait en moi aussi l'étonnement qui aurait dû être le mien devant la surdité de mes condisciples à ma langue maternelle.

Après ce long retour en arrière, revenir au poème de Beau-de-laire, lorsque, comme dans un cérémonial, madame Blasi, ne l'ayant ni déclamé, ni vraiment récité avec quelque effet à notre intention, au contraire, l'avait laissé lentement couler, pareil à un filet d'hydromel. Je fus sans doute la seule fillette – l'"'indigène" – à être bouleversée à la fois par le rythme, la musique, sa limpidité, les images furtives, si proches, presque caressantes et pourtant venant de si loin, moi, la fillette aux yeux levés vers la diseuse aux mains longues et aux doigts joints, avec les ongles écarlates, moi qui, tout en ne la quittant pas du regard, me sentais engloutie dans un émoi, un remuement que je n'aurais su définir comme "esthétique" : ce fut là, précisément, mon entrée silencieuse mais royale dans une plaine de méditation – lent et imperceptible accès à un irréel si prégnant que votre corps (yeux, oreilles, doigts qui voudraient palper le rythme, pieds qui risqueraient de déraper, d'obliquer sans but), votre corps, oui, mais aussi votre cœur, sans que vous en compreniez le pourquoi, se retrouvent pantelants.

J'ai baissé les yeux. Je n'avais en moi ni mots, ni phrases. Seulement, à partir de ce premier "dit", le déroulé de la voix de cette femme, une connivence a semblé s'installer : une zone à part, fluide et scintillante – où, plus tard, d'autres poètes et poétesses viendraient se glisser, ombres furtives, et me devenir aussi familières que la grand-mère paternelle que j'avais tant pleurée.

Par la suite, ce qui me rassura – sans doute grâce à Baudelaire et à madame Blasi –, ce fut la certitude que, dans ces cours s'étalant sur les six années à venir, il n'y aurait pas, malgré les apparences, nous les "indigènes" (pas plus d'une vingtaine de jeunes filles sur deux cents internes), différentes des autres, et, d'autre part, les "Européennes", c'est-à-dire les Françaises, ou les Espagnoles, ou les Maltaises, mais toutes considérées néanmoins comme "de l'autre côté". Non, pas un monde divisé en deux dans ce cocon que représentèrent mes années de pensionnaire parmi la minorité de fillettes arabes ou kabyles – moi ne parlant pas le berbère, seulement l'arabe et le français.

Cette division existait certes (plus tard, quelques scènes de réfectoire nous le rappelèrent rudement).

Par contre, je pressentis dès cette année de sixième, dès ce premier poème lancé vers moi par madame Blasi en don de lumière – par son phrasé, sa théâtralisation, sa liturgie –, oui, je compris qu'au-dessus de nous planait un autre univers, que je pourrais l'approcher par les livres à dévorer, par la poésie encore plus sûrement – du moins, quand, inopinément, tel un vol d'oiseau à l'horizon, elle se laisse entrevoir. Moi qui allais être une interne farouchement solitaire, cet espace-là devenait soudain un éther miraculeux – zone de nidification de tous les rêves, les miens comme ceux de tant d'autres…

Je pourrais me sentir là-haut protégée comme autrefois la nuit, dans mon lit de fillette, par les prières nocturnes de Mamma, la douce grand-mère disparue qui semblait parfois se glisser dans mon lit de dortoir, me caresser, me réchauffer, elle, la revenante dont je n'oubliais pas la tendresse des mains palpant à nouveau, entre les draps, mes pieds refroidis.

2

PREMIERS VOYAGES, SEULE…

Cette première année, chaque samedi, le tablier de pensionnaire abandonné dans le casier de l'étude, je franchissais à seize heures le grand portail du collège ; quelquefois j'aimais à passer par un couloir obscur menant aux deux salles du parloir, si impressionnantes avec leurs boiseries d'acajou qui rendaient ce lieu luxueux à mes yeux, la couleur du bois bien ciré éclairant l'endroit si chaud, quoique vide. Une fois dehors, je me contentais de suivre le premier boulevard bruyant – camions, parfois charrettes ou chars à bancs tirés par quelque jument venant des faubourgs (le bruit, les cris du cocher, le mélange d'interjections en un mauvais français métissé d'arabe ou de berbère) –, mon cœur battait, ce charivari me tournait la tête, j'avançais avec émoi, veillant à ne pas me perdre, je n'avais qu'une demi-heure pour arriver au car ; néanmoins, ces clameurs me portaient.

Au bout d'une vingtaine de mètres, je jetais un regard de l'autre côté, où se dressait l'imposante masse arrondie de la "halle aux vins" aux abords silencieux et presque éteints à cette heure. Je marchais de mon pas régulier de fillette sage, mon cartable assez lourd au bras. A l'approche du carrefour, il me suffisait de tourner à gauche pour me retrouver sur une avenue plus large, bordée de marronniers. Elle était plus fréquentée encore, car elle menait à la gare vers où se dirigeaient de gros camions, et je remarquais chaque fois sur le pavé les rails encore visibles d'une "micheline" déjà périmée qui, semblait-il, remontait naguère jusqu'au cœur de la ville.

Moi, la marcheuse, j'avançais, les yeux presque baissés, mais sur le qui-vive. J'approchais enfin de la station des cars, qui, l'un après l'autre, toutes les heures, démarraient et sortaient lentement de la ville pour traverser ensuite les villages de la Mitidja, au moins jusqu'à Marengo et au-delà.

Dès lors, je me sens moins inquiète, presque tentée de me dresser au bord du trottoir et de rester là à contempler : qui va à la gare, qui, à bord de ces voitures de différents styles, se rendra plus loin, c'est-à-dire jusqu'à Alger, la capitale ; et lesquels, parmi les ruraux qui conduisent de vulgaires charrettes à bras, ou tirées par un mulet, vont s'arrêter dans l'heure qui suit devant des fermes que je n'ai jamais vues. Je suspends alors mon imagination : je me sens arriver à bon port, je ne dois pas m'attarder !

Il est maintenant quatre heures et demie. J'ai mis moins de vingt minutes pour couvrir les cinq cents mètres de ma marche de pensionnaire libre mais prudente, et, quoique sans hâte, je me sens heureuse à la pensée de retrouver la maison familiale où l'on s'apprête déjà à m'accueillir…

Car, comme je le constate à présent tandis que je reconstitue ma marche "du samedi soir", les yeux certes pleins du tohu-bohu de la foule qui m'exalte, je suis vraiment "fillette sage". Entrée dans le bureau de la compagnie des cars (la première fois, mon père a dû m'accompagner, me recommander discrètement à quelque connaissance parmi les employés indigènes), je sors mon argent, murmure à peine le nom du village où j'ai grandi, m'apprête ensuite à rejoindre ma place ("assise", m'a-t-on précisé, et dans les premiers rangs, car l'arrière du car est réservé aux hommes, paysans ou prolétaires – et ce, pour ne pas gêner les quelques rares femmes, ou les fillettes comme moi…). Il m'a fallu ensuite attendre dehors devant le car – arrivé avec un léger retard, puis contrôlé à vide après avoir été balayé, nettoyé, surtout au fond. Les portes enfin ouvertes, on a laissé entrer les femmes – une Espagnole avec son châle noir et son chapeau, deux dames voilées comme des citadines, les yeux fardés mais baissés, et moi, la dernière, fillette timide au maintien raide. Une fois assise au premier rang ou au second, après que l'employé qui connaît mon père est venu vérifier où je me trouvais (sans me parler, mais s'évertuant pourtant à être reconnu de moi), je me mets à observer plus posément les autres groupes : paysans berbères dans leurs toges pas toujours immaculées, quelquefois coiffés de chapeaux de paille ou de bonnets de laine ; chez certains, je remarque les moustaches longues et rebiquées qui leur donnent un air de guerriers ou de faux bandits. Ils montent presque en dernier, avec un calme majestueux. Quelques employés d'allure européenne, en complet-veston, les suivent – ceux-ci s'expriment parfois en arabe, parfois dans un français châtié, avec toutefois les "r" roulés, on les appelle les "émancipés" – ; je le sais, eux, comme moi, seront attendus dans les gros villages de la fin du trajet. Quelques-uns, certains samedis, sont des "petits Blancs" : l'un avec sa casquette de côté, l'autre à qui, dès le départ, le contrôleur intime l'ordre d'éteindre sa cigarette alors qu'il s'apprête à rejoindre sa place. Moi, je détourne la tête et, le nez plaqué à la vitre, je ne me lasse pas de la variété des faciès, des costumes, des parlers de cette foule au-dehors, parmi laquelle certains sont venus seulement accompagner leurs parents.

Soudain je n'ai plus envie de partir, je ne me rassasie pas de ce théâtre improvisé : des curieux venus s'attarder là, quelques femmes du peuple qui attendent d'autres destinations et semblent installées depuis le matin, leur voile de laine entrouvert sur une poitrine abondante, des mèches de cheveux roux sortant de sous le satin de la coiffe. Celles-ci ne vont peut-être pas partir, me dis-je, elles sont sans doute là comme au spectacle : leur patience et la fatigue de leurs traits me font méditer sur leur vie. Qu'attendent-elles ? Quelqu'un doit probablement leur apporter l'argent nécessaire pour l'achat du billet ?

Enfin le car démarre, et moi, pendant l'heure que va durer le voyage, je colle mon nez à la vitre, je ne veux rien perdre du paysage, de la vitesse, du ciel qui rougeoie avant la nuit. Celle-ci, peu à peu, du moins pendant les jours d'hiver, va nous engloutir avant même que je ne sois arrivée.

Le car accélérant l'allure après avoir traversé les faubourgs de la ville, je contemple avec la même ardeur de novice les paysages qui défilent et semblent venir au-devant de nous ; jusqu'à la lumière déclinante du soir, qui, j'imagine, traîne somptueusement derrière, enrobant de lueurs fauves ce car un peu poussif, au moteur hoquetant.

J'attends ensuite l'approche du premier hameau, où rarement l'on s'arrête – mais la route, après un ou deux carrefours, se subdivisera en deux tronçons, et, comme chaque fois j'en viens à presque espérer que l'on va prendre l'autre voie, la sinueuse, qui monte vers l'Atlas proche et menaçant, une route qui me semble réservée aux aventuriers. Mais nous traversons déjà ce hameau avec ses chômeurs accroupis sur le trottoir et des enfants mendiants qui nous regardent en silence.

Au village suivant, l'arrêt du car dure bien un quart d'heure (le contrôleur fait descendre des ballots de courrier et des paquets divers) : j'observe tout, j'en oublie presque que je rejoins la maison des parents et, pour un peu, je me perdrais dans le spectacle du monde : ces villages que je découvre sans jamais y descendre, ces foules d'hommes et d'enfants immanquablement divisés en deux espèces, et jusqu'aux lieux : les cafés maures surpeuplés et bruyants d'un côté, et de l'autre, sur l'autre trottoir, parfois au centre du bourg, devant la place avec son kiosque, plusieurs brasseries européennes avec de très hautes glaces du début du siècle, des miroirs, des lustres qui m'impressionnent.

Parmi leur clientèle règne la même ségrégation : d'un côté les paysans arabes, souvent accroupis ou agglutinés, de l'autre les Européens, quelques-uns en complet-veston et chapeau melon sur la tête, plus rarement avec casquette portée à l'arrière du crâne ; d'autres encore, le ventre rebondi, installés devant leur chope de bière ou leur anisette, souvent des cartes à jouer à la main… Ils ont des gestes nerveux, ils semblent discourir et gesticuler, mais je vois toujours leurs images en séquence muette. Un peu plus loin, d'autres, debout, la tête inclinée, examinent gravement le sol : ce sont des joueurs de boules ; ils me paraissent mystérieux dans leurs postures hiératiques.

A chaque arrêt, le contrôleur descend une minute ou deux en claironnant le nom du village ; souvent, ce sont des noms de villes d'Europe où les armées napoléoniennes ont gagné des batailles, un siècle et demi auparavant, tandis que les indigènes réservent les noms des tribus voisines à ces mêmes localités.

A cette époque, le fait que ces stations portent deux noms si différents – l'un venant du pays, l'autre même pas vraiment de France –, en vérité ne m'étonnait pas : mais j'y repenserai deux ou trois ans après, quand se développera pour moi le programme d'histoire…

Moi qui regarde au-dehors et écoute la voix de stentor du contrôleur, j'ai l'impression que tout n'est pas vraiment réel, sans doute parce que je suis là à voyager seule et que, du haut de ma place en hauteur, je domine, silencieuse et figée, ce monde des villages traversés, ces rues exclusivement peuplées d'hommes toujours répartis en deux groupes, les "Européens" et les autres, ou plutôt non, je ne me dis pas ces deux derniers mots, car ces "Autres", ce sont en fait les "nôtres" – ainsi s'exprime mon père, quand il me parle en français, à propos des "indigènes", comme les appellent ses collègues.

Les "nôtres" : je me répète donc les mots de mon père en observant "nos" groupes sous leur aspect le plus misérable, mais je sens bien qu'ils gardent – au moins certains d'entre eux, souvent les plus dépenaillés – un air d'anciens seigneurs ruinés et amers. Les années suivantes, au long de ce même trajet du samedi soir, j'aurai l'occasion de me demander pourquoi ils me fascinent tant, tout en m'isolant d'eux, non parce que je suis la fille de mon père – "la fille de l'instituteur", disent justement les nôtres, dans notre village – ; c'est, me dirai-je, parce qu'ils s'enveloppent dans leurs burnous comme dans des costumes de scène, ou parce qu'au contraire, à les voir accroupis à même le sol, une jambe repliée, le coude posé sur le genou avec indolence, je ne sais plus trop si c'est moi, regardée par eux (quand le car est arrêté), ou, à peine entr'aperçue, ma figure aux yeux aigus, presque aplatie contre la vitre du car, qui serait la seule personne réelle, et eux, ces groupes figés de prolétaires devenus pour moi un tableau fugitif, saisi en un éclair ou persistant dans son immobile durée.

Me voici approchant enfin notre village ; en hiver, je le retrouve déjà noyé dans une nuit épaisse. Mais à peine la porte du car s'est-elle ouverte que je surgis la première et que mon père, d'un simple pas en avant, se dresse devant moi, me tend la main et me sourit :

— C'est bien, dit-il, rassuré, le car est à l'heure !

Chaque fois, d'instinct, je sais que je dois me retenir de ne pas lui sauter au cou : nous sommes dehors, devant tous ; or, chez les "nôtres", on n'embrasse pas les deux joues paternelles (mon père ne se serait d'ailleurs pas incliné) ; non, les garçonnets, au village, avec une gravité précoce, baisent respectueusement le dos de la main du père – cette main ostensiblement tendue. Mon père, lui, aurait un haut-le-cœur si quelqu'un osait lui adresser ce geste qu'il trouve de soumission. Comment l'ai-je su ? Rien n'a été prémédité dans notre protocole familial, sauf que chacun, depuis son âge tendre, n'en doit pas moins surveiller de près ses gestes, le salut du matin comme celui de l'adieu : tout est codé, préétabli et surtout, dans mon cas, à l'âge de onze ans, puis de douze, je dois au-dehors, aux yeux de tous – tous les Français d'un bloc confondus et les "nôtres", uniquement des garçons et des hommes, la gent masculine rassemblée –, dès lors moi, ressentie d'emblée comme une exception, moi une fille d'apparence européenne mais sans l'être, je dois, dans la rue, refréner tous mes gestes, même si la rue se trouve par hasard désertée.

Ainsi, il serait indécent de ma part, par exemple, de me hisser sur la pointe des pieds pour embrasser affectueusement mon père, dans un joyeux désordre improvisé et exubérant, sur les deux joues, une fois, deux fois, oh oui, pour ainsi dire, un baiser d'oiseau !

Certes, l'on ne m'a rien défendu explicitement, mais mon père, devant les autres, n'aurait jamais incliné sa haute taille pour que sa fillette aille – en public ! – lui nicher ce semblant de baiser comme ferait un pinson, une alouette, qu'importe : toute cette ostentation serait considérée de mauvais goût, manière de singer l'autre clan ; ne reste pour moi dans la rue, noircie par la nuit approchant ou rougeoyant des braises d'un feu de charbon à nos pieds, ne m'est donc réservée que l'immobilité du corps, des épaules, juste une pression de la main (ma menotte dans la large main paternelle) et ma voix chuchotant : "Comme je suis contente !" Ne pas dire aussitôt : "Toi, toi, te retrouver !", car, si je me laisse aller, je sais par avance qu'il ajoutera – comme pour se parer d'un bouclier, ou parce qu'avec moi il aime à parler de son amour conjugal –, oui, il soufflera plutôt, pas même complice, se maîtrisant comme toujours en public : "Et ta mère, tu l'oublies ?"

Sachant, lui, l'époux, que, sitôt franchi le seuil, dans dix minutes tout au plus, que sauter au cou de ma mère ce sera pour moi retrouver le naturel à la fois de l'enfance ou de l'adolescence qui pointe, mon exubérance n'étant qu'une parure de plus pour la jeune mère, qui, elle, sans avoir quitté son modeste royaume, se laissera étreindre par moi dans la douceur.

C'est donc avec lui, mon père, que, dans les premières lueurs de la nuit (des quinquets dans la brasserie d'en face s'allument les uns après les autres), lui donnant la main, je franchis les cinquante mètres qui me séparent de l'immeuble réservé au corps enseignant. Je suis sûre d'ailleurs que ma mère se tient aux aguets derrière les volets apparemment presque fermés de sa chambre…

Ainsi, chaque semaine, s'écoulent environ deux heures et demie entre ma sortie de l'internat, à Blida, et mon arrivée à l'appartement familial du village.

3

LE PIANO

Je ne me souviens plus des dimanches de cette première année. Ma mère est, sans nul doute, occupée à faire blanchir et à repasser mon linge. Le petit frère, comme à l'habitude, est materné par "khalti Khadidja", une nourrice du village qui fait presque partie de la famille : je ne vois guère ce cadet dans mon souvenir, peut-être passe-t-il déjà son temps au-dehors avec les autres enfants de l'immeuble, ou même dans le village, avec un des fils du caïd… Ma sœur est une fillette que l'on surveille moins que moi autrefois dans ses jeux avec les enfants des autres instituteurs. Mais ce n'est pas tant la vie familiale que je retrouve. Comment dire ? Déjà alors, il me semble parfois que je ne suis ni vraiment là-bas (au dortoir, au milieu de tant de Françaises où un début de dialogue se poursuit chaque soir avec Jacqueline, du lit voisin), ni tout à fait revenue à la maison alors que les quelques adolescentes musulmanes dont je suis devenue proche ne sortent pas, chaque samedi, comme moi.

Je dois sans doute répondre à la curiosité de ma mère, désireuse d'imaginer quelles camarades je peux avoir "là-bas" Est-ce cette année-là qu'elle pro-pose à mon père de m'acheter un piano ? Il est assez vite d'accord pour payer le professeur de solfège : celle-ci, à la pension, me dispensera deux leçons heb-domadaires, lesquelles seront prises sans difficulté sur l'horaire du temps d'étude, le soir. Ma mère s'imagine sans doute que, après une année de leçons régulières, je pourrai – une fois le piano acquis – lui jouer ses airs préférés de musique traditionnelle andalouse.

Cette première année de pensionnat, je suis donc une fillette docile, et ma mère entretient des illusions musicales à mon sujet... pour son propre plaisir, il est vrai. Certes, je n'ai jusqu'alors jamais pensé à elle comme "cloîtrée" dans l'appartement, elle qui devait surtout souffrir de son éloignement de sa ville d'origine et de n'avoir comme loisir que les émissions de Radio Alger en langue arabe, diffusant de larges tranches de folklore. Ma mère avait-elle vraiment la nostalgie de sa vie, là-bas, à Césarée, cette vie sociale féminine – visites fréquentes et fête bourgeoises à la moindre occasion –, cette civilité que nous re-trouvions dès le début de l'été, dans la maison de sa mère ?

Pour ce qui est du piano, il sera acheté dès l'année suivante et, même moi, dans un premier temps, j'ai dû en être fière.

Un souvenir surgit : ce jour où, mêlée à un groupe de pensionnaires, je vais écouter pour la première fois un concert programmé par les Jeunesses musicales : le célèbre Samson François, venu de Paris, doit jouer plusieurs œuvres de Chopin.

Je n'avais été jusque-là qu'auditrice de radio, comme ma mère, mais de musique occidentale. Bach, c'était le dimanche matin et, me semble-t-il, toujours lié à la messe, si bien que je ne l'écoutais pas vraiment, l'associant d'emblée aux processions catholiques qui défilaient sous nos fenêtres pour certaines de leurs fêtes qui nous paraissaient païennes, un peu comme des survivances d'un rite primitif, surtout parce que de si nombreuses statues y étaient transportées ostensiblement par des enfants en chasuble dorée. Soudain ces Européens, tellement plus "modernes", semblait-il, nous paraissaient de grands enfants ou même des idolâtres sans le savoir !

Au concert des Jeunesses musicales, cette première fois (je devais avoir treize ans), tout me fut nouveau : le noir dans lequel fut plongée la salle, le célèbre pianiste s'inclinant devant l'assistance, se recueillant ensuite, mains tendues au-dessus du clavier, les notes de musique griffant imperceptiblement le silence, montant en un flux progressif – comme si une cascade allait jaillir de derrière le piano que je découvrais à peine, l'ombre de l'artiste à demi courbé et laissant couler de ses doigts des flots d'accords chevauchés dans un ordre mystérieux.

Je ferme les yeux, me glisse dans la progressive montée de ce torrent de sons tressés ; soudain fantomatique, la foule qui m'entoure semble tendue comme moi, respiration suspendue, emportée malgré elle, moi avec elle, par ces vagues de sons frappés, d'accords fondus ou mêlés...

Où suis-je ? Le musicien, j'oublie qui il est : l'interprète, ou bien Chopin ressuscité, exilé et malheureux je le sais déjà, enfin parmi nous, ombre complice derrière cet homme brun, penché sur son instrument ? Et moi, dans cette cascade de notes qui piaffent, se déversent sans discontinuer, éclaboussent l'ouïe de chacun ? Nappes de sons brassés qui montent, volent, triomphants, avant de retomber soudain, mais pas tout à fait, la violence plaquée des doigts se prolongeant (je les aperçois, à cause des poignets aux rebords étincelants de blancheur), je vois, dans un éclair, la face du pianiste – du pianiste ou bien de Chopin ? –, puis son profil presque posé sur les touches, comme s'il allait s'y coucher, ou au contraire, soulevant jusqu'au piano lui-même pour enfin se redresser, ravir pour lui seul cette ample musique, la tirer dans son sillage, et partir, laissant les auditeurs à jamais orphelins.

Soudain, une houle continue de sons se lève comme de profondeurs marines, nous éclabousse avant de s'affaiblir peu à peu. Et le silence finit par recouvrir cette violence en suspens.

La lumière revient d'un coup ; les applaudissements et les vivats fusent ; l'artiste est resté une longue minute recroquevillé au-dessus des touches d'ivoire, puis il s'est lentement redressé, nous a regardés presque tristement, sans doute – me dis-je – pour s'enfuir loin de nous, loin de tout – et je me redis : est-ce l'interprète ou est-ce l'ombre de Chopin en personne derrière celui qui nous salue et qui a souffert devant nous ?

Dans la lumière blanche, une voisine du pensionnat me dévisage et me chuchote doucement :

— Efface tes larmes, voyons !, tout en me souriant, presque avec commisération.

Je me rembrunis. Je n'ai même pas de mouchoir. J'entends encore en moi l'écho des derniers accords. Jusque-là, je ne savais pas que la musique pouvait être reçue ainsi, dans une salle nue, malgré tant de gens assemblés comme pour une fête. Pour moi, ce n'est pas une fête, plutôt une révélation. Une mise à nu.

Je m'essuie le visage comme je peux mais demeure bouleversée – cela n'en finit pas, au-dedans de ma frêle poitrine. J'ai honte aussi. Je sors très vite dans le premier flot. Dehors, mes oreilles bourdonnent, je n'entends ni la foule ni la ville que nous allons bientôt traverser tout entière, le long du boulevard longeant les casernes. Je ne sais plus où je suis. C'est mon premier concert. Je suis toute seule dehors, me semble-t-il.

— Lequel des *Nocturnes* as-tu préféré ? demande une voix précieuse parmi les pensionnaires qui me rejoignent et qui, à nouveau sous surveillance, s'en retournent comme moi à l'internat.

Silencieuse et contractée, gênée, ô combien, de m'être ainsi oubliée en public.

— J'ai vu les larmes sur tes joues, quand la lumière est revenue, me dit, d'un ton presque malicieux, une de mes voisines d'étude.

Elle me demande ensuite sérieusement si j'ai trouvé Samson François "romantique"… Je la regarde comme tombée d'une autre planète. Il faudrait peut-être lui avouer que j'ai écouté jusque-là Chopin… mais à la radio !

Mais non, plutôt me dire, après tout, que je passe, chez eux… pour une barbare !

Est-ce pour cela que j'eus l'illusion de pouvoir devenir, pour ma mère, sa future "pianiste-maison", en quelque sorte ? Comment aurais-je pu savoir, d'emblée, qu'en musique traditionnelle – la musique par excellence aux yeux de ma mère – mon apprentissage du solfège et mes gammes quotidiennes ne seraient que d'un faible secours ?

Comme le jazz, cette musique importée par les Maures et les Juifs d'Espagne, très présente dans notre cité de Césarée, repose sur l'art de l'improvisation. Sans même anticiper sur mon médiocre talent d'interprète au piano, ayant pourtant fait preuve, au moins au début, d'une indubitable persévérance, j'allais ainsi occasionner une première déception à ma mère.

Je me revois dans ces cours avec Mme D., le professeur de piano qui, très vite, se mit à me rudoyer, multipliant les remarques acerbes sur mes doigts "si longs, certes, mais assez gourds, et peu adroits", puis qui répétait, avec une évidente aigreur :

— A quoi bon réussir dans toutes les matières, en lettres comme en sciences, si, malgré tant de gammes, pour ce qui est des classiques favoris, vos progrès, la deuxième et troisième année, ne semblent guère perceptibles !

Elle ajoutait, acide, comme si je le faisais exprès :

— Et vous me dites que votre mère – une vraie musicienne, elle, j'en suis sûre – a fait acheter à votre père un piano exprès pour vous ? Pour qu'elle vous écoute ?

Cette dame devenait de plus en plus démoralisante.

Chaque dernière heure du temps d'étude, je sortais avec mes partitions, traversais l'immense hall plongé dans la pénombre et me retrouvais dans la salle des fêtes, seule, tout au fond, à pianoter une heure durant ; mais plus je consacrais ces fins de soirées à cet effort solitaire, plus me devenait pesante l'antipathie de la dame brune qui, par ses remarques acerbes, semblait faire tout, au contraire, pour m'éloigner de la musique. Elle tapait de sa baguette sur mes doigts pas suffisamment repliés, ne laissait rien passer de mes erreurs, de mon manque de souplesse ; et ma lenteur, ma gaucherie s'accentuaient en sa présence. J'étais sûre qu'elle ne m'aimait pas, qu'elle était payée par mes parents pour que je pusse jouer comme une banale pianiste amateur, certes, mais – devait penser cette dame, si inhibante avec moi – où avait-on vu une fillette avec un père portant le fez turc et une mère enveloppée dans le voile de laine ou de soie des Mauresques, oui, où avait-on vu qu'on puisse, ainsi entourée, prétendre parvenir à interpréter ne serait-ce que quelques bribes du *Clavier bien tempéré* ?

J'eus, il me semble, au moins trois années cette dame sèche et revêche pour me dispenser ses leçons particulières. La dernière année, le découragement que son hostilité ou sa réticence accentuait s'accrut encore en moi. Je me souviens pourtant d'avoir goûté parfois le plaisir de jouer en solitaire, presque chaque soir, dans cette salle des fêtes si vaste ! Nous devions être plusieurs classes d'internes réunies aux heures tardives de l'étude : une cinquantaine au moins de préadolescentes. Chaque soir, je me levais, mes partitions sous le bras, j'empruntais mon chemin habituel tout au long des couloirs obscurs, jusqu'à la salle où semblait m'attendre le grand piano.

Dans ce vide des lieux, tandis que je m'exerçais non seulement aux gammes, mais à déchiffrer quelques morceaux, la présence de la musique m'apaisait : au cœur de ce désert, mon effort se faisait tenace – reprendre trois, quatre fois telle ou telle mesure, m'acharner, ne pas me lasser, jusqu'à entendre le motif se dérouler dans ma tête : combat à l'usure, si mal récompensé ultérieurement par la dame si sévère…

Finalement, par quel refus soudain, comme d'une persécution, me suis-je dressée et me suis-je avouée vaincue ? Je ne me souviens d'aucun éclat… Cela n'a-t-il pas été plutôt comme une lassitude pernicieuse ?

Un jour, me semble-t-il, après une des multiples remarques acerbes du professeur, je me suis cabrée ; j'ai refermé les partitions d'un geste sec et me suis levée : sans même dire au revoir à la maîtresse de musique, lui tournant simplement le dos, toute droite, j'ai regagné la salle d'études.

Ce soir-là, assise près d'une très proche camarade, je déclarai :

— La lecture sera mon ivresse ! La seule...

Le plus difficile dans ce renoncement – que je ne vécus pas vraiment comme une défaite – fut, au village, de faire accepter à ma mère la fin de l'ambition qu'elle avait nourrie à mon sujet.

Moi, j'aurais voulu jouer – au moins correctement – quelques fugues ou des sonatines de Mozart, les plus faciles, mais improviser au piano des accords comme à la cour du calife de Cordoue ? Qui m'initierait, qui me montrerait, surtout que les voix, dans cette tradition remontant au Moyen Age, s'offraient à nous, sublimes, telle la voix maternelle, parfois, dans sa nostalgie tremblée.

Mais en suivant une partition dite classique ?

J'aurais pu tenter d'expliquer à ma mère qu'interpréter au piano ce folklore si particulier requérait d'autres maîtres. Je n'en fus pas capable. Ce fut une déception que je finis par avouer au village, un samedi. Trois ans, au moins, avait duré cette tentative qui se soldait par un échec. Il m'en reste, souvenir tenace, celui de ma gravité entêtée tandis que je traverse la vaste salle dite "des fêtes" remplie d'ombres, et que j'allume religieusement la lampe au-dessus du grand piano.

En m'approchant de celui-ci, tout au fond, en soulevant le couvercle juste avant de me sentir seule à rompre le silence vierge, à caresser les touches d'ivoire éclatantes dans la pénombre – oui, chaque fois l'espoir renaissait, palpitant, que je pourrais jouer assez bien pour continuer, là-bas, dans l'appartement du village et partager avec ma mère son plaisir, être en somme son accompagnatrice dans ce goût qu'elle avait, qui la sortait de son enfermement, qui lui rappelait à elle aussi son adolescence, peut-être ses rêves. Elle aimait tant chanter le répertoire séculaire de l'exil andalou : pourquoi n'aurais-je pas juste désiré l'accompagner, elle, timidement, simplement pour soutenir sa voix, son évasion, en définitive sa liberté à elle aussi ?

A présent seulement, je mesure la profondeur et la tristesse de ce mini-échec. Me reste le souvenir de ces moments de solitude heureuse à l'internat où je croyais qu'à force de persévérance mes doigts assouplis pourraient courir sur le clavier, pour conserver en moi la voix limpide de ma mère, s'élevant pure, à peine mélancolique, là-bas au village…

Peut-être fut-ce après l'amertume de cet échec – qui s'insinua en moi, puis s'estompa au fil de cette année – que prit place, dans cette vacuité ou ce renouveau de ma solitude, l'amitié que je nouai avec une première camarade, Mag.

S'ouvrit soudain pour moi un territoire neuf : une commune boulimie de livres, que nous échangeâmes, sans nous lasser, ne pouvait que nous rapprocher.

4

LA PREMIÈRE AMIE

Mag était une pensionnaire de mon âge, qui n'était pas dans ma classe, mais en section lettres modernes ; fillette "européenne", disions-nous, nous, celles du clan des pensionnaires "indigènes", lorsque nous nous regroupions dans la cour, du moins la première année.

Je n'avais pas l'instinct grégaire : très tôt, je pris l'habitude de ne pas me cantonner ni dans le cercle des filles de ma classe, dites les "Françaises", ni non plus auprès de celles avec lesquelles je pouvais par instants parler arabe – mais elles étaient d'une région éloignée, leurs références familiales ou les évocations de leur enfance me paraissaient si lointaines : elles venaient soit de Kabylie, soit d'Orléansville, et ne voyaient leur famille qu'après des mois, alors que j'avais la chance, moi, mes parents étant d'un village proche, de sortir chaque samedi et de revenir le lundi matin, de bonne heure. Comparée à celles de ma communauté, je devais faire figure de privilégiée, alors que, avec les Européennes de mon village, qui, comme moi, passaient leur dimanche en famille, nos différences se creusaient davantage.

Pourtant, dans cet univers coupé en deux, plus profondément encore que la société du dehors, j'eus, dès la seconde année, une véritable amie. En revanche, l'année précédant ma rencontre avec Mag, je me rappelle m'être vite lassée de la monotonie des conversations des fillettes arabes – qui enviaient la tenue, les propos et parfois l'air de suffisance des Européennes, pour la plupart "filles de petits colons", qui ne savaient pas cacher sous le tablier bleu réglementaire leurs toilettes raffinées. Je m'étais parfois sentie découragée par l'envie que semblaient ressentir les internes musulmanes à l'égard de celles de l'autre groupe. Leurs commentaires me rappelaient les bavardages des villageoises au bain maure, que ma mère, autrefois, dédaignait : "Pas de commérages !" recommandait-elle. Ces propos-là me semblaient relever de la même banalité.

La seconde année, tout changea pour moi grâce à la rencontre avec Mag et aux livres qu'elle et moi dévorions, durant les heures d'étude, une fois nos devoirs terminés. Je ne sais si ce fut elle, ou moi, mais l'une d'entre nous deux remarqua que nous étions les seules à nous précipiter pour obtenir tel livre, et que ce livre-là était justement celui que l'autre désirait. Ainsi, notre amitié se révéla être celle de deux lectrices également passionnées, l'émulation venant de surcroît, ainsi qu'une curiosité presque jumelle, avivée par la même boulimie de livres.

Dire aussi qu'entre elle et moi, me semble-t-il, c'est en troisième année que notre amitié se resserra par l'intercession de deux ou trois ouvrages sur lesquels nous avons amplement discuté ; pour chacune d'entre nous, ils devinrent des guides de lecture exemplaires : il s'agissait notamment – ironie du sort, car, dans cette petite ville coloniale, la modernité était pratiquement inconnue – de la *Correspondance de Jacques Rivière et d'Alain-Fournier*, datant… du début du siècle ! Ces lettres d'adolescents de première supérieure, étudiants à Paris, avaient été échangées avant la Première Guerre mondiale (où allait périr sous l'uniforme Alain-Fournier, nous laissant auparavant son livre-culte, *Le Grand Meaulnes*). Ces jeunes gens découvraient tout à la fois d'abord Rimbaud, grâce à Claudel jeune, puis Péguy, puis Gide, en fait toute la littérature de leur époque – hormis le surréalisme, qui perçait déjà… Sans cette rencontre-là, j'en serais restée docilement à des livres "de mon âge", c'est-à-dire d'une préadolescente vivant dans le monde clos de cette ville de province et dans l'existence confinée de nos parents au village. Or nous voici, délaissant toutes deux les ordinaires livres d'aventures ou d'évasion censés être "de notre âge" ! Et ce fut donc grâce à deux étudiants parisiens de dix-huit ans, près d'un demi-siècle plus tard, que nous, collégiennes dans une ville coloniale, nous voici entrant de plain-pied dans la poésie catholique de Claudel, bientôt dans les livres subversifs, datant de 1900 ou 1910, de monsieur Gide (dont nous apprîmes qu'il était passé autrefois dans notre ville) ! Or ces grands auteurs ne figuraient même pas alors au programme de nos aînées qui préparaient chez nous leur baccalauréat… Cette précision, je l'apporte en guise de préalable, pour bien faire sentir combien mon amitié avec Mag me fit sortir de l'étroitesse intellectuelle dans laquelle stagnaient les plus âgées d'entre nous. Mag et moi, nous prîmes conscience – à l'image de Jacques Rivière et d'Alain-Fournier, qui auraient pu être nos grands-parents – que notre amitié purement livresque nous plaçait à l'écart des autres. Surtout, que la littérature n'était plus seulement celle des grands classiques (nous avions d'abord dévoré de pair Dostoïevski et Tolstoï, Stendhal et Balzac), mais – nouveauté dont nous parlaient rarement nos professeurs – que toute littérature était d'abord vivante et se faisait au présent. Nous découvrions que les auteurs n'étaient pas des morts d'office ; simplement, qu'ils deviennent souvent des "classiques" longtemps après leur disparition.

Avec retard, nous nous sentions en somme presque contemporaines de ces adolescents qui, dans leurs lettres, ne parlaient que de livres. Pour nous deux également la lecture de ce que j'appelais les "vrais livres" devint source d'exaltation et même de mutation.

J'aimerais évoquer ici cette Mag que j'ai perdue en cours de route et qui reste malgré tout, dans ma vie, mon amie première – elle qui me devança, dont l'enthousiasme pour la littérature, l'ironie plus acerbe que la mienne et aussi son air de garçon manqué me firent sortir de ma solitude et du confinement provincial. Nous lisions ; chacune sortant deux ou trois livres, nous nous les passions et nos conversations dans la cour remplaçaient avantageusement le débord physique qui m'inclinait à aller faire sans répit des "paniers" sur le terrain de basket – et ce stimulant entretint notre émulation. Je garde le souvenir que la vivacité, quelquefois mordante, de Mag m'aiguillonnait, que mon esprit, naïf de nature (ce qui désolait parfois ma mère, dont les remarques, à ce sujet, m'étaient souvent autant d'écharde), en devint plus alerte, plus incisif… Peut-être me dépassait-elle d'un an au plus ; peut-être aussi n'avais-je qu'une soif irraisonnée de lire, de lire sans relâche, sans avoir, moi, aucune des références du monde "européen" auquel ces ouvrages renvoyaient.

Non, ce n'est pas tout à fait exact ! Mag me parut si souvent comme un double de moi-même, une *alter ego* dans un domaine, l'imaginaire, qui s'élargissait grâce à nos seuls échanges de livres, à nos brefs commentaires, pas toujours les mêmes, parfois même opposés sur ces œuvres…

Je voudrais ne jamais oublier la personne de Mag et il est temps pour moi de la dépeindre, de la raconter, puisque, dans cet émoi intellectuel que nous avons partagé, elle fut la plus proche.

Je la retrouvai par la suite à Paris ; je la perdis de nouveau, puis la rencontrai une seconde fois, moi femme mariée vivant en banlieue ; je l'invitai, exactement comme on le ferait pour une parente, désirant retrouver un peu de notre adolescence vécue dans la même ivresse des mots. J'avais cette fois presque trente ans. Rencontre miraculeuse dans le métro parisien, station Saint-Michel, avant ou peu après les soubresauts de 1968… Elle vint jusqu'à ma banlieue. Elle raconta, mais brièvement, comment elle et ses parents – d'origine italienne – avaient quitté leur village de pêcheurs… Après 1962, ils s'étaient expatriés à Lyon. Elle me fit l'éloge de cette ville ; elle s'était habituée à sa nouvelle vie : nous n'avons guère parlé de notre pays, là-bas.

Elle ne manifesta aucune trace de douleur ni de rancune pour le départ forcé de sa famille – elle évoqua rapidement son village de Castiglione. Son frère était musicien de jazz, je ne sus rien d'autre de lui, non plus que des siens. Si elle ne montra ni amertume, ni nostalgie, je sentis que c'était par pudeur envers elle-même, un peu envers moi aussi, qu'elle voyait exilée, même si mes parents vivaient là-bas et que j'y retournais chaque été.

Je ne la revis plus : j'avais pourtant retrouvé en elle la même qualité de confiance ; cette dernière rencontre avait été, pour moi, comme une résurrection de notre adolescence à l'époque coloniale.

Est-ce que, malgré tout, la guerre d'Algérie aurait laissé une ombre d'ambiguïté entre nous deux ? Plutôt une invisible frontière, et s'il avait fallu en parler, cela aurait nécessité des nuits entières pour nous raconter l'une à l'autre… Le dialogue aurait-il repris ? Je me souviens qu'elle devait rentrer à Lyon, qu'elle disait ne pas aimer Paris, elle m'en avait fait part autrefois lorsque j'étais étudiante : notre amitié avait pu se prolonger, quelques jours alors, et même durant plusieurs nuits de marche en commun, de bavardages aussi passionnés qu'à l'époque de l'internat.

Or, après cette rencontre de 1968 où Mag me sembla plus évasive (mais je ne m'en rendis compte qu'après coup, réflexion faite), elle repartit et, je ne sais pourquoi, j'oubliai de lui demander son adresse lyonnaise.

Elle avait été, à travers les livres, l'amie première et inégalée. La sœur en littérature, si la littérature est d'abord passion des mots – à lire, à dire, seulement après, à écrire, pour nous repaître de leur lumière…

Avec Mag la presque complice, dès l'âge de treize ans, j'expérimentai mes premières échappées, malgré ma crainte de la sévérité paternelle et l'observance du "contrat" implicite que je me sentais tenue de respecter vis-à-vis du père.

Dès la première année, celui-ci avait en effet signé une autorisation qui me permettait, le samedi, à quatre heures, de sortir seule, de disposer d'une demi-heure pour aller au car qui traverserait les villages du Sahel ; et très tôt, le lundi suivant, de nouveau par le car, je retournais au collège…

Mais, lors de la deuxième ou troisième année, l'espiègle Mag – qui avait établi avec son grand frère une vraie complicité et qui rejoignait son village de Castiglione à peu près aux mêmes heures que moi – réussit à m'entraîner dans de menues escapades dans la ville de Blida.

— C'est très simple, déclarait-elle, voici un programme raisonnable : nous sortons à deux heures et nous allons ensemble au grand cinéma, non loin du collège ! On verra, promettait-elle, des films américains ! Ensuite il ne sera pas encore quatre heures : nous flânerons jusque dans le centre-ville, histoire de regarder de près les gens sur la place d'Armes et – ajoutait-elle avec un sourire de tentatrice – on se paie une visite dans la plus réputée des pâtisseries !

Ainsi m'aventurai-je, en sa compagnie, dans de soudaines échappées : j'avais mon argent de poche hebdomadaire, je me mis à l'économiser toute la semaine pour ne pas dépendre, au-dehors, de la générosité de ma complice. De ces sorties secrètes, devenues vite régulières l'année suivante, je garde le souvenir d'une immense salle de cinéma, L'Empire, qui, en matinée, était presque vide. Là, vis-je les premiers westerns qui me restent en mémoire, surtout parce qu'au début du moins mon cœur battait à l'idée d'être surprise là par mon père ou par quelque espion de mon père ! Comme je le constate, en revivant ces moments, les scénarii délirants étaient davantage dans ma tête de "fillette sage" que sur l'écran.

Le second émoi avait pour théâtre la pâtisserie : là aussi, il me fallait ne pas paraître ridicule aux yeux de Mag. Les premiers temps, elle avait dû payer pour nous deux ; elle exigeait que j'assouvisse tous mes désirs cachés (je me souviens qu'elle se disait riche grâce à son frère qui jouait, les soirs d'été, dans des groupes musicaux). Je finis par avouer mon envie de goûter… aux babas au rhum ! Et pourquoi ? Puérilement, j'ajoutai que l'odeur du rhum m'attirait ; ainsi, vers douze ou treize ans allais-je pécher contre l'observance coranique ! Elle dut hausser les épaules, peut-être même me faire une citation de Gide (nous

154

commencions à peine à frôler cet univers, dans nos lectures partagées). Toujours est-il que, sous les yeux de Mag, chaque samedi, je me convertis au plaisir des babas au rhum.

"Vive le rhum !" ironisait-elle, après m'avoir fait transgresser la pratique musulmane. Je me disais que ce péché véniel n'était nullement contraire à mon appartenance religieuse : puisque je n'allais pas jusqu'à faire ma prière cinq fois par jour, ces quelques manquements alimentaires n'étaient que broutilles… Cela n'altérait en rien ma loyauté envers mon père.

En somme, plus que musulmane orthodoxe, ce qui m'importait le plus était de rester la "vraie fille de mon père", lui dont je connaissais l'austérité. Pourtant, à cause de Mag, l'amie complice, la sœur en littérature, j'aurais dû me sentir coupable… seulement, me disais-je, de succomber à l'odeur enivrante du rhum et à la vue de l'écran agité – vainement agité, pensais-je – par les bruyants films américains. Rien de plus !

Mon amitié avec Mag ? Je mesure combien, dans l'espace resserré du pensionnat, marqué par la division de la colonie, elle me sortait un peu de ma petite personne !

5

FARIDA, LA LOINTAINE

De retour des grandes vacances d'été, nous, les internes musulmanes, contrairement aux Européennes, nous n'avions rien à avouer en fait d'amours naissantes, de correspondances secrètes, de baisers volés, les soirs sur les plages – les plages, pour nous, auraient d'ailleurs été doublement interdites, puisque réservées de toute façon aux Européens, des plus riches aux plus pauvres, mais aussi parce que les hommes de chez nous, à supposer qu'ils fussent tolérés "là-bas", eux-mêmes auraient à leur tour ressenti l'exposition de leurs filles, de leurs femmes en maillot de bain comme une incongruité !

A l'internat, c'est à peine si, fillettes ou préadolescentes, nous nous libérions à demi du foulard, du voile, de tout ce déguisement, si bien que la blouse bleue obligatoire qui, pour les autres internes, était un uniforme mal supporté, pour nous, musulmanes, restait a contrario le signe prometteur d'un futur dévoilement de notre corps nubile.

Pour ces pensionnaires en tablier – même pour celles qui ne sortaient jamais, parfois de tout un trimestre (le dimanche, on les emmenait, par rangées de deux, humer l'air de la campagne proche) –, cette claustration devenait le signe presque certain que, quatre ou cinq ans après, une fois le brevet élémentaire ou le baccalauréat passé, le père ou le frère aîné ne pourrait pas les marier de force à quelque prétendant "de famille", mais qu'elles auraient la chance d'étudier ensuite à l'université, puis d'exercer plus tard un métier.

L'indépendance, enfin ! A peine, à treize ou quatorze ans, évoquaient-elles ensemble ce proche avenir qui faisait naître en elles une ivresse aussi grisante que celle d'un explorateur.

Pour l'heure, ces jeunes filles ou fillettes, provisoirement cloîtrées comme pensionnaires, l'étaient avec moins de rigueur qu'à la maison sous l'œil sourcilleux d'un gardien de harem ; elles souffraient certes de rester des semaines entre les murs de ce collège – mais en souffraient-elles vraiment ? Elles se retrouvaient là ensemble, un peu comme de futures nonnes, contraintes de demeurer, deux mois ou davantage, sans voir leurs parents.

L'une ou l'autre, avec une ironie amère, parfois désabusée ou soudain gonflée de rage face aux interdits familiaux qu'elles évaluaient et comparaient tour à tour entre elles, laissait glisser, au détour d'une discussion, une remarque teintée d'humour noir :

— Que crois-tu, commençait l'une (une brune aux yeux éclatants, mais à l'esprit incisif), les vacances de Noël approchent. Moi, à Orléansville, quand j'irai, j'échangerai cette prison, mon Dieu assez vaste, contre une autre, toute rétrécie. Pas plus !

Et telle autre, un peu plus âgée, d'ajouter :

— Encore heureux, à Miliana, qu'on me laisse arriver jusqu'au bac !

Une troisième, qui ne disait rien, paraissait optimiste : elle avait un corps opulent, un rire tonitruant. Elle aimait partager avec moi l'heure entière de récréation où je m'entraînais sur le terrain de basket-ball.

— Moi, avouait Messaouda (c'était son nom), quand les vacances de Noël ou de Pâques approchent, j'ai de la chance : je n'ai ni père ni frère aîné ! Ma mère veuve, bien que voilée, travaille comme infirmière… Elle est impatiente que je grandisse pour que je puisse l'aider à élever les petits !

Et elle en riait.

Je les écoutais avec un vague remords ; je me sentais privilégiée. Une ou deux fois, je parlai de Messaouda à ma mère. Elle proposa de l'inviter à venir avec moi en car partager l'hospitalité du dimanche. Mais il aurait fallu que sa mère lui envoyât une autorisation écrite au collège.

— Trop compliqué ! éluda ma camarade.

Je revins à la charge, insistai :

— Cette autorisation, quand va-t-elle arriver ?

En dehors de nous, qui représentions une minorité de pensionnaires arabes parmi les Européennes, il y avait, plus nombreuses, des élèves externes et demi-pensionnaires. S'agissant de musulmanes, pour la plupart filles de petits-bourgeois de la ville – soit environ une vingtaine qui, par la suite, affluè-rent un peu plus, du moins dans les petites classes –, les allées et venues quotidiennes devaient leur poser quelques problèmes, si bien que parfois certaines nous enviaient notre tranquillité de "ne pas sortir" ! Car le trajet quotidien de la plupart était tracé de façon à leur faire éviter le centre-ville, ce dernier étant occupé par plusieurs casernes (Blida, en effet, était une importante ville de garnison).

Je me souviens de certaines élèves de mon âge qui racontaient comment, à cause d'un frère sourcilleux ou d'un père méfiant, elles avaient à subir la compa-gnie d'un chaperon – parfois un frère cadet qui, lui, ne se comportait pas toujours avec hostilité.

Chaque matin, certaines de ces "externes" fran-chissaient la porte du collège, détendues ou même souriantes : après accord parental, elles avaient pu se regrouper par trois ou quatre adolescentes... avec un seul chaperon ! Survenait parfois sur leur trajet – toujours rallongé pour éviter les casernes – quelque menu incident qui les faisait rappliquer soudain chuchotantes ou secouées par des rires à demi étouffés. D'autres, par contre, nous rejoignaient dans la cour et se taisaient : groupées par deux ou trois, elles avaient dû rester sur le qui-vive tout au long de leur chemin...

Bref, en ce temps-là, être externe, pour une collégienne musulmane de la ville (alors que toutes avaient obtenu l'exceptionnelle autorisation de poursuivre leurs études jusqu'au brevet, voire jusqu'au bac), exposait, tout au long du cheminement à l'école, au risque quotidien de menus incidents, au point qu'elles craignaient de se retrouver définitivement séquestrées ! Car la plus anodine des provocations d'un quidam, survenue en public, donnerait lieu à commérages, le jour même, dans la ville arabe. C'est pourquoi quelques-unes de ces externes finissaient par nous envier, nous, les internes, "car ainsi, prétendaient-elles, vous pouvez vous concentrer, avec sérénité, sur vos seules études" !

Evoquant le sort de mes condisciples d'alors, me revient, vivace, le souvenir d'une jeune fille plus âgée que nous, qui nous devançait de trois ou quatre classes.

Elle s'appelait Farida. J'étais déjà en troisième année d'internat – habituée sans trop de risques à prendre désormais quelque liberté, les samedis, grâce à Mag –, quand je finis par remarquer une élève de la ville qui nous dépassait toutes par l'âge, étant déjà en classe de philosophie.

Demi-pensionnaire, Farida arrivait au collège couverte de pied en cap du voile blanc traditionnel. Elle avait dans les dix-sept ans. Je la revois pénétrer tôt dans la cour, grande et svelte, avec son teint de brune et une longue chevelure tressée battant sur les reins. Je remarquai ses yeux veloutés et, surtout, son silence. On m'expliqua qu'elle était la fille unique d'un officier de l'armée française, peut-être même d'un commandant – grade exceptionnel, alors, pour un musulman.

De par son âge et parce que déjà en classe de philosophie, elle se mêlait rarement à nous. Il semblait que les autres années, son père étant en poste à l'intérieur du pays, elle avait dû poursuivre sa scolarité par correspondance.

Les internes de notre groupe l'admiraient, bien qu'elle semblât préférer sa solitude, ou plutôt l'amitié que lui manifestait son professeur de philosophie, une dame, disait-on, "venue de France". Grâce à cette dernière, le père avait dû accepter d'envoyer sa fille, pour cette année-là, à notre collège.

Nous plaignions les contraintes journalières de Farida : elle devait traverser toute la ville sous un voile de laine (pas même de satin et de soie, comme ma mère au village). Elle adoptait la manière de cacher son visage des paysannes, c'est-à-dire en n'y voyant que d'un œil – pas du tout comme ma mère, qui portait sur le nez une voilette de gaze, laquelle, avait dû penser le père si sévère de Farida, eût mis en valeur ses yeux magnifiques, aux longs cils et au regard étincelant.

Selon ce que rapportaient nos camarades, hiver comme été ("Oui !" insistait Khadidja, celle qui riait toujours amèrement de nos coutumes), même en pleine chaleur, Farida devait garder des chaussettes de laine à ses pieds, pour éviter que les hommes, au café, censés l'épier, à son passage ne puissent deviner la finesse de ses chevilles.

— Vraiment ? m'étonnais-je devant une telle rigueur, et je songeais à ma mère, qui, au village, en dépit de l'austérité de mon père, avait réussi à ne rien modifier de son élégance de citadine.

Ainsi, mon père, qui me semblait jusque-là si sévère, s'avérait plus libéral que celui de Farida – pourtant officier, lui, chez les Européens.

— Forcément, commentait une camarade parmi celles qui ne rejoignaient leur famille qu'à la Noël ou pour Pâques, ce père, en tant qu'officier, maintient sa fille à la fois sous la loi musulmane et dans la rigueur de la discipline militaire !

— Il paraît, ajoutait malicieusement une autre (en parlant ainsi de cette jeune aînée, sans lui en vouloir de sa distance à notre endroit, nous avions l'impression à notre tour d'être encore plus séquestrées), oui, poursuivait l'indiscrète en se mettant à jouer les amies intimes admises à pénétrer chez Farida, il semble qu'il inspecte la silhouette de sa fille tous les matins, lorsqu'elle va sortir ! Oui, insistait-elle, imaginative : matin et soir !

Comme elle me resta longtemps mystérieuse, cette Farida ! Je l'imaginais souvent sous son voile de laine, été comme hiver, devant déambuler par le centre-ville, telle une paysanne masquée, ou avec l'allure d'une quasi-sexagénaire à cause de ce voile de vieillarde qui alourdissait sa silhouette.

L'on racontait aussi comment, arrivée très tôt le matin, elle préférait passer par les salles du parloir, où la concierge lui réservait un coin pour lui permettre de se libérer de son carcan, ce *haïk* de campagnarde auquel s'ajoutaient des chaussures assez lourdes et les socquettes de laine. Puis elle devait prendre le temps de se recoiffer.

Chez elle, elle était supposée soigner sa toilette, changer peut-être même de robe chaque jour – l'on précisait que son père, n'ayant qu'une fille, l'aimait beaucoup, se disait fier de ses résultats scolaires, mais restait évidemment "un militaire", lui qui, quoique indigène, était parvenu à un si haut rang dans l'armée française.

Lorsque Farida apparaissait dans la cour, le matin, longue et majestueuse, arborant sur son visage de Madone brune un air mystérieux et lointain, nous, ses petites coreligionnaires, l'admirions. A peine parvenions-nous à lui parler ; elle préférait rejoindre son amie professeur, qui, pensions-nous, avait dû lui permettre de vaincre les réticences de son père ; celui-ci, qui sait, aurait pu décider brusquement de la marier après son baccalauréat.

Au cours de cette seule année, elle est restée pour moi une sorte d'apparition romantique, comme si l'ombre du père, la surveillant continûment, était soudain devenue pour nous toutes une menace, ou tout au moins l'ombre d'une menace pour plus tard ! Cette année-là, j'imaginais parfois Farida en sœur aînée. Chaque soir, au parloir, où, à l'abri des regards, elle devait s'engloutir à nouveau sous le voile pour affronter la rue, en anonyme... Comme elle devait souffrir, me disais-je, de ce déguisement imposé !

Moi, par contre, grâce à la complicité de Mag, je m'échappais, libre ! Le samedi, nous remontions ce même boulevard devant les casernes sans que mon père, que je savais resté au village, pût lui-même concevoir l'échappée si gratuite que je m'offrais...

A la même époque, et tout en plaignant cette Farida (avec laquelle j'avais dû à peine échanger quelques mots), je me sentais, moi, dans cette ville et pour une heure de liberté par semaine, jouer le rôle banal d'une "Occidentale", cela grâce à Mag, elle, ma seule amie, venue, pour moi, du monde "des Autres". Cette amitié, qui me suffisait, me donnait aussi l'illusion que mon père – contrairement à celui de Farida –, malgré la sévérité dont il faisait preuve devant ses élèves, ou en dépit de sa rigueur naturelle, jamais ne se fût comporté en garde-chiourme !

Farida fut en quelque sorte notre devancière sur cet étroit chemin, frôlant les interdictions ancestrales, elle que j'imaginais éprouvant une souffrance quotidienne quand, dans l'ombre du parloir vide, elle se libérait de l'étoffe, arrangeait sa coiffure pour se présenter devant nous, ses jeunes compagnes, qui lui envions son amitié avec la dame professeur de philosophie.

Même les internes musulmanes – celles qui ne rejoignaient leur famille qu'après tout un trimestre – devaient préférer la claustration de l'internat au sort de Farida, qui, à nos yeux, ne méritait pas d'être la seule à franchir ainsi, très tôt, en catimini, le portail de l'établissement, son corps emmitouflé dans ce voile de paysanne qui l'engloutissait. La directrice, paraît-il, s'était montrée assez compréhensive pour permettre qu'elle fût accueillie au parloir avec attention ; Farida pouvait utiliser un réduit que la concierge, discrètement, lui réservait. Elle y pliait son voile, qu'elle rangeait, puis apparaissait dans la cour avec un naturel et une aisance retrouvés, pour se mêler ensuite aux autres pensionnaires juste avant que ne sonne la cloche.

J'imaginais Farida (ne sachant pas que, deux décennies plus tard, j'allais la retrouver en femme totalement libérée, en définitive bien plus que moi-même, en Europe), oui, je la voyais pliant chaque matin ce *haïk* de laine, ôtant ses socquettes obligatoires même en plein été ! Elle devait ensuite se coiffer, laisser flotter sa magnifique chevelure, redresser sa taille olympienne, puis surgir dans la cour, un demi-sourire aux lèvres, l'air presque serein. Ce n'était pas à un jeu qu'elle jouait ; elle retrouvait là une vraie respiration. Sa joie s'avivait lorsqu'elle se préparait à entrer en cours : maintenant je comprends, je la comprends !

Farida vivait avidement et chaque jour cet instant où elle savourait la sensation aiguë, acérée, d'une victoire intérieure.

Oui, chaque jour, Farida pénétrait en salle de cours : elle allait apprendre, écouter, réfléchir, sentir l'émulation autour d'elle. Elle se retrouvait avec toutes les autres au point d'oublier le préambule : le père, à l'aube, inspectant et flairant presque ses habits, la tombée de son voile… jusqu'à sa démarche au-dehors ! Quand elle arrivait au collège, seule, par l'entrée dérobée du parloir, comme une réprouvée, puis dans l'ombre du réduit, ces moments gris l'enserraient si bien que sa respiration même en était atteinte, mais, après ces quelques minutes de gêne, tout s'effaçait ! Elle apparaissait dans la classe comme dans un royaume et s'asseyait parmi des jeunes filles de son âge. Elle savourait cette émulation : comme les autres, elle écouterait les questions, elle lirait, elle lèverait le doigt ; le temps devenait fontaine ! Toutes les années, ensuite, se succéderaient pour l'étude, le savoir, mais aussi la libre avancée au-dehors et, un jour, le corps à découvert !

Le soir, elle rentrait : de nouveau le père, la maison, l'inspection – et après ?... Elle avançait, elle aurait un avenir, pas à pas ! Elle serait victorieuse, ou seulement vivante, libre marcheuse ! Tout devant elle s'ouvrirait un jour à l'infini...

Si longtemps après, je me suis donc représenté cette condisciple que j'aurais voulu approcher autrefois comme sœur ou comme une confidente... Mais c'est à peine si je pus ou si j'osai lui parler, dans les discussions de groupe.

Nous, les "petites" d'alors, étions fières d'elle. On avait dû nous raconter qu'elle avait lutté, lutté contre la loi du père qui l'avait retirée du collège à treize ou quatorze ans, qu'elle avait fait ensuite de la résistance passive, peut-être même (imaginait-on sans jamais oser aller le lui demander) avait-elle recouru à la grève de la faim ! Un frère plus jeune avait dû l'aider, lui apporter des livres en cachette. Peut-être même avait-elle décidé auparavant un jeûne de résistance, en dehors du mois de carême, et cela avait mis en danger sa santé, si bien que le père avait cédé.

Nos renseignements se faisaient vagues sur la suite : après des cours par correspondance et malgré cette interruption de quelques années, le père-censeur avait enfin accepté le retour de sa fille au collège, à de multiples conditions – dont ce voile porté jusqu'aux portes de l'établissement.

Quand il lui arrivait parfois de nous rejoindre dans la cour, silencieuse, nous oubliions que, le matin, sa silhouette engloutie sous le tissu blanc avait franchi le portail, que ses chaussettes de laine lui donnaient, en pleine chaleur, un air de prolétaire alourdie ; elle devait les plier machinalement pour les remettre le soir avant de ressortir. De même sa façon de se voiler – en gardant un œil unique à peine visible, juste pour éclairer son chemin, elle, ce fantôme éborgné… Peu importait, devait-elle se dire ; l'amertume s'évanouissait, puisqu'elle était à présent parmi nous, comme nous !

Tout ce déguisement de spectre semblait comme un tribut obscur à payer. Son exaltation de la journée, sa vivacité, son appétit d'apprendre le lui faisaient surmonter, durant les cours de philosophie, mais aussi d'histoire, de chimie ; tout ce qu'elle était venue boire, assimiler goulûment, cela ne s'arrêterait pas, elle en était sûre : cette dernière année de ses études secondaires, elle en parlait avec son amie, la Française qu'elle n'oubliait pas d'appeler "professeur", mais que, sitôt en dehors des cours, elle éprouvait du plaisir à héler doucement : "Annie !" C'était la première fois qu'elle appelait ainsi, avec tendresse, une Européenne, une *roumia*, aurait dit son père, lui qui ne connaissait – et ne respectait – du monde européen, qu'il servait et auquel il obéissait, que ses supérieurs, ses inférieurs, les gradés, ceux qui saluaient, la main au front et le regard lointain, des hommes exclusivement – car il n'avait sans doute jamais approché une femme à eux, sauf la femme de ménage espagnole ou, plus jeune, une fillette des voisins français (le cœur battant, il avait dû en avoir honte, c'est à peine s'il avait osé s'en éprendre en silence !).

Farida imaginait tout cela dans son lit, le soir, avant que le sommeil ne vienne tout embrouiller ; elle était heureuse d'étudier, elle ne se sentait plus seule : elle avait une alliée et jusqu'à la directrice du collège, cette vieille dame, lui souriait, lui disant doucement qu'elle lui viendrait en aide. A la fin de l'année, elle la félicita d'avoir passé avec mention "assez bien" son baccalauréat de philosophie.

Farida… voici que Farida m'échappe ! Elle quittera le collège ; elle s'éloignera du pays pour aller étudier ailleurs… jusqu'à Paris !

6

AU RÉFECTOIRE

Si je me suis attardée sur cette Farida, en quelque sorte notre devancière – avec son évolution à double face : d'ombre portée de la claustration, mais aussi de liberté obtenue par elle de haute lutte –, alors qu'elle partagea si peu de la vie communautaire de cette vingtaine de musulmanes, c'est que son souvenir a ravivé le demi-enfermement que la pension représenta pour nous.

Quelques scènes de réfectoire ainsi ressuscitent : celles où se marquait plus fortement notre division en deux clans – en particulier à propos des repas et à cause de nos tabous alimentaires.

A cette époque, et même dans un collège de la République qui s'affirmait "laïc", environ un jour par semaine, souvent pour quelque fête du calendrier chrétien, le déjeuner célébrait l'événement par un plat exceptionnel. Alors, le menu prévu pour le repas de midi comportait de la charcuterie (choucroute ou autre plat de viande avec jambon, porc cuisiné, etc.).

A peine arrivions-nous à la porte du réfectoire que le bruit courait, assez vite dans les rangs, que les musulmanes devaient s'installer aux "tables-pour-musulmanes", par observance de l'interdit islamique. Nous nous regroupions alors en trois ou quatre tables, ce qui me donnait l'occasion de retrouver mes coreligionnaires puisque, le plus souvent, je me plaçais près de Mag et nous continuions à discuter de nos lectures, au long des repas.

Même Farida, je ne la vois pas, là, concernée ; sans doute rejoignait-elle son amie professeur, avec laquelle, en privé, elle pouvait déjeuner.

Si le souvenir se lève soudain pour moi dans cet espace bruyant, les échos de voix résonnant sous les hauts plafonds – presque comme dans un hall de gare où la foule, sans que vous y prêtiez attention, vous imprègne de sa rumeur populeuse –, c'est que la division coloniale entre les deux mondes (européen et musulman) s'y accentuait de plus belle.

Une scène m'est restée vivante, où apparaît en premier rôle la directrice, que, depuis la sixième déjà, nous nommions tout bas, mais sans irrespect, "Dix-heures-dix". Ce sobriquet désinvolte dont nous affublions sa démarche n'estompait nullement le fait que, la sachant "communiste", nous, musulmanes, considérions, sans doute à juste titre, qu'elle pouvait se montrer, avec nous, a priori plus bienveillante.

Cette scène précise prend place au cours de mon année de cinquième ou de quatrième. Je dois avoir treize ans au plus, et mes camarades musulmanes ont déjà dû constater qu'à la récréation je préfère soit jouer seule sur l'un des deux terrains de basket-ball, soit me plonger dans un des livres que j'échange avec Mag. Si bien que je ne rencontre au réfectoire mes coreligionnaires qu'au cours du regroupement de nos trois ou quatre tables, lorsque du porc est servi aux Européennes.

Cette fois donc, à cause du menu spécial qui nous est alors réservé à nous, musulmanes, un mécontentement diffus, puis de plus en plus persistant, s'empara de nous. De moi-même, je n'y aurais pas prêté attention, si, d'emblée, l'une de mes voisines ne m'avait fait remarquer que nous avions matière à protester :

— Une tranche de jambon, une part de choucroute ou du jambon avec saucisses et je ne sais quel accompagnement, cela ne peut équivaloir à ce qui nous est servi à nous !

J'ai regardé celle qui protestait. A chaque déjeuner, je me sentais tout le temps pressée d'en avoir terminé.

— Que nous faudrait-il donc demander ?

("Dialogue on ne peut plus prosaïque !" ai-je dû penser avec indifférence.)

La camarade insiste : nous devons réclamer un autre plat !

— On nous donne chaque fois deux œufs au plat avec de la purée. Or, les Françaises ont droit, elles, à de la viande !

— Le jambon, le plat de choucroute, les saucisses, c'est de la viande ! Nous avons à demander l'équivalent ! renchérit une autre.

Des bribes de protestation courent au-dessus de nos tables pour "indigènes". Un mot d'ordre est vite lancé : la grève ! Ne pas toucher au repas, ne pas nous lever ensuite, quand les autres partiront, et on verra !

Fort bien ! J'attends comme les autres. A nos tables, après quelques murmures, le mécontentement croît. Esquisser un début de stratégie ?

Il me semble que je ne suis guère à l'avant-garde ! Il m'arrive de venir au réfectoire un livre dans la poche ; je pars d'ordinaire la première, le fruit du dessert à la main, impatiente soit de retrouver Mag, soit de m'isoler. Je me sens, en outre, privilégiée de rentrer chaque semaine à la maison. Ma mère doit ajouter diverses friandises, qui se trouvent dans mon casier de l'étude.

Mais, la grève une fois décidée, il faut bien suivre les autres !

Il me semble que ce fut Messaouda (elle qui, plus tard, montera au maquis comme infirmière et y mourra) qui anima cette grève. Elle rappelle que de multiples revendications ont déjà été faites à l'intendante et qu'en décidant la grève ce jour-là nous n'avons qu'à demander – elle rectifie : "à exiger" – de discuter avec la directrice en personne !

Je nous vois donc toutes refuser – les deux ou trois tables de dix pensionnaires musulmanes chacune – les plats et rester muettes. Devant la surveillante étonnée, les plats sont rapportés intacts aux cuisines. Est-ce encore Messaouda qui organisa la résistance passive ? La décision est prise : ne pas nous lever de table, attendre la directrice !

Le brouhaha continue, comme si de rien n'était. Autour de moi, quelques voix murmurent, sans doute pour se donner courage :

— Attendre que la directrice elle-même vienne nous parler et recevoir nos doléances !

— Restons assises, même quand les autres se lèveront !

L'une de mes camarades demande :

— Et lorsque la directrice se présentera à nous ?

— Il nous faut une porte-parole ! propose soudain une autre.

Quelques-unes avancent alors mon nom.

Je fais l'étonnée :

— Revendiquer si solennellement, juste pour demander un plat de viande à la place de la charcuterie, cela me semble plutôt "terre à terre" !

Mais c'est une question de principe.

J'ai dû paraître hésiter. L'on m'explique que la directrice apprécie – c'était connu, mais pas vraiment de moi – mes "prix d'excellence des années précédentes" ! Je ne vois pas comment me dérober ; je n'ai pas, non plus, le courage d'avouer que je risque de manquer de conviction… Cela pourrait être perçu comme un manque de solidarité. Je me tais donc et accepte, résignée.

Nous voici jeûnant en silence, exigeant la présence de "Dix-heures-dix", et moi devant me préparer à assumer mon rôle de porte-parole.

La suite devait m'enseigner que, pour cette responsabilité, ce n'est point toujours la conviction qui importe ; se trouver devoir prendre la parole "au nom des autres" ou même "au nom de tous" vous amène presque d'emblée à faire montre d'une véhémence qui vous convainc vous-même, la première !

Le protocole du repas au réfectoire se déroule immuable – habituel brouhaha, échos de voix multiples résonnant sous les hauts plafonds, changements de plats, les nôtres repartant intacts, arrivée du dessert – et toujours notre silence collectif.

Messaouda, cette fois, se dresse pour refuser d'emblée les corbeilles de fruits – si bien que, soudain, les surveillantes viennent rôder autour de nos tables, et que nous nous inquiétons, sans toutefois le laisser paraître. Muettes nous devenons !

Messaouda, assez haut, clame :

— Nous demandons la directrice !

Après un silence, elle ajoute :

— Inutile de faire venir madame l'intendante, puis elle conclut, olympienne : Nous ne parlerons qu'avec madame la directrice !

Cela me rappelle le livre sur la Révolution française de mon père – qui restait ma seule distraction lorsque, au village, fillette de onze ans, je ne pouvais faire la sieste et que je le lisais et le relisais...

"Oui, me dis-je, Messaouda a vraiment adopté le ton de Mirabeau à l'ouverture des états généraux, lorsqu'il refusa la séparation des trois ordres !"

La surveillante, tout effarouchée, s'éloigne ; je murmure à Messaouda qu'elle est toute désignée pour présenter nos revendications.

— Non, rétorque-t-elle. Tu vas, toi, parler plus calmement et elle t'écoutera !

Un silence commence à planer au-dessus des tables voisines. Les surveillantes semblent perplexes ; deux discutent à voix basse, l'air désemparé.

— La troisième, souffle Messaouda qui a l'œil à tout, oui, reprend-elle, la troisième est déjà allée chercher "Dix-heures-dix" ! Les "pionnes" n'osent pas donner l'ordre aux autres pensionnaires de se lever pour sortir. Vous allez voir, c'est bon signe : la directrice va rappliquer !

Ma mémoire a gardé un souvenir précis de la suite de cette mini-révolte. Je vois approcher la directrice, à la silhouette sèche, habillée comme toujours en noir, à cause, il me semble, d'un deuil privé.

Elle s'est avancée, toute raide, a commencé par aller constater de visu le retour de nos plats demeurés intacts. Accompagnée alors de l'intendante – celle-ci semble crispée, car, me dis-je, elle a dû avouer que nos réclamations lui avaient été faites plusieurs fois auparavant, mais qu'elle n'en a pas tenu compte –, madame la directrice traverse donc toute la longueur du réfectoire soudain plongé dans un silence complet. Elle arrive, de son pas mécanique, jusqu'à nous.

Nous – les Européennes comme les musulmanes –, nous nous sommes naturellement toutes levées.

D'un signe, s'approchant de nous – les trois tables de "grévistes" –, elle nous intime l'ordre de nous rasseoir.

Toutes les filles du réfectoire s'asseyent et attendent. "Comme au théâtre", me dis-je, mais je n'en remarque pas moins le visage contracté de "Dix-heures-dix".

— Que voulez-vous ? Que demandez-vous, mesdemoiselles ? s'exclame-t-elle avec vivacité.

C'est donc à moi de me lever et d'improviser en deux phrases notre revendication. Je n'avais rien préparé. J'ai dû résumer de mon mieux la situation. Elle me regarde plutôt qu'elle ne m'écoute, la dame en noir. Mais il me faut être un porte-parole digne de Messaouda et des autres : mettre autant de conviction que possible dans mon discours de préadolescente n'ayant jamais pris publiquement la parole.

Elle me contemple, m'écoute en silence, cette dame à laquelle j'aurais dû manifester mon estime (mon père m'avait expliqué la situation inique de nombre d'enseignants, "même chez eux, ajoutait-il, du temps de Pétain !").

J'entends sa voix étonnée et prudente à la fois :

— Et à votre avis, mademoiselle, commence-t-elle, voulant transformer ce différend de nous toutes en un dialogue isolé entre elle et moi…

Après un silence, elle continue, me fixant droit dans les yeux :

— Oui, à votre avis, mademoiselle ?… (et elle ajoute le nom de mon père, comme si elle me manifestait une estime spéciale ou nourrissait un espoir d'armistice entre nous deux).

Je sens cette discrète pression. Je suis pour elle la bonne élève, pas vraiment la "porte-parole". Je me raidis toutefois :

— Oui, répète-t-elle. (Et elle ajoute à nouveau mon nom, presque avec douceur.) Que proposez-vous... à madame l'intendante comme plat de remplacement pour vous autres, les musulmanes ?

Elle a terminé sa phrase sur un ton enjoué, en se tournant à demi vers l'intendante ; celle-ci, ses yeux froids posés sur moi, reste impassible, figure immobile de l'hostilité.

Je suis prise de court ; je ne sais pas quels plats proposer. Je ne prêtais, à l'époque, même pas attention à ce que je mangeais : vite calmer ma faim et, le fruit du dessert à la main, quitter la table pour courir sur le stade ou retrouver Mag afin de discuter.

Or, je dois répondre ; les camarades des deux ou trois tables voisines attendent de moi une réponse digne, juste, voire même excessive. Défilent dans ma tête tous les plats habituels des jours dits "de fête" : non pas les gâteaux, non pas la charcuterie, non plus le couscous ou l'agneau rôti, ils le font si mal, comparés à nous, dans nos fêtes, à la maison, alors vite, quoi répondre ?... Nous avons oublié de définir ce point de notre stratégie !

Elle attend, la directrice. Ce n'est pourtant pas un piège qu'elle m'a tendu...

Ne pas décevoir celles qui m'ont choisie comme "porte-parole", me voici dans l'émoi de la nécessaire improvisation. Se bousculent, en une seconde, les images des deux ou trois plats dits "de fête" servis dans notre internat, pour des occasions exceptionnelles.

Soudain, je trouve ! Sur un ton presque victorieux, je propose à voix forte :

— Je ne sais pas, moi.

Je mime faussement l'hésitation, puis lance presque joyeusement :

— Par exemple, on pourrait nous servir... des vol-au-vent !

Le plat appelé "vol-au-vent" était en effet un plat d'exception ; il apparaissait une ou deux fois l'an et était sans doute jugé d'une valeur aussi exceptionnelle que, par exemple, la bûche de Noël.

La directrice – ex-persécutée par le régime de Vichy – a eu un haut-le-corps. Elle me dévisage, stupéfaite, n'en revenant pas de ma proposition, qu'elle trouve manifestement extravagante. Elle bredouille, puis répète, interloquée, déçue par la prétention dont témoigne ma proposition :

— Des vol-au-vent !

Le premier moment de surprise passé, mes camarades semblent ravies : c'est le plat le plus rare, avec viande, champignons, croûte de fromage toute chaude, donc à la fois plat de résistance et dessert extraordinaire... Elles reprennent, en écho, un ton plus bas :

— Oui... oui... des vol-au-vent !... Des vol-au-vent !

Le nom du plat court à présent au-dessus des autres tables. Il semble que j'aie émis devant la directrice une proposition sacrilège !

Celle-ci reprend le mot à voix basse ; puis, semblant soudain infiniment lasse, et surtout déçue par ma prétentieuse proposition, elle se tourne vers l'intendante qui me fusille du regard.

Je demeure debout, étonnée par la réaction de "Dix-heures-dix", qui, sans attendre, fait demi-tour et s'éloigne, en murmurant, sans pouvoir se calmer :

— Des vol-au-vent ! Des vol-au-vent !

Je dois avouer que ce fut là mon seul effort d'imagination en matière culinaire : je suis en outre incapable de me rappeler si mon rôle de "porte-parole" se révéla positif. Mes compagnes de table tenaient, comme moi, à un plat dit "de fête". Manifestèrent-elles leur satisfaction devant ma réponse spontanée ? Je m'en souviens à peine, tout comme j'ai oublié quel plat de remplacement nous avons fini par accepter.

Grâce à Dieu, je n'eus plus, ensuite, à intervenir comme "porte-parole" pour des questions qui me paraissaient seulement d'ordre symbolique.

Les années suivantes, quand la mobilité du mois de Ramadan (obéissant au calendrier lunaire) faisait survenir ce mois de jeûne en période scolaire, nous jeûnions donc, nous, les musulmanes, dans la journée, tout en suivant les cours ; au dîner – qui était l'heure de la rupture de jeûne –, on nous servait le plat de midi…

Durant ce mois, par contre, nous nous regroupions dans le même dortoir ; nous nous réveillions au moment du *shor* : dans la nuit, nous descendions en chemise de nuit et peignoir dans les obscurs couloirs de l'internat, jusqu'au réfectoire – nous étions alors une vingtaine, puis, les années suivantes, un peu plus, avec l'arrivée d'autres pensionnaires plus jeunes… Ayant mangé le couscous – avec légumes et dessert sucré – pour "tenir" pendant les cours de la matinée, nous remontions, tout à fait réveillées, oubliant le dortoir, le collège, et nous restions souvent jusqu'à l'aube à chanter des chansons anciennes, à évoquer chacune sa ville, son village ou son aïeule…

Le réveil, le matin, après une ou deux heures de sommeil, était pénible. Ce fut pourtant grâce à ces mois de jeûne que je connus plus intimement certaines de mes camarades coreligionnaires de l'internat.

Et aucun incident de nature alimentaire ne survint plus avec l'administration.

LE MONDE DE LA GRAND-MÈRE
MATERNELLE

La mère de ma mère était cette orgueilleuse veuve qui, dans sa belle maison de Césarée, trôna long-temps parmi les bourgeoises de l'antique cité – le plus souvent jouant le rôle de conseillère pour ces dames, elle dont toutes savaient qu'elle avait préféré se séparer de son dernier mari (mon grand-père, que je n'ai jamais connu) pour gérer elle-même ses biens, elle que, toute petite, j'entendais, à l'automne, discuter d'une voix grave, dans une langue que je ne comprenais pas, dans l'une des pièces du bas, avec l'un ou l'autre de ses métayers descendus des collines pour lui faire le décompte de la récolte en figues sèches, en olives, etc. C'était en langue berbère que la maîtresse de maison communiquait avec ce paysan à la tête enturbannée d'un chèche coloré (lui auquel les servantes avaient auparavant servi res-pectueusement notre plat du jour).

Nous, les enfants, nous craignions autrefois cette dame que nous ne voyions jamais sourire, l'air sévère, presque tout le temps en deuil. Pour nous, elle était d'abord "Mammané", son grand œil noir, si redou-table, posé sur tous comme un regard d'oiseau.

Je me souviens d'elle dans mon enfance, peu avant d'aller en internat : elle avait alors l'habitude de venir chez nous, au village, dans le souci de régler ses affaires de justice auprès des avocats de la ville voisine – ceux du moins qui traitaient les affaires relevant du droit musulman.

Lorsqu'elle séjournait parmi nous quelques jours et que, toute petite, je trouvais mes poupées soudain disparues, je savais d'emblée qu'elle s'en était saisie d'autorité pour les fourrer dans sa valise et les rapporter ainsi à la fille de son fils unique, qui, pensait-elle, était sans doute la seule à mériter des jouets de princesse.

J'allais me plaindre à ma mère, qui me suppliait de ne rien dire, de comprendre sa mère : elle me rappelait que ma cousine, plus jeune, était hélas orpheline de mère, si bien que je devais taire mon indignation devant l'injustice manifeste. Cette grand-mère terrible, à mes dix ans ou à peine plus, soudain, lors d'une de ses visites, m'attira sous la lumière d'une lampe, examina mes yeux, fixa mon regard qui ne se baissait pas devant elle, puis, tournée vers ma mère, qu'elle avait dû choyer comme sa "dernière", la *"m'azouzia"*, disait-on (la rumeur en courait dans la famille), après cet examen qu'elle m'avait fait subir, conclut, presque à regret :

— Oui, ses yeux sont grands !

Elle ne le disait pas sur le ton habituel du compliment, elle sentait bien que je me refrénais pour ne pas la braver, ni bien sûr la défier.

Derrière moi, ma mère sentait couver ce rapport de force entre la vieille dame si longtemps accoutumée à commander, et moi, "rétive, peut-être", pensait-elle, voire "jeune fille plus tard à surveiller", comme si, avec son flair suspicieux, elle devait pressentir que j'allais être d'une nature pour elle inclassable.

En définitive, elle manifestait un peu de la méfiance dont témoignait telle ou telle surveillante d'internat quand, plus tard, aux chahuts organisés rituellement à chaque fin de trimestre par nous, les internes, nous improvisions une sarabande de l'adieu : avec les mêmes deux ou trois camarades, j'avais à cœur de soutenir notre réputation d'animatrices de ces désordres prolongés.

Je garde en mémoire l'énergie joyeuse de mes jambes lorsque je sautais sur les tables en salle d'étude. "Vous vous défoulez donc !" se plaignaient, irritées ou indulgentes, les surveillantes. Résignées, elles nous laissaient prolonger cette fête sauvage et nous chantions, nous improvisions des danses de Sioux, tard dans la nuit, tandis que la plupart des autres élèves remontaient docilement dans les dortoirs.

Me revient soudain la phrase, ironique et amère, de Messaouda, ma complice. J'entends encore sa voix, à la fin du joyeux tumulte :

— Les Françaises, pourquoi pensent-elles à se défouler, puisque leurs vacances sont de vraies vacances ?

Je souriais. Auparavant, j'avais dû lui demander :

— Et nous ?

— Nous ? répliquait-elle. Enfermées comme internes durant l'année scolaire, puis, l'été, séquestrées comme nos mères : rien ne change pour nous de toute l'année, hélas !

Cette réplique, reprise un peu plus tard devant moi, elle partait immanquablement d'un rire puissant, presque viril.

Nous remontions finalement au dortoir, toujours les dernières, et je n'osais lui dire que l'été, pour moi, dans la ville ancienne de mes parents, était la saison des fêtes de femmes, marquée par des réunions joyeuses de citadines qui aimaient à rivaliser par leurs toilettes et leurs bijoux, l'orchestre de musiciennes à leurs pieds. Oui, l'été s'écoulait alors en soirées de danses, de chants, chatoyantes comme dans les récits des *Mille et Une Nuits*...

Je lui aurais décrit la demeure de ma grand-mère avec ses hautes terrasses donnant sur les autres maisons, d'où l'on voyait aussi le port antique à l'horizon. Je m'y réfugiais souvent, seule, les jours d'été, à l'heure du couchant, pour rêver.

De ces mariages si nombreux, toujours au cours de l'été, persistent en moi des souvenirs mêlés ; contrastant avec les chants des chœurs féminins qui fusaient en gerbes joyeuses, des images mystérieusement moroses se lèvent : ainsi cette lointaine cousine pleurant à gros sanglots étouffés, le lendemain de sa nuit de noces, et moi, âgée de dix ou onze ans, souffrant pour elle, affligée de ne rien comprendre de précis – comme si toute noce fêtée par tous avec exubérance nécessitait quelque obscur sacrifice imposé à celle qui se mariait, elle que les bijoux, les parures de fête transformaient en idole, mais que son visage froissé, le lendemain, faisait ressembler à une Iphigénie en islam...

Le matin après la nuit de noces, les musiciennes, avec leurs percussions, improvisaient pourtant sur un rythme allègre ; malgré les yeux encore rougis de pleurs de la mariée-idole, les invitées entonnaient un refrain de bénédiction – sauf moi qui aurais tant voulu pleurer avec cette épousée dans le deuil... Ma mère me soufflait :

— Voyons, tu ne vas pas t'attrister, ça ne se fait pas !

Une autre dame d'ajouter :

— Cela porte malheur !

Sur quoi, des jeunes filles, amies de la mariée, lui chuchotaient quelques formules l'exhortant à la patience, l'une de ces dernières se mettant à pleurer à son tour, en silence.

— Elle, c'est sa sœur cadette : c'est leur séparation qu'elle pleure ! m'expliquait ma mère.

Je me taisais, le cœur serré, mal à l'aise à voir ce mélange de larmes et de chants soutenus par le *tbel* dont le rythme s'endiablait si bien qu'une des invitées, parfois une dame mûre, épanouie, peut-être un tantinet vulgaire, se dressait devant le cercle des musiciennes et se trémoussait impudemment.

Ces souvenirs mêlés des vacances d'été, dans notre vieille cité, je les esquissais à l'intention de Messaouda, juste afin d'évoquer pour elle cet univers féminin clôturé mais aux images aussi colorées que contrastées : un été où se succédaient les noces, de terrasse en terrasse, et où les clameurs de joie l'emportaient sur les sanglots à demi étouffés de l'une ou de l'autre…

— Mère et moi, nous vivons dans un village ! soupirait Messaouda. Sauf pour le hammam, et lorsque nous nous contentons, en fait, de regarder depuis nos fenêtres les Européens danser sur la place, nous n'avons guère de distractions !

— Chez ma grand-mère, rétorquais-je, nos vacances peuvent être aussi joyeuses que variées : les bourgeoises, voilées bien sûr, se répandent, à tout propos, en visites les unes chez les autres !

A Messaouda, pourquoi ne pouvais-je dire combien le visage chiffonné de la jeune mariée me
poursuivait ? J'avais beau chasser la scène de ma
mémoire dans la nuit du dortoir, parfois je revoyais
les larmes gonfler, puis déformer le visage de cette
pucelle de la veille (j'avais dû faire partie du bruyant
cortège qui l'avait accompagnée selon le rite !) : son
front était, la veille encore, brillant d'étoiles, de la
poussière d'or étincelait dans ses cheveux et sur ses
paupières… Et pourtant, le lendemain matin, elle
paraissait si triste ! Je cherchais à comprendre quelles séquelles d'une sournoise défaite, ou d'une tragédie, altéraient ainsi son éclat de la veille…

Soudain, elle n'avait pas une parole pour dire
cette déception, plutôt une tristesse pantelante, une
sorte de chagrin d'infante, si bien que le protocole
précis et subtil, organisé par les dames de tous âges
qui, la veille, l'avaient parée comme une princesse
de Cordoue ou une mariée de légende surgie des
contes d'Orient, dès l'aube s'était défait devant nous.
Il n'y avait ni bénédiction protectrice, ni soupirs
pour cet affaissement ! Une si déchirante désillusion
s'étalait sous mes yeux, chez la jeune épousée d'un
jour, la vierge d'hier !

Cela se passait (mon souvenir se précise) chez les
voisins de ma grand-mère : sur le visage de la mariée,
je lisais confusément la déception mise à nu, un rêve
puéril de pucelle, en une seule nuit chiffonné, violé
– certainement une déchirure irréversible.

Il arrivait même qu'au cœur même de la noce, le
lendemain de la nuit de la défloration, la jeune

mariée que l'on fêtait se mît à pleurer soudain à gros sanglots comme une enfant.

Longtemps après – car ces noces et leur folklore pieusement perpétué par les aïeules comme pour atténuer la déception fatale de la première nuit s'étaient répétés dans mon enfance –, je ne peux oublier une jeune parente à la beauté racée ; son visage empreint d'amertume silencieuse au lendemain de ses noces m'est resté ineffacé. Il m'avait troublée, moi qui, préadolescente, dédaignais déjà les secrets chuchotés, les confidences murmurées, toute une complicité que je trouvais humiliante.

Qu'est-ce que je cherchais déjà ? Ou plutôt, qu'est-ce que je fuyais ? La désillusion de certaines, alors que, dans mon univers parental, l'entente secrète et lumineuse, l'amour de mon père pour ma mère me rassuraient depuis le début. Rien de mon univers le plus proche ne me préparait à cette défaite des femmes que laissaient apparaître la plupart de ces noces, mais qu'un reste de magnificence orientale tentait d'atténuer, ainsi que le folklore des rites et des costumes.

Je n'en conserve désormais que le trésor sonore : les psalmodies déchirées autant que le lancinement des complaintes – héritage fait de joie et de mélancolie à la fois, qui a enrobé la naïveté de mes treize ans, puis mon adolescence rêveuse, peuplée, au même moment, par les héroïnes des pièces de Claudel et des romans de Giraudoux.

8

JACQUELINE... AU DORTOIR...

Me remémorer, même de si loin, l'évolution de ma préadolescence à cette époque de mes treize ans.

Livres lus ? je dirais dévorés, parcourus avec fièvre comme pour répondre à un appel lointain, pages pliées ou cornées, cachées sous le drap, dans le lit du dortoir, une lampe électrique à la main. C'est pas à pas, ou plutôt page après page, que je pourrais mesurer l'élargissement de la vision de cette pensionnaire, mon double, à partir de la gamine de onze-douze ans, "fillette sage" qui sentait posé sur elle, malgré elle, ou peut-être la raidissant, le regard du père au discours souvent parsemé de souvenirs sur lui-même – lui, fier de son origine de "fils de pauvre", mais aussi de la nature patricienne de la famille de son épouse.

Pourquoi, à cette entrée hésitante dans l'adolescence si vulnérable, mais inconsciente de cette fragilité, oui, pourquoi me suis-je sentie si à part, à côté des Françaises de mon âge, elles que je côtoyais à l'internat, surtout Jacqueline, ma voisine de lit ?

Chaque soir, à la rentrée d'automne, pleine de la liberté dont elle avait joui au cours de ses vacances du bord de mer, elle ne tarissait pas dans le récit de ses premières amourettes. Elle les appelait des "flirts", mais je n'osais lui demander des précisions sur telle ou telle scène évoquée. Sous le regard de sa jeune mère, ou d'un frère inquisiteur, elle dépeignait tout un monde aux mœurs bien étranges ! Dans le noir du dortoir, son lit jouxtant le mien, penchée vers elle je l'écoutais avec un étonnement que, par bonheur, l'obscurité dissimulait.

Elle disait, Jacqueline :

— Le flirt… tu veux savoir exactement ?…

Elle cherchait parmi ses souvenirs de l'été : la brise marine, les lampions du kiosque à musique dont l'éclat s'affaiblissait, sa mère s'oubliant avec ses amies dans quelque conversation de dames…

— Alors, murmurait la voix vibrante de Jacqueline qui dérivait, m'entraînant, moi, gamine comme elle, dans sa liberté vagabonde des jours passés. Alors, tu veux savoir exactement ce qu'est un flirt ?… Eh bien…

Et elle décrivait sans décrire. Elle le revivait avec un peu d'excitation, sa voix chuchotant près de mon lit, esquissant un début de scène :

— Le garçon…

(Pourquoi, me disais-je, ce mot de "garçon", non, un vrai jeune homme, sans doute ; comme si, pour garder Jacqueline comme amie, je devais m'abstenir de la juger, puisque française – "Chez eux, disaient nos femmes, les Françaises ignorent toute pudeur !", et ces parentes se mettaient à s'apitoyer sur ces étrangères, plutôt que sur leur propre sort !)

Moi, l'oreille tendue vers Jacqueline, je l'entendais effeuiller ses bribes de souvenirs :

— Le garçon te prend la main, ses doigts remontent jusqu'au creux de ton coude ! La voix contre ton oreille, il te dit, avec quelle douceur : "Un baiser !... Un tout petit !" Alors, si nous sommes seuls, oui, il m'embrasse, il me serre et...

— Et ? demandais-je, non pas choquée par la passivité de Jacqueline, plutôt réservée devant ces mœurs qui, me disais-je, ne seraient jamais les nôtres !

"Pourtant, rétorquait en moi une autre voix, Jacqueline, tu admires sa grâce, ses manières raffinées !"

— Eh bien oui, il m'a embrassée... et longuement ! soupirait-elle avec nostalgie.

Je ne demande plus d'autres détails. Ma curiosité est retombée ; Jacqueline a théâtralisé une scène si déroutante qu'on la dirait se déroulant sur une autre planète !

Je n'en parlerai ni à ma mère, ni surtout à mon père ! Dans ce cas, chez nous, le mot "honneur" arrive au galop ; d'ailleurs, je me sens – et avec quelle fermeté ! – intouchable. Je rameute en moi cet "honneur" ; je le pense en langue arabe (peut-être pour excuser ma voisine qui ne le parle pas, elle qui, en français, trouverait le mot grandiloquent, tout juste bon à figurer dans une pièce de Corneille !).

Tout de même, me dis-je, troublée par l'abandon de Jacqueline dans la scène ainsi remémorée : en outre, elle en semble fière ! Moi, je demeure inébranlable dans l'attachement à nos valeurs. J'irais même jusqu'à plaindre cette amie : un tel laisser-aller de son corps, dans les bras d'un autre, me paraît presque bestial… Et la pureté, mademoiselle ? Et la parole donnée – quoique jamais explicitement – au père ? Heureusement, mon père à moi ne sera jamais là, dans ce dortoir, il n'écoutera ni ne jugera Jacqueline !

S'il venait d'ailleurs, mon père, un jour, me surprendre dans la cour du pensionnat, il me verrait, l'heure entière de récréation, bondir, courir sur le stade près de la cour, le ballon de basket à la main ; je le lance du centre même du terrain et je réussis les paniers à n'en plus finir !

Mais imaginons son ombre invisible, dans cet internat, se glissant entre le lit de Jacqueline et le mien : il pourrait entendre à son tour les confidences de l'adolescente européenne ; malgré cela, il lirait dans mon cœur, il me garderait sa confiance. Il me sait "loyale", mais à quoi donc, au fait : à lui, le père-gardien, le père-censeur, le père intransigeant ? Non, le père qui m'a résolument accordé ma liberté !

Je finis toutefois par aimer écouter, moi, préadolescente, les menues confidences de Jacqueline au dortoir : sa liberté me paraît de l'audace, une transgression, certes, peut-être même une véritable aventure ! Encore un peu, et je la transformerais en héroïne d'un roman occidental, c'est-à-dire "de chez eux" ! Elle que, dans la journée, je suis de loin, dans la cour ou au réfectoire, parmi son groupe d'Européennes, tandis que j'aime rester seule, avec un livre ou rejoignant le petit clan des "musulmanes", séparées ainsi, même au pensionnat.

Malgré son tablier bleu marine, obligatoire pour toutes, Jacqueline porte, en dessous, assez visiblement, les plus belles toilettes : elle garde son air de petite dame, ne souriant pas mais dégageant une assurance de bon aloi, une aisance de femme, dirais-je ! Je ressens de l'admiration pour elle. Nous gardons secrètes notre intimité et nos confidences au dortoir. Elle doit être consciente que je l'écoute comme d'un autre rivage. Jamais je ne pourrai divulguer ses secrets ni à mon père, ni même à ma mère. Quant aux cousines du hameau proche de notre ville de Césarée, j'ai dû faire tout de même allusion à ce qu'est le "flirt" d'après Jacqueline. Même isolées ainsi dans ce village, elles sont à peine étonnées : je ne leur apprenais rien, semblait-il.

D'après ce que leur avait confié – sans même le considérer comme un interdit – leur amie française, la fille du gendarme, une grande fille de dix-huit ans déjà, parlant non pas d'elle-même mais de sa sœur, très belle et qui vit, assez affranchie, à la capitale, eh bien…

Mais je n'écoute déjà plus : intervient la plus âgée de mes cousines, de dix-huit ans elle aussi, et qui va se marier : elle a la chance – inestimable dans notre société – de connaître à l'avance son mari, puisqu'il est son cousin. Elle, elle envierait plutôt les Françaises.

Je cesse d'évoquer Jacqueline ; je sens que si je me laissais aller à décrire ma surprise du dortoir, aux confidences de Jacqueline, même aux yeux de cette cousine de dix-huit ans et qui attend avec impatience sa nuit de noces, je paraîtrais une "oie blanche".

Une autre de leurs voisines, de passage dans ce village et qui vit à la capitale, émet un jugement à l'emporte-pièce :

— Les Françaises ? Toutes des dévergondées !

Elle a lancé cet adjectif en arabe ; le mot me paraît encore plus grossier que son synonyme français, que la cousine de mon âge me glisse, tout bas, à la place ! J'en suis choquée : Jacqueline est mon amie. Je me sens blessée. Je fais non de la tête : je ne leur dirai plus rien du pensionnat. Par loyauté envers Jacqueline, je n'évoquerai plus ses confidences. Ce faisant, il m'arrivera de les oublier à mon tour tout à fait.

Pourquoi, du clan des "belles Françaises", se détache ainsi, si longtemps après, dans mon souvenir, la voix, la grâce, avec une pointe de sophistication, de l'adolescente Jacqueline ? Elle venait de mon village, mais elle ne rentrait pas, le samedi, par le car comme moi.

Sa maison – son père devait être un petit colon – était située au centre de ce bourg, finalement pas si loin de notre immeuble pour familles d'enseignants.

Je ne suis jamais entrée chez elle, ni elle chez nous. Sans doute qu'une fois au village, retrouvant mon espace familial, je reprenais d'instinct "mon rang", celui de ma communauté, les "indigènes" ; quant à "eux", eh bien, en langue arabe, avec ma mère (comme avec les femmes du bain maure), c'est à peine si nous les nommions : "eux", c'étaient… "eux", sans plus !

Ainsi la partition coloniale restait-elle pérenne : monde coupé en deux parties étrangères l'une à l'autre, comme une orange pas encore épluchée que l'on tranche n'importe où, d'un coup, sans raison ! Mieux vaudrait en dédaigner les morceaux. Coupé ainsi, ce fruit serait bon à jeter, jusqu'à plus soif !

Je ne me vois donc jamais – ni à douze ni à treize ans, ni même plus tard – franchir le seuil familial d'une de mes condisciples européennes, même si, comme avec la jolie Jacqueline du dortoir, les chuchotements échangés entre nous se prolongeaient tard, souvent, dans la nuit.

9

CORPS MOBILE

Le stade, surtout. Là, et moi seule. Toute seule au soleil, en short ou quelquefois en jupe, je bondis, je m'élance. Sur ce stade, ma liberté m'inonde, corps et âme, telle une invisible et inépuisable cascade.

Ce terrain de basket-ball est situé à l'intérieur du collège, dans l'une des deux ou trois cours. A l'heure où les leçons de la journée finissent, à seize heures donc, tandis que les externes et les demi-pensionnaires – celles qui vont rejoindre leur famille en ville, le soir, à pied, à vélo, ou accompagnées en voiture –, cet espace clos reste libre, accessible aux seules pensionnaires.

Cette cour est clôturée, mais pas complètement – sur un côté au moins elle donne sur de hautes maisons privées, le long d'une étroite artère. Telle quelle, les premières années au collège, elle représenta pour moi un espace de liberté qui me paraissait immense. Car j'avais, entre seize et dix-sept heures, à ma disposition, quelquefois pour moi seule, ce stade de fortune.

C'est à peine si j'allais chercher mon goûter (du pain avec un fruit ou une barre de chocolat) ; il m'arrivait, par pure impatience, de le dédaigner. Je ne me mettais pas en short, à moins que le cours de gymnastique eût immédiatement précédé cette heure de récréation. J'avais hâte d'occuper ce lieu désert ; parfois, une autre camarade le partageait avec moi.

Dans ce cas, je me réservais un panier et la moitié du terrain ; l'autre adolescente faisait de même. Vers la fin, nous nous échangions en courant le ballon comme si l'on avait décidé, l'une et l'autre, de nous échauffer pour quelque match imminent.

Mon plaisir, je le concevais le plus souvent solitaire. Mon orgueil était (puisque, dans une équipe de basketteuses, je ne me voyais qu'à l'attaque) de réussir, dans un presque sans-faute, tous mes lancers au panier, avec force et précision, à partir du centre du terrain.

Ainsi, je cours, je "dribble" d'un côté, de l'autre, imaginant la joueuse adverse, multipliant les ruses contre l'adversaire virtuelle ; après un premier demi-cercle, ainsi courbée, allant et venant d'un côté puis de l'autre, l'ultime effort s'épuisait dans un brusque jaillissement de mon corps vers l'azur, dans la détente des jambes, des hanches, des bras dressés vers le ciel soudain si vaste. La force des muscles ainsi décuplée projetait le ballon avec la violence maxima, pas toujours avec l'exactitude efficiente : le ballon entre sec dans le panier, ou au contraire le rate de justesse !

Dans l'un et l'autre cas, je recommence indéfiniment, décomptant mes réussites aussi bien que mes échecs. Ainsi devais-je jouer tous les rôles : l'adversaire qui tente de me contrecarrer quand je dribble, au besoin qui me bouscule, mais je ruse, je fais marche arrière, je reviens selon une autre diagonale, toujours courbée, calculant un trajet en zigzags, rattrapant de justesse le ballon à droite, ou de la main gauche (quoique je ne sois pas gauchère) ; l'essentiel est d'ajuster la visée, quelquefois en progressant par demi-cercles courts et successifs. Il me faut aussi réussir à l'improviste – mon œil jauge déjà la distance jusqu'au panier – l'élan déclencheur ! En une seconde, tandis que vos pieds vont au plus haut, que vos genoux se raidissent avec l'énergie la plus vive, par la seule force des bras – qu'on pourrait croire soudain des ailes d'ange ou de diable échappé d'une lointaine forêt –, l'espace d'une ou deux secondes, vos poignets et vos mains se projettent, en prière, vers le ciel… Vous lancez le ballon comme à destination d'un autre monde, et tout le temps, du coin de l'œil, comme il est bon, comme il est rusé d'avoir repéré l'adversaire de la défense face à vous, en rempart hostile ou violent : vous avez à prévoir sa défaillance en sautant au plus haut, vos bras parvenant presque au niveau du panier, objet de toutes les convoitises !

Sur quoi, je dois souffler, recouvrer une respiration régulière, boire un verre d'eau à la fontaine, puis revenir, poursuivre le jeu, d'abord calmement, puis sur un rythme plus vif, alors que l'heure de récréation va se terminer : la cloche nous appelle toutes à aller nous ranger devant les classes.

J'arrive le plus souvent la dernière, essoufflée ; il me faut quelques minutes pour surmonter ma fatigue. Je le fais discrètement, car l'une des surveillantes a la manie de venir me faire remarquer que je me dépense trop, que les deux heures d'étude ne suffiront pas pour les devoirs du lendemain ; mais l'autre surveillante me sourit avec un air de reproche presque maternel.

A l'étude, je termine vite mes devoirs, souvent avant la fin – du moins les premiers temps. Je prends mes partitions de solfège et vais faire mes gammes, dans la solitude de la "salle des fêtes". L'exaltation sera, là, d'une autre nature : mes doigts à assouplir, mon dos à redresser, un début de rêve incertain, le temps de quelques mesures…

Hélas, par impatience, ou sans doute par manque de dispositions innées, cet apprentissage, on l'a vu, tournera court.

Il arrive qu'un souvenir précis ressuscite soudain à partir d'un objet fétiche. Un objet ? Non, ici un tissu, un léger vêtement ! Une robe, mais pas n'importe laquelle, une robe décolletée avec caraco – ce gilet couvrant mes épaules nues !

Les épaules nues, pourquoi ce détail ?

Porter une robe avec le dos et les épaules découverts – mais pas dehors... Lorsque tu t'avances dans la rue sans voile, sans foulard sur les cheveux, sans t'envelopper le corps entier sauf les yeux, c'est déjà, pour "eux", marcher nue ! Or, cette robe dénude pour de bon le dos et les épaules ; "une robe un peu osée", prétend la couturière, à croire que c'est la robe qui ose et non celle qui la porte, qui la porte sans rougir, impudemment !

Quel âge as-tu dans ce souvenir... disons, si féminin ? Cet adjectif – "nue" – flotte devant moi (ce moi habité par des voix turbulentes), peu à peu il frôle mon corps : mes épaules découvertes, donc, en quelle circonstance et à quel âge ? Secoue ta mémoire, fais-la s'ébrouer ! Tu as oublié ?

Il s'agit pourtant de ton corps, même des décennies après (comme si toute mémoire féminine avait besoin de s'accrocher à un corps fait non de bois, mais de chair, d'os et de peau ! Même destiné à vieillir, pour l'instant, il bouge, il vit !).

Des décennies après, je sens encore le raidissement du tissu (de la toile), le glissement du pli (de la soie ou du satin) ; je vois la couleur des fleurs rouges et violettes sur fond noir de cette chose – robe avec caraco ajusté – cousue sur les indications précises fournies par toi à la couturière que ta mère a décidé de payer, manière de t'honorer en engageant ces frais pour toi qui te plains que ta mère ne t'"aime-pas-maternellement", dis-tu : tu as détaché cette fin de phrase française dans le récit que tu en fais à Mag, ton amie, et celle-ci a dissimulé son étonnement : pour une fois que, elle et toi, vous n'avez pas soupesé Rousseau contre Diderot, Balzac contre Stendhal, Claudel contre qui donc... Toi, tu commençais par dire Giraudoux, elle, Mag, pouffait de rire devant tes goûts précieux ; toi, tu rétorquais que Claudel, elle pouvait le choisir, mais est-ce que d'abord elle le comprenait sans être catholique pratiquante, et pourquoi pas Gide, qui au moins était venu par "chez nous" et même jusqu'à Biskra ? Sur quoi, Mag, insinuante, gardait le silence, l'air de dire : "Gide, si tu savais vraiment pour qui, pour quoi..."

Voici donc revenues les joutes continuelles entre Mag et toi ! Car tu as tenu à lui décrire, à cette rentrée d'automne, ta "vraie première robe", celle que, l'été précédent, ta mère t'a offerte, façon à celle-ci de te dire : "Sois coquette, tu en as bien le droit !"

Vous aviez, ta mère et toi, examiné des pièces de tissus rares chez l'un des marchands juifs ou arabes de la vieille rue commerçante de Blida, chacune palpant la soie ou le taffetas.

Désirais-tu d'emblée une étoffe un peu… voyante ? Non, pas vraiment ! Tu as pointé du doigt un satin souple à fleurs rouges et violettes sur fond noir. Un peu trop voyant ? Tu as hésité devant le regard surpris de ta mère ; mais – tu le racontes à Mag – tu as vu aussitôt la robe faite : tes épaules complètement nues et ton dos à moitié découvert, avec, peut-être, un caraco à mettre dehors pour être "décente".

— Pas seulement dehors, ma fille ! a doucement conseillé ta mère. Même dans nos noces entre femmes tu choquerais la plupart !

— Mais elles sont toutes en décolleté, dans vos noces !

Devant tes protestations, ta mère t'a expliqué que les dames, une fois mariées, et surtout une fois mères, ayant allaité leurs marmots, pouvaient paraître indécentes : d'autant que cela demeurait entre femmes ! Mais toi, à quatorze ans, elles te jugeraient "impudique".

Je n'écoutais plus. Je refusais d'entrer dans cette logique de matrones formant tribunal contre leurs filles ou les filles de leurs amies !

Mag écoute mon récit, imperturbable.

— Ma mère, dis-je, a fini par accepter mon choix : bien sûr que je devrais porter un caraco couvrant au-dehors les bras et les épaules !

Tu es fière de ta victoire finale sur ta mère. Mag, elle, se moque ostensiblement de ta coquetterie. Et elle réplique – dans la cour du collège, quand chacune, à la rentrée, évoque pour l'autre, ses vacances d'été :

— Ces détails, réserve-les à ta copine Jacqueline dont tu dis admirer la beauté, les toilettes !

Elle ironise sur ce qu'elle appelle mes "contra-dictions". Elle m'a tourné le dos, marquant son impatience devant ce qu'elle prend, chez moi, pour de la futilité. Je hausse les épaules. Eh bien, c'est vrai, je vais sur mes quatorze ans : ma mère m'a finalement acheté ce tissu noir à roses de couleur, pourquoi en aurais-je honte ? On ne peut toujours vivre en tablier bleu de pensionnaire !

Il y a eu des mariages, l'été précédent, dans notre ville de Césarée, et j'ai désiré danser, moi aussi, dans ces fêtes de femmes. J'avais deviné juste : c'était une vraie robe pour danser !

Tout revient, si longtemps après : le choix du tissu, puis, une fois de retour à l'appartement du village et après avoir ouvert un gros catalogue, j'ai pointé du doigt un modèle.

— Voici exactement la robe que j'imaginais !

— Le dos et les épaules nus ?

Ma mère, presque effrayée. Elle découvre soudain comme j'ai changé : une jeune fille à présent je suis, et non une grande fillette.

— Oui, ce modèle-ci ! Dos et épaules nus, pour-quoi pas ? La noce se passe entre femmes… Et tu vois qu'il y a un caraco !

— Promets, promets-moi, cède ma mère tout en insistant. Promets que dans la rue tu garderas ce caraco ! Ton père…

— Mon père ne vient pas parmi les femmes, à la noce de la cousine, n'est-ce pas ?

Long silence de ma mère qui a relevé mon exci-tation nouvelle. Elle ne sait pas que, depuis quelque temps, j'aime danser seule, entre quatre murs, sur plusieurs rythmes : une danse que j'improvise, non pour me voir ni m'admirer, seulement pour sentir le flux sonore me pénétrer par la plante des pieds, puis courir le long de mes jambes, remonter en moi, mon corps cherchant lentement le tempo, je rêve ma propre image, je me rêve tout en dormant, allongée nue entre les draps, chantonnant dans ma tête : dans une fête, devant dix paires, cent paires d'yeux de matrones, d'hommes, de bêtes, j'oublierai tout sauf cette onde qui s'insinuera en rythme lent ou vif par mes orteils jusqu'à mes reins, mon dos, mes épaules ! Oui, même nue entre les draps, les nuits d'été, et sans musique, j'exerce mon corps à tanguer...

Tout ce temps de ma songerie, ma mère m'a observée en se taisant. Je lui souris. Je la rassure :

— Je te promets, Mma : jamais les épaules nues devant mon père, avec cette robe ! Il ne verra rien !

— Ni dehors, n'est-ce pas ?

— Ni dehors (je l'étreins), ni dans la rue !

Soudain timide et avec une moue de fillette, ma mère s'excuse de sa crainte. Elle acquiesce enfin.

Nous sommes allées le lendemain chez la couturière. Essayage un premier jeudi ; un second. Enfin, la robe fut là. Nous étions à la mi-juin. Attendre deux semaines encore avant de nous retrouver à Césarée. Trois ou quatre mariages sont annoncés parmi la parentèle et les alliées ; deux ou trois circoncisions.

— Je n'irai qu'à l'une de vos noces ! ai-je décidé, quelques jours plus tard, lorsque ma mère a préparé les valises, puis a retrouvé la famille chez sa propre mère.

Je ne sais pas alors que ce sera le dernier été, là-bas.

212

— Voyons, me reproche ma mère, ne joue pas les capricieuses !

Elle accepte de me voir enfin en presque jeune fille ; elle a sans doute souci des commentaires futurs que feront ses amies ; moi, je n'en ai cure !

— Je choisirai la fête où je porterai cette robe. Mais quant à vos noces et festivités qui durent, sans discontinuer, trois jours et quelquefois sept, crois-tu que je supporterai cela ?

Je fais la "bêcheuse" ; je le suis peut-être un peu. En aparté, je me dis que j'ai grande hâte de me mirer dans cette robe au dos et aux épaules nus : une "vraie robe de jeune fille" ! Oui, j'ai décidé qu'une fois au moins, une seule fois, je me dresserai au milieu du cercle des invitées – soudain, un souvenir d'enfance remonte : moi toute petite parmi la fête des femmes, accroupie aux pieds de ma mère si belle : je ne quittais pas des yeux, là-bas, sur le pas de la porte grande ouverte de la demeure, les "voyeuses" voilées mais non invitées, elles qui avaient le droit (sous couvert d'anonymat, car elles ne regardaient que d'un œil) de tout inspecter de la fête : chaque dame assise dans sa toilette nouvelle et portant tous ses bijoux, la mariée figée en idole, tandis que ces anonymes, debout à la porte et masquées, passaient tout en revue : la beauté de la mariée, la toilette de chaque invitée, si l'orchestre des musiciennes était bien au complet, etc., avant de faire circuler leurs commentaires dans toutes les maisons de la ville, dès le lendemain.

Elles me verront donc, ces espionnes, moi en jeune fille décidant sans même me faire prier (tant pis pour les conventions hypocrites), décidant de me dresser d'un coup, dans cette robe noire à fleurs rouges et violettes, pour improviser une pavane grave, ostentatoire, alourdie d'un peu d'hésitation, puis, le rythme saccadé des tambourins s'infiltrant en moi, désireuse de virevolter déjà, l'accélération ne venant pas assez vite, les musiciennes commandant le tempo, je me mettrai à danser devant toutes, comme si souvent dans mon lit, comme quelquefois dans mes rêves…

Je danse d'abord lentement comme une paonne, puis légèrement ensuite, à gestes déliés, comme une almée, pour finir, nerveuse, tressaillant des épaules, rendant lianes mes bras nus sur le point de se coucher au sol, je reprendrai toutefois de la hauteur, tanguerai sous l'inclinaison alanguie de tout mon corps, paraîtra soudain le renflement lent et discret des seins renversés face au ciel, et cette gravitation, cette pâmoison, cet effeuillement, les spasmes ourlés et déroulés de ce corps de femme encore à naître, de vierge silencieuse, de flamme vive, de fleur pas encore ouverte… Oui, grâce à cette robe noire aux taches rouges et violacées, oublier le public des dames mûres, des mères inquiètes de voir leurs adolescentes trop tôt s'épanouir, l'espace d'une minute ou d'une heure entière, craindre soudain (les mères) le mauvais œil, appréhender celui qui sera le premier mâle à flairer puis à étreindre, étouffer, vouloir écraser sous lui ce corps de Diane évoluant – cela, par suite du regard brillant d'une jeunesse violente, ignorante encore de son inévitable altération.

Essoufflée par ma première danse devant ce public de matrones, je rejoins le carré des jeunes filles, surprises par ma soudaine et unique transformation en almée.

— A l'internat, tu danses ainsi ? me demande une lointaine cousine, curieuse de ma vie de pensionnaire, qui lui paraît non un enfermement, mais un univers de licences inavouées.

— Quelquefois, lui dis-je. Le plus souvent, lorsque les vacances approchent : nous sommes trois ou quatre à danser sur les tables comme des diablesses déchaînées.

"Rien, me dis-je, de la grâce que, pour une fois, je voulais faire exprimer à ce corps qui grandit si brusquement."

A la rentrée d'automne suivante, madame Blasi, sur un ton de surprise manifeste, me dit avec une tendre familiarité qui dut lui échapper :

— Ces vacances (elle était la seule à m'appeler par mon prénom), vous avez pris au moins... dix centimètres !

Après cela, je commence à aimer les mariages traditionnels, juste pour danser. Je l'avoue : je ne me fais plus prier pour me lever. Au milieu du cercle des invitées – quelquefois une simple noce de village où les dames sont accroupies –, à peine une musique vive et heurtée s'amorce-t-elle que je sens soudain le rythme me saisir – presque africain plutôt qu'arabe, ou "traditionnel", ce qui permet aux femmes de tous âges d'évoluer, en bougeant à peine leur corps, leurs hanches rebondies, de garder leur port de tête majestueux, le regard perdu dans quelque rêverie ensommeillée, tandis que leurs pieds dessinent des pas réguliers, presque alanguis.

Moi, je dédaigne cette apathie qui paraît les juguler ; sitôt que le rythme sourd, ces dames le plus souvent séquestrées, écrasées par leur marmaille, pourraient enfin se défouler dans la joie rageuse, une furia non contrôlée : eh bien non ! Il semble qu'une règle de décence les retienne encore alors qu'elles sont entre elles, à l'écart des regards masculins.

Mais, moi, je ne danse que pour moi : quand je me lève désormais – les matrones ont beau traiter avec défiance les jeunes filles à peine pubères –, oui, quand je me lève, c'est que le rythme s'est infiltré dans tout mon corps – je ne demeure jamais accroupie comme la plupart : je me tiens debout ou à genoux, ou juchée sur une chaise haute, ce qui permet à mon pied de battre la mesure, de garder le contact avec le tempo qui seul importe, dans ces réunions où domine la scansion du *tbel*, la frénésie de la *derbouka*, le phrasé déchiré de la chanteuse à la voix nasillarde, quelquefois aigrelette car elle ne peut voiler, même avec les phrases acidulées d'un chant d'amour égyptien, son incurable nostalgie.

Une fois dressée, j'oublie le public de femmes à mes pieds : je danse vite, nerveusement, je sens qu'il me faudrait un espace infini… Je ne souhaite mettre en valeur ni mes hanches, ni ma gorge, seulement parfois mes épaules, car, si c'est toujours par la plante des pieds que le rythme s'empare de moi, ce sont mes jambes qui en sont traversées, puis mes hanches, enfin et surtout mes épaules…

Par-dessus tout, je déteste leur danse du ventre !

J'aspire à une danse de chasseresse, si possible d'antilope (pour les fuir toutes avec leur passivité ?). Mes pieds marquent le rythme, je me courbe à demi, glisse entre les autres danseuses, celles-là presque olympiennes. Je ne tiens pas à danser seule, devant les autres, car la danse noble n'est pas spectacle, elle est méditation, jusque dans la trépidation !

J'aime danser pour me sentir loin d'ici, me cacher de ces dames, qu'elles me croient une flamme, alors que, les yeux fermés, c'est vers la pénombre, vers le noir, toujours, vers l'ailleurs, que mes pas légers me portent... Oui, n'être qu'une flamme ! Je me rassois, le rythme continue de faire frissonner mon corps au point que la nuit suivante, dans mon demi-sommeil, je pourrai me transformer en elfe sur le point de s'évaporer !

En cette même période juvénile, au village où ma mère se rendait parfois dans des noces de campagne, il m'est arrivé de la laisser partir sans moi. C'était pour danser seule devant les trois immenses miroirs de leur chambre.

Corps à la fois évanescent et joyeux, comme éparpillé dans la nuit de mes rêves. Danseuse invisible, sauf à moi-même, si bien que, des années après, quand soudain un chagrin me saisissait sans que j'en comprenne l'origine, j'attendais que ma mère s'absente du logis pour pouvoir danser (peu importait alors le rythme ; n'importe quelle musique, même occidentale, faisait l'affaire) : je dansais pour regarder mon reflet au fond des miroirs et, à force de m'abandonner au staccato – assez lent, puis vif, puis endiablé, puis furieux –, je ne voyais plus en face de moi, pour finir, que mon visage qui enfin pleurait, comme si la danse n'avait été qu'un prétexte, comme si le corps avait tenté de se démultiplier pour chasser de lui-même l'obscure cause de toute peine.

Etaient-ce les transes de la grand-mère – désormais vieillie, presque clouée en son lit là-bas, à Césarée – qui me poursuivaient ? Etait-ce ce qui restait d'elle en moi : une joie, une furia qui mettait tant de temps à retomber, à s'éteindre pour permettre enfin à ce corps bondissant de rendre un jour les armes ? Pas par une défaite, comme l'aïeule, non, par une pause, un rêve ou une quête l'amenant à rémission – legs qui me serait réservé, à moi, la déshéritée, recevant toutefois cette énergie latente, insoupçonnée.

Me remémorant quelques-unes de ces danses solitaires, destinées à m'apprendre à dominer mes premiers chagrins, je me vois mettre un terme à l'agitation spasmodique du corps par de doux sanglots, parfois hoquetants, moi approchant mon visage en gros plan de l'armoire d'acajou luisant, dans la chambre parentale.

Oui, je me souviens : adolescente, dans ma danse solitaire (croyant, à cette époque, mes menus secrets trop lourds), je me jetais dans le ressac du rythme, dansant, dansant jusqu'à m'imaginer asphyxiée par la vitesse, puis, le visage collé au bas d'un des miroirs, je me regardais pleurer, visage aplati, défiguré dans le tain de ces hautes glaces qui, enfant, me fascinaient.

10

L'OPÉRETTE

Cette année-là, après un été passé en famille à Miliana, je me vois d'abord reprendre la vie au village, alourdie soudain d'un secret : plongée dans mes lectures et dans la hâte de retrouver le pensionnat, je pensais à Mag, à laquelle j'oserais raconter ma peur que je savais puérile – lorsque, par les allées du jardin public de Miliana, j'avais à promener dans une poussette ma jeune sœur (qui, pour sa santé, devait respirer l'air pur de cette ville, presque en montagne). Mon souci à moi était d'éviter les approches d'un jeune instituteur musulman qui connaissait pourtant mon père ; lequel avait expliqué devant moi à ce jeune collègue la raison de notre venue, dans cette cité où nous logions chez des amis.

Je souhaitais avouer à Mag mon affolement dans ce jardin public où, mal à l'aise de me sentir ainsi recherchée, cette promenade forcée me devenait angoisse, torture. Et Mag, me disais-je, même en se moquant de moi, comprendrait qu'à la vue de ces manœuvres du jeune instituteur mon père se serait emporté, aurait déclenché un esclandre…

"Finalement, me dirait Mag avec son demi-sourire en coin, cet inconnu, en quoi te menaçait-il ? Et pour qui avais-tu peur : pour toi ou pour ton père ?"

Non, décidai-je, ce que je pouvais rapporter à Mag, c'était plutôt ma décision de commencer mon journal, et cela pour comprendre quels livres, parmi ceux que je lisais en désordre, se déposaient dans ma mémoire, m'apprenaient – m'apprenaient quoi ? A vivre ? Non… tous ou presque tous à imaginer la vie des "Autres" ! Quand je retrouverais le pensionnat, c'était de cela que nous pourrions discuter. Mes rêves, que nourrissait toute lecture, en avais-je besoin pour réduire la dichotomie des deux mondes où je vivais : la claustration que nous connaissions au quotidien, ma mère, ma sœur et moi, au village, mais aussi la chaleur de la vie féminine à Césarée, dont je savais qu'elle ne serait jamais la mienne, plus tard ?

"Plus tard, c'est-à-dire ?"

Je ne voyais guère plus loin qu'après le baccalauréat. Il y aurait mes "études à l'université", mon père les avait évoquées, déjà, à une ou deux reprises. Mon cousin, étudiant en médecine, quand il venait chez nous rapportait brièvement qu'au moins trois ou quatre jeunes musulmanes étudiaient la médecine, préparaient même le concours d'externat ; lorsque ce même cousin repartait pour Alger, ma mère déclarait que sa sœur aînée devrait renoncer à chercher à Césarée une future bru. Selon les critères traditionnels, la beauté comptait peut-être, mais surtout les qualités d'éducation, d'apparente douceur, que les matrones testaient chez les adolescentes, durant les noces de l'été.

— Non, reprenait ma mère en souriant, déjà presque tolérante, ce jeune homme est aussi gentil que sérieux, mais je le sens : il voudra choisir lui-même sa fiancée !

Et elle se prenait à rêvasser… Sa sœur aînée, qu'elle considérait plutôt comme une seconde mère – vingt ans au moins les séparaient –, risquait d'en être déçue, car toute matrone tenait au privilège inaliénable que son statut de mère, en principe, lui assurait : le droit de choisir elle-même sa future bru.

— L'essentiel, remarquait encore ma mère, est qu'il soit heureux, lui !

Je ne suis pas sûre qu'elle allait jusqu'à dévelop-per ce genre d'argument devant nous tous ; sans doute ai-je plutôt surpris, par mégarde, ce genre de conversation entre ma mère et ses nièces, lors des réunions chez ma grand-mère. Ainsi me reviennent par bribes ces supputations matrimoniales : dans ce monde chuchotant de dames, jeunes ou moins jeunes, mais toutes cloîtrées, invisibles au monde de la rue comme aux Européens, la crainte soudaine s'installait de voir bientôt leurs fils, neveux ou petits-fils avoir des liaisons ou même désirer s'unir par le mariage à des Occidentales, celles-ci rarement issues de la colonie, le plus souvent des "Françaises de France", quand ce n'étaient pas des Européennes rencontrées au cours de lointains voyages, cas que l'on rencontrait assez fréquemment, désormais. Ce n'était pas ma mère qui généralisait, plutôt les cousines, qui soupiraient :

— Nos jeunes gens les plus talentueux, destinés à être médecins, avocats ou professeurs, ramènent au logis de leur mère la première étrangère de rencontre à avoir déployé vis-à-vis d'eux les armes de la séduction la plus audacieuse, peut-être même la plus douteuse !

Jouant le rôle d'une sœur aînée pour son neveu qui aurait pu être son frère cadet, ma mère se permettait de le taquiner : peut-être, disait-elle, lui qui venait de la capitale nous rendre visite et dont mon père appréciait le "sérieux", allait-il rencontrer une étudiante de "chez nous", émancipée ?

Certes, ce serait au tour de la mère de ce cousin d'être déçue. Mais, "désormais, ne vaut-il pas mieux que ce soit eux, les jeunes gens, qui choisissent ?" continuait-elle, elle qui, j'en étais sûre, ne songeait à accorder qu'aux garçons le privilège d'élire plus tard leur future compagne, plutôt que de se laisser marier par leur mère, leur tante ou leur sœur aînée. "En sorte qu'ils puissent à leur tour…" (Elle ne finissait pas sa phrase, un scrupule la saisissait : après tout, elle, elle n'avait dû qu'à la chance d'avoir un époux si attaché à elle.)

Ma mémoire reconstitue les propos qu'elle tenait devant ses nièces ; malgré son allure de jeune femme, et même si elle avait, désormais, avec ses voisines européennes, des conversations en français, c'est entre femmes arabes qu'elle se hasardait à ces conjectures qui permettaient de sentir combien notre société d'alors tentait d'évoluer ou, au contraire, de dresser de nouvelles murailles.

A moi qui surprenais ses discours, ma mère me faisait soudain presque l'effet d'une sœur aînée. Ce n'était pas pour autant que j'aurais pu, à Miliana, l'été précédent, lui parler de mon puéril affolement devant celui que j'appelais le "gêneur", ni évoquer mon désarroi, lorsque, retrouvant le calme du village, j'attendais de retourner au pensionnat.

Cette année-là qui commence, je vais sur mes quinze ans. Elle s'éclaire dans ma mémoire par les fêtes de fin d'année scolaire, en juin, marquées par un événement exceptionnel : entre le lycée de garçons et notre collège de jeunes filles, par suite de quelle alliance (j'allais dire, quelle conspiration), a germé l'idée de la coproduction d'une opérette avec la participation, dans les rôles de solistes comme dans la composition des chœurs, des adolescents de notre collège et du lycée de garçons.

Ce plan élaboré, je suppose, par les professeurs de musique des deux établissements, sembla enfiévrer assez vite la cité provinciale de Blida, où avait résidé, au siècle précédent, le peintre Fromentin et qu'avait traversée André Gide, quelques décennies avant nous.

On nous parla de ce programme de fête dès le milieu de l'année ; j'appris ainsi l'existence d'une opérette, "*Les Cloches de Corneville*", qui avait remporté, nous affirmait-on, un succès mondial depuis

226

sa création… en 1877 ! Le titre en circula assez vite, dès notre retour des vacances d'hiver : au dernier trimestre, filles et garçons, nous allions interpréter cette œuvre, disait-on, si célèbre.

Chacun des professeurs concernés entreprit de sélectionner les chanteurs amateurs, puis les répétitions s'échelonnèrent tout au long du dernier trimestre. Je fus choisie pour faire partie du chœur des paysannes.

Dès le début, je tombai des nues devant le côté folklorique des paroles, la fruste naïveté – ou feinte naïveté – de l'intrigue que j'estimais simpliste, le tout, il est vrai, sauvé par l'allant d'une musique gaillarde, pleine d'énergie.

Nous étions pour la plupart en classe de seconde, épargnées de l'approche angoissée des deux baccalauréats. Dès le début des répétitions, mon étonnement tourna à l'ébahissement : mon inculture musicale était telle que je ne m'étais encore jamais interrogée sur la différence entre un opéra et une opérette. Je me revois écouter, un sourire de commisération aux lèvres, les duos des deux chanteurs vedettes : une paysanne qui – tel était le livret – roucoulait "Mes dindons… ons… ons !" à son amoureux, un berger, lequel lui répondait, certes d'une voix chaude et profonde de basse, par : "Mes moutons… ons… ons !" Tout en participant au chœur, je réalise qu'un sujet aussi quelconque va mobiliser des moyens vocaux et de mise en scène d'une importance si disproportionnée que j'en reste pantoise…

Néanmoins, ces séances, prévues pour s'échelonner plusieurs semaines, bouleversent les habitudes de l'internat. Sans compter que le choix du lieu, tant pour les répétitions que pour la générale, fixée au dernier samedi de l'année scolaire, se porte sur l'arrière-cour de notre collège, plus vaste que celle du lycée de garçons, lequel disposait certes d'une cour d'honneur prestigieuse, mais trop exiguë.

Si je reviens sur ce spectacle de fin d'année, c'est parce que les rencontres de travail se succédant plusieurs après-midi de suite furent cause pour nous, internes musulmanes, d'un réel bouleversement : une insidieuse excitation s'infiltra chez certaines d'entre nous, dans l'attente de l'événement.

Alors que j'avais écouté plusieurs soirs de suite Jacqueline, au dortoir, me décrire les bals de l'été en son village du bord de mer, avec les flirts, les premières ébauches de couples se formant sous l'œil de parents qui les observaient de plus ou moins près, voici que cette inconcevable liberté – mais le mot de "liberté" est sans doute trop fort ici, disons plutôt une incroyable "mixité" – allait se déployer pour nous aussi, collégiennes et lycéens musulmans de la ville.

Nous formions deux groupes : une dizaine au plus de filles de quatorze à seize ans, qui s'agglutinaient en un cercle intimidé, et, non loin, autant de jeunes garçons, coreligionnaires du même âge, internes et externes mêlés.

Dès les premières répétitions dans la cour de notre collège, certaines de mes camarades parurent tout excitées : les demi-pensionnaires, alors qu'elles arrivaient chaque jour engoncées dans leur manteau, avec une grande rigueur de mise, se révélèrent les plus hardies à se retrouver si brusquement hors de toute surveillance parentale, voire de l'œil espion des mâles de la rue qui les reconnaissaient malgré les voiles qui les enveloppaient. Par contre, devaient-elles penser, évoluer, le corps libre, devant des lycéens musulmans… quelle aventure !

Au collège, la cour où s'organisèrent les répétitions devint, chaque jeudi et samedi, un espace contrôlé par les professeurs de chant. Il m'apparut vite que la minorité musulmane des deux sexes semblait perdue parmi la petite foule sur laquelle planait, plusieurs heures durant, tel ou tel air de violon en train de s'accorder, tel refrain du chœur repris plus loin par deux ou trois solistes.

En fait, les quelques adolescents arabes des deux sexes n'auraient jamais pu rêver d'une pareille suspension de la censure ancestrale. Je tente ici de reconstituer l'ensemble, alors que moi, sans doute une des plus effarouchées, j'étais plutôt absorbée à découvrir combien le livret de ces *Cloches de Corneville* n'avait rien à voir avec la majesté de l'opéra, tout en nécessitant la même qualité dans l'amplitude des voix, leur phrasé, leurs volutes…

Oui, en véritable analphabète, j'apprenais ce qu'il en était exactement de l'opérette, même si ces *Cloches de Corneville* ne développaient, tous comptes faits, qu'une banale intrigue paysanne ! Restée par timidité ou simple instinct grégaire parmi mes coreligionnaires, j'en oubliais presque que j'aurais pu, faisant partie du chœur, m'éloigner et dédaigner la présence de ces lycéens musulmans, dont certains devaient se troubler à nous sentir si proches, les filles, nous qui leur paraissions, jusque-là, inabordables.

J'interromps ici ce récit aux couleurs aussi anodines que surannées pour introduire un personnage – supposons-le, pourquoi pas, de fiction... Oui, braquons le projecteur sur une autre jeune fille de mon âge, ou d'un an mon aînée, une condisciple faisant partie du groupe des demi-pensionnaires. Je lui invente un prénom – disons, un prénom de vamp orientale, par exemple Mounira (c'est-à-dire la "désirante"). Ombre noire, Mounira restera, pour moi, une fausse camarade... tentant, mais plus tard, de se poser en rivale.

Je me demande : est-ce que toute société de femmes vouées à l'enfermement ne se retrouve pas condamnée d'abord de l'intérieur des divisions inéluctablement aiguisées par une rivalité entre prisonnières semblables ?... Ou est-ce là que se dissipe ce rêve : l'amour paternel qui vous confère le statut envié de "fille de son père", de "fille aimée", à l'image, dans notre culture islamique, du Prophète, qui n'eut que des filles (quatre, et chacune d'exception ; la dernière, seule à lui survivre, se retrouvant dépossédée de l'héritage paternel, en souffrira au point d'en mourir. Je pourrais presque l'entendre soupirer, à mi-voix : "Nulle part, hélas, nulle part dans la maison de mon père !").

Cette Mounira, donc, quel rôle ambigü s'apprête-t-elle à jouer dans cette antichambre de ma vie et pourquoi désire-t-elle s'approcher de moi, la solitaire, et de trop près, de vraiment trop près ?

La voici au cours d'une des répétitions, au centre d'un groupe de collégiennes qui fait face à un carré de lycéens de notre communauté… Je me rappelle cette cour du collège sur laquelle descend lentement un soir étiré de juin. Cette journée d'été m'a paru infiniment longue : une secrète agitation nous pousse à nous observer de loin, nous, jeunesse des deux sexes que le hasard des préparatifs de cette fête musicale nous fait découvrir les uns les autres ; comme si une brise légère d'apparente liberté imprégnait l'atmosphère de ces *Cloches de Corneville* si étrangères à notre monde.

Je vois Mounira se déplacer en maîtresse d'œuvre ; elle va de l'un à l'autre groupe, telle un agent de liaison entre ceux qui n'osent encore se réunir ou simplement se faire face, surmonter en somme la séculaire séparation sexuelle même chez nous, futurs bacheliers au cursus français.

Mounira, comment définir son rôle alors ? Son audace, l'absence de timidité la caractérisent. Nous sommes deux ou trois internes musulmanes à avoir été enrôlées dans le chœur. Mounira ne nous quitte plus, comme si une mystérieuse énergie l'animait, comme si elle avait décidé de ficeler quelque scénario : je ne remarque pour l'instant que ses allées et venues, le fait qu'elle ne semble pas tenir en place. Elle s'approche des garçons, revient vers nous, vers moi…

A présent, je comprends que, dans cette ambiance de chants repris et répétés de loin en loin, tandis que ces jeunes Arabes regardent autour d'eux, désemparés, sans trop savoir s'ils sont figurants ou simple voyeurs, un désir d'intrigue l'habite : nouer et dénouer, à l'ombre de l'histoire si fruste de l'opérette – celle-ci chantée sous les feux de la scène – une seconde "histoire" bien à elle, mais dans l'ombre…

"Une petite intrigue banale et sans envergure !" me suis-je dit à ce propos, moi, l'orgueilleuse.

De fait, ces allées et venues de Mounira entre les groupes qui n'osent ni s'approcher ni se parler, en attendant de chanter sur scène devant tous, augurent de son rôle de conspiratrice, mais pour quel projet ?

Son assurance lui venait de sa "beauté", laquelle lui était reconnue par un jugement de valeur assez répandu à l'époque : quoique de petite taille et plutôt rondelette, elle laissait dire qu'elle était douée d'un physique "exceptionnel", du simple fait que, seule parmi ses cinq ou six sœurs, elle avait le teint clair d'une presque blonde, avec des cheveux châtains. A l'époque coloniale, en effet, toute autochtone, rousse ou blonde, qui pouvait passer, au premier regard, pour une Européenne, obtenait un succès d'extranéité dans son groupe, flattant ainsi le désir latent du colonisé de sembler, au moins de par l'apparence physique, faire partie du clan dominateur.

(Nos vieilles dames, parfois des marieuses, avaient, elles, le goût plus sûr : quand elles devaient juger de la beauté d'une pucelle, elles disaient pour en faire l'éloge : "Elle a du *sirr.*" Ce qui signifiait que la jouvencelle avait, dans ses traits ou de par sa grâce, un charme "secret", qui lui persisterait, l'âge venu.)

Aux yeux de son père, Mounira semblait donc la plus belle de ses filles, car la seule à ne pas être brune. Comme Farida, elle venait au collège emmitouflée de pied en cap de son voile blanc, mais on n'évoquait pas, à son propos, une sévérité excessive, semblable à celle que manifestait le père de Farida.

Dès le début des répétitions, l'excitation de Mounira tranchait sur la gaucherie des unes et des autres. Est-ce qu'elle se sentait elle aussi, comme Farida naguère, victime de la sévérité compulsive de son père ? Certes, à cause de lui, elle avait dû refuser de passer le test de sélection pour les chœurs. Elle était là pourtant : en témoin et disposée, mais à quoi ?

— J'observerai, avait-elle déclaré, je vous aiderai !

On n'avait pas su à quoi. Elle était curieuse, sans plus, pensais-je. Serait-elle une sorte de *vox populi* pour commenter le travail en cours auprès de sa mère et, je suppose, des amies bourgeoises de celleci qui n'auraient même pas, elles, l'occasion de jouir du spectacle ?

Les séances de travail commun se succédaient dans la cour du collège depuis déjà deux à trois semaines quand Mounira, ayant résolument franchi le portail, se sentit vite à l'aise dans l'atmosphère de joie diffuse qui nous enveloppait, nous, filles et garçons, happés par les tentations que nous offrait la nouvelle mixité.

Un après-midi se détache dans mon souvenir : Mounira papillonnant, s'approchant de moi, glissant vers un autre groupe ; collégiennes et lycéens arabes non loin les uns des autres, comme immobilisés les uns devant les autres. Seule Mounira déclare qu'elle connaît tout le monde, et c'est en partie vrai, puisque, étant de cette ville, les familles de certains lycéens sont en relation avec ses parents. Elle parle aux uns, elle revient à nous, les filles, elle va près des autres – des Européennes ; elle complimente la chanteuse vedette – ; bref, elle est à son affaire. Pour un peu, on pourrait l'inclure dans le groupe des responsables de la direction musicale.

Les entractes, au cours de ces séances, sont fréquents, quelquefois assez longs. Désormais sûre d'elle, Mounira a pris à cœur son rôle de témoin, de conseillère ou, pour d'autres, de confidente. Je la suis parfois des yeux, alors qu'effarouchée je demeure à l'écart. Soudain, elle s'approche pour me dire : – Tu vois, ce groupe de garçons, parmi les chanteurs, ceux qui sont juste en face ?

Dans les chœurs, nous répétions toujours séparément, me semble-t-il.

— Oui, dis-je, et alors ?

Elle a un sourire, l'œil allumé.

Il me paraît évident qu'elle semble décidée à tisser elle-même une seconde intrigue à l'ombre de celle que nous devons interpréter, pour honorer à sa manière les amours de la gardienne de dindons et du gros chanteur, veillant sur ses moutons !

Mais nous, me dis-je, adolescents de "seconde zone" parmi les enfants de bourgeois français, que venons-nous faire, vraiment, dans cette histoire de paysans caricaturés, interprétée par une dizaine de filles et autant de garçons, une partie de ces derniers étant des indigènes ségrégués, si bien que, pour une fois, sous prétexte d'opérette, la question coloniale semble sur le point de s'atténuer ?

J'ai nommé, dans mon for intérieur, Mounira, la "désirante", elle qui va et vient avec audace et même effronterie entre nous.

Je remarque aussi :

— Supposons que Mounira soit seule consciente de cet entracte exceptionnel, de cette représentation à venir, du répit qui va survenir en scène – celle-ci devenant soudain un lieu neuf et neutre, livré à la musique, gommant soudain la séparation entre les sexes de cette jeunesse dite musulmane, mais pareille mutation peut-elle intervenir dans cette ville truffée de casernes ?... Est-ce que, par ricochet, ne pointeraient pas certains désirs latents, propres à chaque groupe ?... Mounira ne deviendrait-elle pas à son tour l'auteur d'une autre "histoire" – unissant celle-ci, ces garçons et ces filles propulsés presque par erreur dans cette opérette, genre si étranger à nos interdits, à nos intermèdes, à notre folklore, à nos chants séculaires, à nous tous, des deux sexes, essayant de nous libérer, mais par le biais de cette musique de second ordre, importée de leur "métropole" ?

Or, voici justement "notre" Mounira s'approchant de moi, comme la mouche du coche. Je sens confusément qu'elle médite un coup – comme aux échecs ou aux courses ? Je me dis : par curiosité ? Non. Par distraction ou nonchalance ? Je décide d'entrer provisoirement dans son jeu... Mounira la "désirante", désireuse de quoi, au juste ?

Je lui souris. J'attends. Elle approche.

— Sais-tu, me dit-elle d'une voix suave, que parmi tous ces lycéens musulmans avec lesquels je viens de parler – elle continue, d'un ton qui se veut complice –, certains, comme moi, sont externes : je connais leurs familles... Des familles de notables !

— Et alors ?

Je m'amuse soudain. Que mijote-t-elle ? D'ordinaire, je me serais esquivée...

La répétition se termine, du moins pour les chœurs. Un certain laisser-aller s'empare des groupes. Abruptement, mais avec un sourire enjôleur, elle ajoute :

— Tu vois le carré de garçons "de chez nous", glisse-t-elle comme s'il s'agissait d'une appartenance politique.

Elle me fixe des yeux, m'invite à observer le groupe de lycéens, et murmure :

— Dis-moi franchement lequel d'entre eux te plaît le plus ?… Enfin, au moins d'après la mine…

Ainsi, elle joue les entremetteuses ! Saisie par un accès de pure gaîté, ou de frivolité, je me dis : "Pourquoi ne pas jouer ?", comme si, en cet instant, un vague souvenir des propos de dortoir échangés avec Jacqueline remontait de mon oubli, après quelque deux ans.

Je tourne la tête, regarde ostensiblement le groupe de quatre ou cinq lycéens dits "arabes" ; l'un d'eux, long et mince, très brun, pour ne pas dire franchement basané, me paraît avoir de "l'allure".

— Il y en a un à qui je trouve… quelque chose ! dis-je d'un ton léger.

Parce que, pour la première fois de ma vie, on me demande de "jauger" quelqu'un sur son physique, je l'ai fait spontanément – j'ai émis mon verdict, mon Dieu, juste comme on dresse un constat ! Mais voici qu'en moi, au même moment, sans doute à cause de mon audace à le formuler à voix haute (j'étais prête à considérer ma franchise comme de l'insolence), voici qu'en moi perce aussitôt un début d'émotion ! Etonnée de ma propre audace (une part de moi, je dirais la part d'austérité paternelle m'en fait aussitôt reproche !), je comprends, dans le même temps, que je me laisse contaminer par le "charme" du garçon – mon regard de côté continuant à découvrir la silhouette, les gestes, le teint si brun du lycéen inconnu.

J'entends Mounira s'esclaffer : elle sourit, elle se moque… de moi, bien sûr ! De lui, aussi : elle dit son nom et ajoute qu'il est du "Sud", peut-être même d'une lointaine oasis dont j'oublie aussitôt le nom – mais, dans ma mémoire, ce jeune homme restera sous le sobriquet que je lui accole d'emblée : le "Saharien".

Elle, Mounira, surprise de mon jugement, semble déçue, comme si elle était vraiment venue en intrigante, et avec son choix à elle : probablement voulait-elle, en bonne petite-bourgeoise qu'elle était, me faire l'éloge d'un des autres externes de sa ville, sûrement en évoquant la situation familiale du garçon, détail dont je me soucie comme d'une guigne.

Je la regarde, froidement :

— Tu m'as posé une question, je me suis retournée, j'ai regardé : je te le répète, il n'y a que ce lycéen, parmi ce groupe, qui me semble avoir… "quelque chose" ! Je te l'ai donc dit, conclus-je avec une désinvolture destinée à cacher mon intérêt soudain, bien réel, du moins sur le plan esthétique.

Car je viens de découvrir qu'à ce jeu de masques le garçon que je me suis mise à appeler en secret le "Saharien" me plaît vraiment (c'est une surprise toute neuve pour moi : jusqu'alors, je me croyais indifférente à ce qu'on peut appeler le "charme physique"). Je dois dissimuler ce trouble, le museler, puis l'annihiler quand je me retrouverai seule avec moi-même.

Devant Mounira, parce que j'entends demeurer sur mes gardes (c'est mon premier trouble devant l'autre sexe), je manifeste une décontraction un peu cynique. Je confirme, une manière comme une autre de vouloir, intérieurement, me maîtriser :

— Pourquoi es-tu étonnée ? lui dis-je posément. Les hommes les plus beaux, à mes yeux, sont les Touaregs et les Peuhls : élégance et silhouette longiligne, chère Mounira !

A mon tour, je joue ; je me mets à son diapason. J'émets des généralités sur la gent masculine. Je prends un ton détaché comme un personnage de roman mondain.

Elle semble déconcertée ; elle me sait naïve, et d'ordinaire confiante, sans arrière-pensée. Mais elle ne sait pas que, grâce à elle, j'ai découvert une faille en moi, que j'en suis troublée, que je dois donc jouer, moi aussi, à paraître froide et détachée comme elle.

Ainsi, à cause de ce marivaudage, j'ai constaté qu'un jeune inconnu m'attire et, plus étonnant, sans même lui avoir parlé. Une fois seule, je sais que je me le reprocherai, que l'ombre de mon père viendra me servir des arguments "de fond".

Sur quoi, Mounira s'excite. Elle se tourne vers le groupe des jeunes filles musulmanes et annonce, sans vergogne :

— Voici la meilleure élève d'entre nous ! Et devinez qui lui plaît le plus, parmi nos garçons ?

Elle parle haut, Mounira ; à la limite de la vulgarité, me dis-je, choquée. Je me raidis.

Elle persiste :

— Vous savez qui elle préfère, parmi tous "nos" lycéens, là-bas ?

Puis, presque dépitée, elle cite le nom du jeune homme, en ajoutant ce jugement qui soudain le rehausse à mes yeux :

— Même pas un bon élève, non... un "voyou" !

Soudain, ce terme romanesque de "voyou", disons, de "mauvais garçon", me le rend encore plus séduisant...

Elle continue :

— Le plus "je-m'en-foutiste" ! et elle répète ce mot de "voyou"...

Si Mag était là, me dis-je, on évoquerait ensemble Arthur Rimbaud qui a tout plaqué, Paris et ses écrivains, la gloire littéraire en sus, pour devenir un "voyou" maudit, sur la terre d'Arabie !

Je ne sais trop quand, les jours suivants, s'esquissa une intrigue. Fut-ce l'indiscrétion provoquée par Mounira qui parvint aux oreilles des lycéens de la séance précédente ?

Lors d'une nouvelle répétition, je m'aperçois que, parmi les garçons qui chantent en face de moi, le Saharien se tourne à plusieurs reprises de mon côté. Je demeure imperturbable ; entre-temps, la voix paternelle en moi m'a reproché, disons, ma "légèreté de conduite". Je me tiens éloignée de Mounira. Nous chantons, puis descendons tous de scène.

Je suis calme ; je ne joue aucun rôle ; Mounira est oubliée. Sur scène, d'autres chanteurs répètent ; l'ambiance est à la gaieté : une vraie détente collective. Autour de moi, des propos s'échangent sur la générale qui approche.

Je reste dans un coin à méditer sur cette expérience de travail musical, qui touche à sa fin. Soudain, devant moi qui me trouve en pleine lumière, voici le Saharien qui hésite. Peut-être l'ai-je déjà oublié ? Peut-être que non, puisque je le reconnais, alors qu'il se tient encore dans la pénombre. Mounira est absente du décor. Mais je pense à elle, car, le Saharien hésitant encore, j'entends une ou deux voix parmi ses camarades qui lui chuchotent, en arabe, des encouragements du genre : "Vas-y !"

Je me dis, avec une ironie légère : "Allons, bon, la comédie de l'autre jour reprend !"

Je me sens détachée, mais sur le qui-vive.

Sur ce, le jeune homme avance avec précaution. Un regard intérieur – intense – m'ordonne de rester sur mes gardes. Je me dis :

"Je l'ai déjà constaté : ce garçon a de l'allure !"

Il s'est figé. Un éclair de raison en moi : la voix gardienne du père, sans doute ("Qu'il ne sache jamais à quel point il te plaît !"). Cette voix est d'acier : une sévère mise en garde ! Je parais neutre, presque froide.

Il semble encore hésitant. Ce vacillement que sa silhouette dessine, l'espace d'une seconde, me laisse deviner qu'il craint mon refus, ou plutôt les termes mêmes de ce refus, si je l'énonce non par coquetterie, mais avec rigidité. Cette pensée m'envahit, alors que mon regard continue, avec la précision et la vitesse de l'éclair, à suivre le moindre de ses mouvements, comme si j'allais ensuite, en toute hâte, le dessiner, le croquer, le garder pour moi dans sa grâce dégingandée...

Mais je suis curieuse ; je voudrais savoir ce qu'il a à me demander et comment il va me le demander. J'entre peu à peu dans ce jeu – encore distante, toutefois.

Tandis que derrière moi, sur scène, la chanteuse-gardienne de dindons déroule avec de si belles vocalises son air principal, un mini-public s'est peu à peu formé autour de moi et du Saharien. Quelques-uns de ses copains se sont approchés ; il est clair qu'auparavant ils l'ont encouragé : j'assiste au résultat du "téléphone arabe", qui fait que, depuis la veille, par Mounira et comparses interposés, on encourage le jeune homme à faire sa demande – mais, au vrai, quelle demande ?

Appelons ce jeune Saharien Ali, un peu comme le héros Ali, lorsqu'il demanda en mariage Fatima, la fille du Prophète. "Pas moins", me dis-je – autant viser au plus haut pour cette scène que je désirais enrobée par mon romantisme d'alors ! Certes, je suis gênée de ce côté public, quasi théâtral, au vu et au su des "nôtres", filles et garçons arabes des deux établissements. C'est pourquoi je me tourne sans modestie vers les personnages les plus glorieux, les plus purs. S'ils sont illustres, je ne me compare, bien sûr, pas à eux, je désire simplement qu'ils nous protègent. Ces pensées ont défilé, en quelques secondes, dans ma tête : pour me dissuader de faiblir, en voyant s'avancer presque à pas comptés ce garçon… Sur ce, je l'appelle Ali, puisque, moi, de nom, je suis Fatima, "la fille de mon père".

Mon imagination court, court tandis que le garçon, face à moi, s'arrête.

Oui, cet Ali issu d'une oasis lointaine, au visage osseux, si beau à mes yeux et à propos duquel j'ai avoué, avec audace et un brin de provocation, qu'il "me plaisait", cet Ali qui me plaît toujours, sans doute poussé et encouragé par ses camarades que je ne vois pas, avance de quelques pas vers moi, puis ose me demander assez haut, en français, bien sûr :

— Est-ce que je peux te proposer... de venir faire une promenade avec moi ?

Sur le côté, les lumières de la scène restent vives ; la répétition n'est pas achevée. Derrière nous, je suppose que Mounira et quelques autres internes m'observent, tout comme Ali qui cache sa timidité, mais, en même temps, joue un rôle, ne le joue qu'à demi, se mettant à désirer lui-même cette escapade, puisqu'il a enfin réussi à en formuler le souhait en public. Vais-je oser dire oui, se demandent mes camarades, moi qui, jusque-là, n'en remontrais – par mon travail, mes résultats – qu'à l'autre "clan", c'est-à-dire à l'institution ?

Quoique consciente de l'attention des autres, curieuse aussi de me retrouver face à face avec cet Ali – une fois déclaré à voix haute qu'il me plaisait et son charme reconnu par moi, c'était comme si, en fait, je m'en détachais –, je me sens à mon tour exposée devant ce public.

Je me dois de relever ce défi, me dis-je – puisque ledit défi n'émane pas de lui (je le pressentais déjà, lui, un garçon au cœur pur, justement parce que "voyou", comme disait Mounira...).

Est-ce vraiment ma mémoire qui reconstitue ? Est-ce que, si longtemps après, je construis malgré moi une fiction, et celle-ci ne serait-elle pas tout simplement le récit de la première tentation ? Je reconnais que, s'il y eut vraiment tentation, je ne savais pas encore vers quoi elle me tirait…

Le défi qui m'avait saisie n'était-il pas celui que j'avais cru trouver dans les premiers textes de Gide, dévorés par moi l'année précédente : un défi lancé à soi-même, l'appel à un "acte gratuit", donc à une transgression à la fois sexuelle et plus générale. Non, mon geste n'était qu'une bravade, un petit acte de dévoilement pour dire mon désir, mais de quoi ? Je n'en savais rien moi-même et pas davantage devant les autres, mais cette découverte si aiguë était, j'ose le dire, faite d'innocence : l'avoir jugé "avec de l'allure", j'avais émis cette appréciation comme une évidence.

Mais la scène se poursuit :

Je l'ai donc entendu faire sa demande, immobile, à trois pas de moi, moi en cet instant seule, en pleine lumière (derrière, un projecteur de scène me saisit de biais dans son champ), et, même si sa demande a été formulée quelques minutes auparavant, j'ai besoin de la réentendre, non pour le plaisir, mais pour mieux connaître sa voix, lui face à moi, moi ne l'entendant vraiment que la seconde fois, juste sa voix, le grain de sa voix, son léger tremblement vers la fin, qui dénotait quoi ?... Je souris intérieurement, déjà complice, ou comme une sœur, à moins qu'il ne s'agisse déjà d'une danse d'amour, d'une pavane entre nous deux, et que le plus vif, le plus tumultueux ou passionné, le plus trompeur des mystères... jaillira après ?

Oui, réentendre son invite, avec la crainte timide qu'elle recèle, car les voyeurs sont là, les frères demeurent aux aguets, et quant à la rivale principale, celle qui tisse sa toile – elle la croyait d'araignée pour m'y emprisonner, or voici qu'elle s'avère être de bonne toile écrue, solide, chaude et fruste, par-fumée de lavande, peut-être, un drap d'amour juvé-nile –, quant à Mounira, donc, elle a disparu.

Et moi, rêvant à cette première tentation suscitée par ce "Saharien", moi, la prétendue "bêcheuse", en réalité la naïve, la rêveuse d'amour, d'amourette ou d'amour maudit, d'amour lyrique, de déchirure de cœur, de morsure des lèvres, de possession retardée, de chasteté aussi, de désir tendu comme un arc, de passion fatale, mais plus tard, le plus tard possible, sauf si l'oubli faisait son œuvre – et je sais depuis le début qu'il est en marche, que le Saharien, *mon* Saharien retournera à son désert, et moi à mes mots creux, à mon besoin qui aurait pu être "besoin de lui", à mon défi lancé au temps qui détruit, mais qui n'a pu détruire ni cette soirée, ni cette demande, cette escapade offerte, ni ces deux adolescents face à face, en dépit de la petite foule des curieux, du bruit dérisoire de l'opéra de trois sous avec idylle paysanne, et ces deux héros de papier, moi qui ai tout suscité, puis oublié, y compris ce jeune homme sur le point de disparaître – non, qui ne va pas oublier, je l'ai vérifié depuis lors, avec, dans mon cœur, une tristesse figée, une nostalgie.

Il a répété peut-être plus bas, craignant cette fois un refus qui le cinglerait :

— Est-ce que je peux… te proposer de venir faire une promenade avec moi ?

Je lève la tête vers lui (il a dû, entre-temps, se rapprocher encore d'un pas) ; je fais oui des paupières, en silence. Je ne souris même pas : j'accepte et devant tous, impunément.

Non par coquetterie. Bien que ce soit mon premier tête-à-tête avec un garçon, je suis toute dans ce qui va advenir : marcher côte à côte, dehors, jusqu'à l'horizon, s'en aller loin de la ville, juste avant la nuit, tandis que le duo des chanteurs d'opérette, sur scène, derrière nous, n'a été pour nous qu'une incitation.

"Nous, ai-je pensé avidement, nous aurons la nuit pour nous seuls, et le silence…"

Cette dernière image, l'a-t-il lue dans mon regard levé vers lui ?

Je n'ai pas même souri.

— Pourquoi pas ? ai-je répondu enfin.

Sans regarder ni Mounira ni les autres, je me vois, le jeune homme à mes côtés, me diriger vers le portail de cette cour, resté ouvert, et en franchir le seuil en compagnie de mon chevalier.

Au-dehors, la ville nous attend juste avant l'heure du soleil couchant.

J'ai gardé intact le souvenir de cette promenade sur le boulevard qui traverse la ville, qui nous mena jusqu'à la gare, puis au-delà. Nous suivîmes le même trajet que celui que je prenais autrefois seule et si souvent, fillette alors âgée de onze ou douze ans, pour parvenir à la station de car.

Jeune fille qui va sur ses quinze ans, aujourd'hui j'avance auprès d'Ali, avec l'apparente aisance d'une adolescente occidentale. Sitôt quitté le collège, nous avons oublié les autres. Je me sens fière de marcher ainsi à côté du jeune homme : j'ai cru un instant que j'avais accepté par défi face aux autres ; mais non, c'était vraiment pour le plaisir de m'en aller loin, à ses côtés.

Après un silence (sans embarras, je crois, ni chez l'un ni chez l'autre), le dialogue s'est engagé. J'avais à cœur de montrer que je n'étais pas intimidée, et je ne l'étais pas. Nous avons dû échanger des banalités ou parler plus gravement, je suppose, car, dans les temps qui suivirent, en dehors même du "fiancé" secret qui sera le mien, deux ans plus tard, face à tout jeune homme de ma culture, j'aimerai, avec esprit de sérieux, ouvrir, poursuivre le dialogue, surtout sur le plan intellectuel : sans affectation ni arrière-pensée.

Au sortir d'une séculaire séparation des sexes, au sein de notre société, la parole authentique avait pu se geler. "Pas pour nous !" me dis-je cette première fois.

En l'occurrence, avec cet Ali que, la pénombre s'installant, je distinguais à peine, j'étais délivrée de toute gêne. Je n'avais besoin ni de me surveiller, ni de me censurer. J'étais heureuse de me trouver auprès de lui ; ce n'était ni un frère, ni un cousin ; j'aurais voulu l'avoir pour parent, tant je lui faisais spontanément confiance. Il évoqua sa lointaine ville du Sud ; est-ce qu'aussitôt je l'ai paré du charme de l'étranger à l'intérieur de notre société autochtone ?

Etant parvenus à la gare, nous avons continué encore plus loin. La nuit tombait, alors qu'en ce début d'été le crépuscule survient assez tard. Notre dialogue s'est poursuivi : je n'ai rien gardé de nos propos, seulement le souvenir de la confiance qui s'était instaurée de part et d'autre, j'oserais même dire de l'abandon qui se manifestait dans nos paroles. De ce plaisir-là, de ma fluide sérénité, oui, j'ai gardé souvenir.

J'aurais pu marcher indéfiniment à ses côtés. Je n'imaginais rien d'autre : ni un frôlement de main, ni à plus forte raison de lui prendre le bras.

Je me sentais paisible en sa compagnie. Mon audace l'avait emporté, dans la cour du collège, face au public de mes condisciples des deux sexes.

Voyant la nuit soudain s'épaissir, fut-ce d'abord moi, fut-ce lui, ou tous les deux de conserve, qui le remarquâmes ? Nous avons dû revenir sur nos pas jusqu'aux portes du collège, le dialogue se poursuivant entre nous comme si nous marchions encore en pleine lumière du jour.

Je me souviens de notre arrivée à la porte de l'internat : les lieux désertés, la foule des élèves et des professeurs, de tous ceux qui étaient montés sur scène et avaient chanté, s'était évanouie.

Le portail restait entrouvert. Dans le fond, on devinait quelques lumières, mais seulement en provenance des dortoirs, au premier étage.

Je n'avais pas vu le temps passer : était-ce parce que j'avais pris goût à cette marche de notre couple dans le couchant, puis dans la nuit ? Je ne garde rien de précis de nos derniers mots ; autant dire que les propos échangés alors entre nous brillaient par leur naturel, voire par leur innocence…

Et pourtant, si je reconstitue cette familiarité de deux adolescents musulmans, par cette soirée d'été 1951, eux qui face à tous les autres s'étaient lancés dans cette échappée, me reste vivace l'instant de l'adieu.

Moi, dans le noir, constatant que le public de la soirée s'est dissipé comme dans un songe, me voici saisie d'inquiétude. Il me faut rentrer ; je dis au revoir à Ali : je ne tends même pas la main, ni ne m'approche de lui.

Je me mets à craindre soudain que, là-haut, les portes des dortoirs ne soient fermées.

Quels mots exacts ai-je murmurés en guise d'au revoir ? Je tente de surmonter mon inquiétude, comme si la nuit s'était abattue d'un seul coup sur nous. Le dos tourné au jeune homme, je murmure :

— J'espère que les portes, là-haut, sont restées ouvertes !

Sur ce, Ali, mon compagnon de cette escapade – celle-ci lui paraissant peut-être alors une vaine aventure –, manifeste la seule audace de la soirée : fut-ce par vrai désir ou pourquoi pas, pour avoir quelque chose à rapporter à ses camarades qui avaient dû l'attendre ? Il réalisa sans doute que rien, jusque-là, ne s'était passé entre nous, et devant ce "rien" il osa.

Tandis que je tournais à nouveau la tête vers les fenêtres du dortoir, là-haut, lui, se voyant sur le point de partir, me tire par la main et, alors que je ne lui fais même plus face, je l'entends me demander avec douceur :

— Au moins, donne-moi un baiser !

Je ne suis pas sûre de ses mots exacts ; de la prière exprimée par sa voix, oui, en mots français et avec ce finale : "Donne-moi un baiser" – un style, me dis-je à distance, amusée ou attendrie après toutes ces décennies, qui aurait pu être celui d'un héros du Moyen Age.

Quant à moi, prude comme je l'étais, la violence de ma réaction reste, dans mon souvenir, ridiculement exagérée.

A moi qui m'étais sentie si fière de mon audace devant tous, puis qui m'étais installée dans un dialogue fait de camaraderie avec lui, il ose à présent murmurer : "Donne-moi un baiser" ! et il tente – oh, à peine – de me prendre la main pour me tirer à lui ! Si j'évoque cette audace de sa part, c'est que je revis la suite avec précision : ma main frôlée quelques secondes, je suis traversée par le vent du refus, de la surprise offensée.

Je repousse sa main comme si j'allais être marquée par elle au fer rouge. Le mot "baiser" que j'ai entendu, je le reçois comme une injure, j'allais dire comme une profanation – hyperbole de ma réaction farouche, et pourtant, ces secondes où j'ai pris la fuite, je les revis à présent dans leur disproportion : je me vois courir, le cœur battant, sans me retourner, traverser la petite cour plongée dans le noir, avec affolement entrer dans le premier corridor, monter l'escalier sans reprendre souffle et, tout au long de cette fuite, me reprocher à moi-même : "C'est ma faute ! ma faute !…"

Parvenue au dortoir, je rejoins mon lit, me déshabille, le cœur battant, toujours dans le noir. Jacqueline, dans le lit voisin, sommeille déjà.

Je me suis recroquevillée entre les draps, submergée par le remords : est-ce que mon corps, effleuré seulement par la demande incongrue du garçon, est-ce que ce corps pouvait désormais se prévaloir d'être resté intact, non souillé ? Jusqu'au cœur de la nuit, je n'ai pu fermer l'œil, me demandant gravement (ridiculement) si je n'avais pas simplement permis à ce jeune lycéen – parce qu'il m'attirait, ce que je n'oubliais pas –, par sa demande "audacieuse", en vérité, de me… oui, de me manquer de respect !

Je finis par m'endormir d'épuisement, en proie à ce remords persistant.

Dès le lendemain, j'ai regretté vivement cette bravade inutile à laquelle je m'étais prêtée à cause de Mounira. Je crois m'être renfermée sur moi-même, avoir simplement haussé les épaules au premier sous-entendu émis par l'une ou l'autre de mes camarades de pension. Ai-je fini par étouffer mes regrets de la nuit, ai-je voulu oublier ce que je jugeais comme ma "faute" ? Je ne m'en souviens plus.

En post-scriptum à cette mini-aventure, si anodine dans les faits, mais dont l'écho se prolongea en moi au cours de cet été de mes quinze ans – moi, adolescente musulmane à l'esprit pétri d'émois livresques, mais l'âme restée sous influence des tabous de mon éducation –, après plus de deux décennies, voici que le hasard d'une rencontre sortit de l'oubli cette scène de jeunesse.

Je me vois, à la quarantaine, voyager en avion d'Alger à Paris. L'appareil est plein ; dès l'embarquement m'a saluée une dame de mon âge que je reconnais. Elle est de la ville où j'ai vécu mes années de collège. Je l'appellerai Nadia.

Nous échangeons quelques mots. Elle est accompagnée d'un groupe d'amis.

Voyageant seule, je me retrouve installée à quelques rangées derrière elle. En occupant ma place, je remarque avec elle une jeune fille à la grâce radieuse. Je me dis pour moi-même, avec un certain plaisir : "C'est la plus belle jeune fille de tout l'avion !"

J'oublie ensuite les autres passagers, plongée que je suis, pendant les deux heures de vol, dans quelque lecture. Se dresse soudain face à moi et souriante, justement, cette jeune fille qui, timidement, m'aborde :

— Je voudrais vous dire, madame...

Elle hésite, garde sur ses lèvres un sourire incertain. Je la regarde, l'admire en silence. Elle finit par ajouter :

— Nadia, que vous connaissez, m'a appris qui vous êtes !...

Elle s'arrête, puis, rougissante :

— Je voudrais vous dire : mon père – il est médecin dans notre ville du Sud –, mon père, qui vous a connue, du temps du lycée, je crois, me parle souvent de vous !

J'ai retenu les mots "ville du Sud". Aussitôt, du fond de ma mémoire, ou plutôt de mon oubli, le nom du jeune lycéen "voyou" refait surface, mais ce n'est pas le mot "voyou" qui me monte aux lèvres, non, c'est le surnom que je lui avais donné, le "Saharien" : avec lui j'avais partagé ma première escapade, lui dont la demande ("un baiser") m'avait troublée toute une nuit, taraudée de remords.

J'ai oublié son prénom, sa fille ne me le dit pas non plus, mais elle me causa, elle, une joie d'amour-propre, ou plutôt ressuscita une émotion effacée : "Ainsi, pour une fois, rien ne meurt, rien n'est oublié entre deux êtres, plus de vingt ans après, me dis-je. Est-ce cela, l'amour vrai, l'attirance qui persiste, ou n'est-ce que le simple souvenir, palpitant, d'une audace partagée ?"

L'effervescence perdura en moi à bord de cet avion Alger-Paris rempli de touristes et d'immigrés revenant de vacances.

La jeune fille était restée penchée vers moi, la quadragénaire qui, surmontant le trouble de cette réminiscence, rendit son sourire à la fille du "Saharien".

— Ecoutez, lui dis-je d'un ton paisible, savez-vous ce que vous direz de ma part à votre père et à votre mère ?

Elle attendit, hésitante, toujours à demi inclinée vers moi :

— Vous leur direz, continuai-je, qu'avant même que vous ne soyez venue me parler, j'avais constaté que, de toute cette foule qui a rempli notre avion, c'est vous, oui, vraiment, qui êtes la plus belle passagère !

Rougissante, elle regagna sa place. Une longue rêverie m'envahit : "Ainsi, pensai-je sans mélancolie, ce "flirt" innocent de mes quinze ans aurait pu devenir ma plus belle histoire d'amour !"

11

UN AIR DE NEY

Le livre que je lisais, ce jour-là, à bord de cet avion était une traduction de l'œuvre de Jalal al-Din Rûmi, le mystique de Konia, contemporain, en Asie Mineure, de saint François d'Assise en Italie, et de l'Andalou Ibn 'Arabi, qu'il aurait rencontré, nous dit-on, à Damas. Ce livre, *Mathmawi* ou *Les Odes mystiques* est répandu depuis longtemps chez les musulmans d'Occident et d'Orient.

Dans cette œuvre poétique, Jalal al-Din Rûmi nous dit que "la première chose créée par Dieu a été la plume du roseau", puis il illustre cette assertion par une histoire qui ne laisse pas de m'émouvoir. Résumons-la ici, elle justifiera le titre qui s'est imposé à moi pour cette traversée de mon adolescence : "Déchirer l'invisible", scènes par bribes longues ou brèves d'un passé qui parfois se penche, en ombre inclinée, vers moi – telle la fille du "Saharien" d'autrefois, que j'avais cru oublier, oui, telle cette adolescente aussi belle qu'un air de *ney*, silhouette penchée dans le ciel de ma mémoire.

Plaçons-nous dans le sillage du mystique de Konia : Jalal al-Din Rûmi nous raconte qu'un jour le

Prophète voulut dévoiler à son gendre Ali des secrets qu'il lui interdit de rapporter ensuite à quiconque. L'esprit perturbé, Ali ne put très longtemps garder en son cœur ces mystères. Troublé, il fuit dans la campagne des environs de Médine, marcha longtemps à travers le désert, désemparé, puis s'arrêta devant un puits. Il pria, hésita ; sa main souleva le couvercle de la margelle, et, d'un coup, il se pencha, désespéré ou peut-être ayant trouvé comment se libérer sans enfreindre la parole donnée : il enfonça sa tête par l'ouverture du puits dont l'eau profonde scintillait en bas, si loin sous ses yeux !

Pris d'une soudaine ivresse mystique (d'être tout à la fois dépôt et fardeau, âme et corps habités par ces révélations), il murmura, scanda, chanta, ne s'adressant qu'à l'eau miroitante, si profonde, moirée, endiamantée du silence de la terre, et il s'allégea, cria vers elle, dans l'insondable silence du puits, se déchargeant ainsi de tous les mystères que le Prophète ("que le Salut soit sur Lui !") lui avait confiés.

Au terme de cette transmission libératrice, une goutte de sa salive tomba, telle une perle ou un grain de semence, tout au fond de l'eau enténébrée.

La tradition rapporte que, quelques jours plus tard, un roseau commença à surgir de cette eau cachée, puis à grandir jour après jour, dans une poussée sûre et hâtive. Passant par là, un berger trancha d'un coup, de son couteau, ce roseau si haut et vite dressé. Comme n'importe quel nomade du désert d'Arabie, il lui suffit d'y percer quelques trous pour se mettre aussitôt à jouer de ce *ney,* les moutons qu'il gardait faisant aussitôt cercle autour de lui.

D'une pureté presque magique, le son de cette flûte attira vite hommes et bêtes du voisinage. Les voyageurs de passage, nomades ou étrangers, faisant halte, ne pouvaient plus, eux non plus, s'en éloigner : ils pleuraient même à la fois de plaisir et de nostalgie – de *oueh'ch*. Jusqu'aux chameaux qui, au lieu de suivre leurs caravanes, s'accroupissaient autour du joueur de *ney* et refusaient dédaigneusement de repartir.

Cet événement parvint à la connaissance des gens de Médine et jusqu'au Prophète lui-même. Mohammed fit venir le berger. Quand ce dernier se mit à jouer, les gens de passage, eux aussi, entraient aussitôt en extase.

Après un silence, Mohammed expliqua doucement :

— Ces mélodies sont le commentaire des mystères que j'ai confiés en dépôt à Ali !

Il ajouta :

— Seuls les gens au cœur pur peuvent jouir de la mélodie de cette flûte !

Puis il conclut :

— La foi entière est plaisir et passion !

Après le rappel de mon adolescence lointaine me trouble et m'émeut cette scène du joueur de ney, à Médine, telle qu'un Piero della Francesca aurait pu, avec son pinceau, la ressusciter : je vois, en plan large, la face de l'époux de Fatima, qui, engorgé par tant de secrets mystiques à lui confiés, les a ainsi transmis à l'eau (son cousin et beau-père, ayant voulu les déposer dans une mémoire plus jeune, les sceller dans le cœur pur du plus proche héritier, pressentant sans doute sa mort prochaine – peut-être était-ce juste après le sermon de l'Adieu, à son retour de La Mecque).

Oui, moi, spectatrice de la scène, quatorze siècles après, je n'en retiens que ce visage d'Ali dans le désert vide, image en gros plan de cette face qui clame, dans l'obscurité du puits dont la margelle garde le couvercle levé.

Avant que le roseau si rapidement dressé ne surgisse de l'eau, avant même que le berger ne vienne avec son troupeau de chameaux ou que n'accourent les gazelles effarouchées, je vois, je persiste à voir la face d'Ali, illuminée, au-dessus de ce puits obscurci, et qui, à mots psalmodiés comme des versets, confie goutte à goutte la parole sacrée du Prophète inspiré, ce Verbe que celui-ci, pressentant sa mort prochaine, voulait préserver...

Parole aux gouttes lentement transmuées, au plus profond de l'eau, par l'ombre et le silence de la terre, abritée.

Ultime étape, mais à rebours : remontons cette transmission si troublante. En partant de l'humble berger, arrêté par hasard, reconstituons en sens inverse le déroulé de la métamorphose : un garçon anonyme qui, soufflant dans le creux d'un roseau surgi d'un puits, transmue en musique le legs, à la fois noyé et exhaussé, de la secrète parole du Prophète à son héritier le plus proche adressée !

Circulation à l'infini de cette Parole jaillie puis secrètement livrée, par fulgurante inquiétude du Prophète à Ali : crainte humaine, trop humaine du Nabi qui sent sa fin approcher !

C'est en effet depuis cette époque que les derviches de Rûmi tournoient sans jamais s'arrêter, aux quatre coins du monde, fût-ce les plus éloignés !

Quant à moi, je veux fixer l'instant le plus caché, le plus solitaire : Ali, devant le poids bouleversant de cette parole. Premier état – de "transes mystiques", commente Rûmi, à propos d'Ali, si jeune encore, rendu soudain vulnérable, lui qui dans les combats, depuis le début, fait figure de "lion de l'islam".

L'histoire ne nous dit pas si, une fois déversée la parole sacrée dans l'eau silencieuse, alourdie, le cousin du Prophète, retournant à Médine, s'en est trouvé allégé, soulagé… Peut-être que d'autres exégètes concluront, mais trop vite, que dans l'abandon du legs des secrets par Ali, fidèle jusqu'au bout mais vulnérable en tant que dépositaire, oui, certains "politiques" ou commentateurs trouveront dans ce passage du dépôt mystique dans l'eau du puits de la parole sacrée du Prophète, transmuée en musique du *ney*, oui, ces contempteurs pourront justifier par là que, à la mort du Prophète, Ali n'ait été élu calife des musulmans qu'après Abou Bekr, Omar, puis Othmann, et donc après bien des vicissitudes !

Seul le son du *ney* demeure : un berger anonyme peut tout autant s'inscrire, sans même le savoir, et surtout sans s'enorgueillir, dans la transmutation d'une parole ultime en musique céleste, exhalée par le *ney*, le plus banal des roseaux.

Tandis que celui-ci diffuse indéfiniment sa musique, désormais à l'intention des anges, j'en reviens à ma modeste vie : à quelle transmission ou à quelle métamorphose ai-je été destinée dans cet invisible à déchirer, tel que j'ai désiré l'esquisser ?

12

L'ÉTÉ DES AÏEULES…

Dès lors tout me revient : de l'été de mes quinze ans, sans doute, ou me trompé-je dans les dates ? Peu importe : je me contente de suivre le rythme des réminiscences tombant en cascades du ciel par coulées multicolores et contrastées. Il ne s'agit point ici d'autobiographie, c'est-à-dire d'un déroulé chronologique ; justement, pas de chronologie ordonnée après coup !

Ecrire, revivre par éclairs, pour approcher quel point de rupture, quel envol ou, à défaut, quelle chute ? Quelle conclusion fugace, propulsée vers l'horizon en soudains soubresauts, au cœur de l'orage qui secoue et bouleverse toute destinée, même la plus humble, oubliée parfois par celui ou celle qui doit la traverser ?

Ma mémoire soudain rétive adopte, comment dire, un regard de biais, une trajectoire oblique pour faire resurgir quelques jours, une ou deux semaines, où s'esquisse une transition que je ne perçois pas encore. Est-ce que, en traversant une adolescence trop sage – aux yeux de certains –, ce fut comme si les remous tumultueux et confus que je n'avais pu confier à mon journal d'alors m'avaient amenée à en payer le prix : aveugle à moi-même, malgré un regard tourné en dedans ?

Obscure donc à moi-même, durant cette ultime étape, même si je m'étais dressée, "nue", dévoilée face aux miroirs du monde.

La mémoire du corps, comme une seconde peau, mais intérieure, demeure, elle, tapie, aveugle mais tenace. Comme si, en ces semaines ou ces mois de basculement, les traces d'enfance, les remous de l'adolescence avaient soudain été recouverts par l'image démultipliée ou disloquée de la grand-mère maternelle que, toute petite, je contemplais, fascinée par ses transes de païenne dansante, elle qui, ses musiciennes accroupies à ses pieds, scandant de leurs percussions leurs lancinantes mélopées, cherchait à guérir de je ne savais quoi...

Soutenue par cette musique venue des profondeurs de l'Afrique immémoriale, c'est bien de cet halètement sauvage, risquant à tous moments de ne plus être contrôlé, c'est bien de cette fureur de l'aïeule que le rythme des tambours endiguait autrefois jusque dans sa chute – figure soudaine ni de la défaite ni de l'assoupissement, plutôt d'une douceur ouverte et qui parfois se livrait, tandis que son corps dégingandé, cabré, semblait sur le point de s'envoler – oui, c'est de cette aïeule que je suis la descendante, irréductiblement, c'est dans son sillage que je me place, corps et âme, à mon tour ensauvagée, puisque la révolte est si longue qu'elle n'en finit pas malgré tous les soleils et les proches lendemains.

Je comprends désormais que je suis son héritière à ma manière brouillonne et sans bénéficier comme elle d'un orchestre de femmes accroupies à mes pieds – sauf que moi, ces suivantes, je les relèverais, les redresserais, pour qu'elles frappent aussi des talons, comme moi, qu'elles me parfument de jasmin et d'encens, qu'elles me bénissent le front de leurs paumes tatouées !

Je leur demanderais de m'entourer, de m'encercler au besoin, de veiller sur moi si je dors, de s'accrocher à moi dans leurs tuniques en écharpes effrangées, avec leurs cheveux dénoués, puis, tous les parfums d'Arabie brûlés, d'improviser des supplications pour me maintenir dressée, des bénédictions pour me protéger de moi-même, d'improviser toutes sortes d'invocations, d'ululer toutes formes d'incantations, même impies, pour m'empêcher d'aller courir vers quelque ailleurs – quel ailleurs ? chanteraient-elles inlassablement. Oui, ce serait à elles d'écarter de moi l'irrésistible tentation, de me détourner des précipices, des tornades, des pertes d'équilibre soudaines, de me retenir prisonnière, de me soûler au besoin de leurs tam-tam roulant nuit et jour sans discontinuer : alors, du ciel, des pans entiers de symphonies de Bartok descendraient en cascades, en neiges éternelles des Aurès, en galops de cavales des siècles passés...

Pour finir, dans le silence qui m'éclabousserait, retrouver racines ! Assise sur un tapis de haute lisse, face au couchant, je m'assiérais.

TROISIÈME PARTIE

Celle qui court jusqu'à la mer

> *Toucher ainsi l'oiseau qui vole, n'est-ce rien ?*
>
> IBN HAMDIS, poète arabe de Sicile
> (447-527 de l'hégire/1055-1133 ap. J.-C.)

1

ENCORE AU VILLAGE

J'interromps mon récit d'adolescence car un doute soudain me tourmente : quand, par quelle rupture ou quelle confusion, peut-être même par quelle angoisse ou quel réveil obscur, voire de quelle solitude délicieuse ou distraite, par quelle porte étroite, enfin, sort-on de cette aube de la vie, de sa lumière qu'on pourrait croire celle d'un songe ?

Demeurent en suspens les deux dernières années de ma vie de pensionnaire (peut-être y reviendrai-je encore, par quelque flash rendu nécessaire ou à la faveur d'une réminiscence), juste avant que ma famille ne déménage pour s'installer à la capitale, qui ne sera ma "vraie" ville qu'une seule année – Alger, sur le point de s'enfiévrer, béante face au ciel et à la mer, restera pour moi cette ville penchée aux multiples yeux, exorbités jour et nuit, mais sur quoi ?... *El Bahdja*, la surnomme-t-on en arabe, Alger-la-sultane, bientôt saisie par le vertige. Moi qui vivrai ensuite à Paris, à Tunis et à Casablanca, je désirerai chaque matin me réveiller dans Alger livrée à ses tourments, avant de lui revenir lors de l'indépendance du pays.

Ce récit ne m'entraînera pas jusqu'à ces années de tempête. Il butera bien avant cette sombre et tumultueuse histoire, celle de tous, quel qu'ait été finalement le camp choisi par les uns et par les autres. Le déroulé de ma "petite histoire" viendra, par contre, s'échouer sur un jour de l'automne 1953…

Tentée de m'approcher de ce tourbillon, dans l'antichambre de mon adolescence rêveuse, devrais-je résumer mon approche de l'âge adulte par le simple rappel de mes lectures, même si celles-ci ne pouvaient me libérer du murmure des femmes de la tribu, de l'écheveau de leurs voix parlant arabe (ou berbère, dans les hameaux de montagne), chuchotantes ou déchirées derrière chaque persienne… Lectrice de tant de romans, de poèmes, de chroniques en langue française – celle-ci, ma langue silencieuse –, c'est finalement dans cette évasion-là (je continuais à lire de nuit, et même à quatorze ou quinze ans, la lampe de poche sous le drap, au dortoir), oui, grâce à cette passion qu'entretenait en moi la faim dévorante et nocturne des livres, que s'approfondissait peu à peu le cours de ma maturation.

Et pourtant non !

Non, je ne crois pas, car je tente, ou désire occulter… occulter quoi au juste ?

Les premières lettres d'amour reçues.

"Lettres d'amour", écris-tu, mais tu doutes : "Vraiment, d'amour" ? Ces lucarnes par où s'infiltre l'aventure, le souffle imperceptible de ta liberté ? Pourquoi pas ?

C'est décidé, je choisis de raconter cette transition, celle de la "petite fille" grandie par et pour les livres alors que son corps ne tient plus en place, semble-t-il, mais c'est encore une illusion, une fiction que ce désir en toi – peut-être transmis par des femmes inconnues ou effacées, pourquoi pas des aïeules soudain si proches, accroupies sur leur tapis d'Orient ou leur natte de chanvre ?

Soudain je les aperçois : ombres face à moi, impassibles, m'observant tantôt avec un sourire, tantôt, hélas, le regard chargé d'une évidente suspicion – leurs paumes plaquées sur les joues, elles psalmodient ou font semblant, juste pour l'illusion de se croire mes gardiennes, mes remparts. Devant elles, je m'inventerai par jeu des soupirants, des amoureux transis, des cousins timides et tremblants, pour que quelques-uns d'entre eux me prodiguent des douceurs, des mots caressants, des silences chargés de nuit…

Et pourtant non !

J'occulte quoi ?

Les premières lettres d'amour reçues.

"Lettres d'amour", avoues-tu. D'amour, vraiment ?

Raconter cet entre-deux sinon en te déhanchant, du moins en le rythmant (même si tu fais appel aux *bendir*s de grand-mère), en te posant alternativement sur un pied, sur l'autre, comme si, avec cette tentation de danser (de trépigner, de t'élancer, de courir, de fuir, de te précipiter au bout, jusqu'à l'infini invisible, inaudible, et là, d'exploser…), c'est le corps en train de grandir qui n'y tient plus, dans la pénombre de l'appartement du village, à force de contempler indéfiniment, comme dans la première enfance, les "Autres", ceux de l'autre clan, qui dansent, font la fête, parfois défilent dans ces processions catholiques que tu jugeais baroques, moyenâgeuses, païennes en somme lorsqu'ils portaient avec des mines figées des statues du crucifié et de sa mère aux yeux levés, puis quand, le soir venu, leur petite société, autour du kiosque du village – sous tes yeux collés à la vitre dans la chambre parentale du premier étage – valsait par couples enlacés, se trémoussait, ne cessait de s'admirer sous les lampions, de se laisser contempler à partir des cercles d'ombre alentour, par les multiples yeux de voyeurs, des indigènes pouilleux, des dépossédés de la terre ancestrale, regards lubriques et désirs barbares devant la fête des "Autres" qui se continuait aux sons de l'accordéon.

Alors n'existaient plus que ces parades de village, ces "Autres" tournoyant sous les yeux de nos mâles loqueteux, fascinés d'épier comme les valses faisaient lentement tanguer les couples européens – ceux-ci m'attirant pareillement, moi, la fillette collée derrière les carreaux de la fenêtre du premier, tout autant troublée par les regards luisants des "nôtres", ces villageois interdits d'avancer sous les lumières aveuglantes, pareils à des troupeaux de renards à l'affût dont je devinais l'éclat des prunelles en dépit de l'obscurité, eux qui ne viendraient jamais là avec leurs femmes ou leurs filles, ni même, à supposer qu'ils en aient eu le désir, tirant leur vieille mère pour qu'à son tour elle vienne voir, qu'elle vienne croire avant de mourir à ces mœurs qu'ils enviaient mais que la vieille maudirait, condamnant leur propre posture de voyeurs, comprenant, elle, juste avant de mourir, qu'elle n'avait fait qu'enfanter des désirants de la "lubricité" de ces gens "sans honte ni pudeur", dirait-elle, puis elle serait tentée, la Mamma ici traînée, d'imaginer que, ainsi enlacés pour danser, ces couples d'étrangers devaient pour finir et au vu de tous s'accoupler…

Revenant sur ces derniers jours de printemps au village, je me remémore ces spectateurs tapis dans l'ombre autour du kiosque, j'imagine à leur suite leurs femmes, elles que je rencontrais enfant, lorsque j'allais au bain maure avec ma mère ; je craignais leur œil scrutateur, comme celui d'un oiseau de proie : ainsi réapparaissent-elles, attirées, tout comme moi, mais de l'autre côté du kiosque, par ces bals publics entre Européens…

Quant à moi, dans cette posture d'observatrice fascinée à contempler ces prolétaires-voyeurs-envieurs, je pressentais tantôt leur menace pesant sur les couples tournoyant sans relâche, tantôt leur concupiscence : si bien que, regardant avec leur regard à eux, s'infiltrait en moi leur libido de mâles qu'aucun des danseurs et des danseuses ne remarquait, là-bas, sous les lampions. Il me semblait qu'à mon tour, jetant les mêmes regards luisants que ces loqueteux figés comme dans les coulisses d'un théâtre, je surprenais l'éclat de chair nue des épaules des danseuses les plus virevoltantes, sous les lampions, en contrebas de l'orchestre villageois.

Mais je ne suis plus la fillette au village.

2

LETTRE DÉCHIRÉE

Une lettre déchirée : nous sommes encore au village, en ces premiers jours de juillet 1952.

C'est l'été de mes seize ans, il me semble. Au-dessus de la lettre d'un inconnu qui vient d'être déchirée, le visage convulsé de mon père. Je ne sais encore de quoi il retourne. Il a mis la lettre en mille morceaux, violemment. Une seule question posée par lui : qu'ai-je fait, le dernier jour des classes, une semaine auparavant ?

Je réponds :

— Tu étais là, le matin, à notre distribution des prix ! L'après-midi, j'ai accompagné Mounira à la même distribution de prix, au lycée de garçons.

Il a jeté les menus morceaux de la lettre au panier, puis est sorti en silence.

Je suis restée abasourdie devant la violence de la colère paternelle. Je crois avoir pensé qu'il s'agissait d'une lettre anonyme, peut-être même de quelque billet empreint de vulgarité. Je quitte à mon tour le salon ; je devrais me sentir, me dis-je, ou honteuse ou offensée. Plutôt glacée, il me semble.

A l'heure de la sieste, une ou deux heures après, je remarque la corbeille, dans un coin : tout au fond, les débris de la lettre. Subrepticement, avec une lenteur rusée de femme sioux, je reconstitue la missive sous mes doigts impatients.

C'est une lettre banale qui prouve, en outre, par elle-même, mon innocence : un jeune homme de la ville où je suis pensionnaire se présente comme étudiant et propose d'échanger une correspondance. Rien de plus.

Mon premier péché est donc de curiosité : lire la missive qui a déclenché la rage de mon père. Je ne trouve pas mieux que ce mot de "rage" ! La demande de correspondance était rédigée dans une forme conventionnelle. N'eût été la vivacité de la réaction paternelle, j'eusse sans doute ironisé sur le ton adopté par cet inconnu.

J'ai, néanmoins, gardé en mémoire le nom de celui-ci ; je dus même noter, quelque part, l'adresse qu'il donnait. Ayant relevé qu'il se disait étudiant à la capitale, je décidai qu'à la rentrée de septembre je lui répondrais pour lui signifier que j'acceptais cette correspondance.

Mon second péché fut de désobéissance préméditée : réfléchissant à cet incident pourtant sans lendemain, je me dis, à propos de mon père : "Son manque de confiance envers moi est révoltant !"

Je me suis voulue offensée ; je n'étais que tentée.

Au cours de cette nouvelle année scolaire – la dernière de mes années de lycée –, je me souviens de mon ardeur à étudier les textes de philosophie au programme. Dès la première semaine de la rentrée, je postai ma lettre à "l'étudiant d'Alger" : le

ton de ma missive dut être encore plus convention-
nel que celui de sa lettre que je n'avais pu garder.

En outre, je demandai, en post-scriptum, à mon
correspondant de faire figurer au dos de l'enveloppe
le nom d'une camarade qui poursuivait ses études à
Alger : au collège, le contrôle du courrier des pensionnaires restait assez strict. Mon troisième péché fut ainsi
de paraître user de stratagèmes, en intrigante avertie.

A la distribution des prix de l'année précédente,
mon père avait assisté, heureux sans doute d'entendre mon nom souvent cité. Mounira, qui fait là sa
réapparition, s'était présentée d'elle-même à mon
père : elle lui avait demandé de me laisser passer
l'après-midi chez elle. Nos pères se connaissaient
et étaient fiers, l'un et l'autre, je suppose, de nos succès à la première partie du baccalauréat. Mon père,
qui avait affaire, je crois, à Alger, accepta la demande
de Mounira ; je devais reprendre ensuite le car du
soir pour m'en retourner au village.

Me voici donc débarquant chez celle-ci ; ce n'était
pas ma première visite dans sa famille : je connaissais sa mère et ses sœurs, très jeunes alors. Une fois
dans sa chambre, elle m'exposa un plan qu'elle semblait avoir déjà préparé minutieusement :

— Nous irons assister, toi et moi, je te le demande,
à la distribution des prix au lycée de garçons !

J'accepte et me dis que, sans ma caution, on ne
lui permettrait pas, sans doute, de sortir en ville, cet
après-midi-là.

— Au sortir du lycée, l'avertis-je, je reprendrai
mon car pour le village !

Je nous revois donc, toutes deux, Mounira heureuse, grâce à moi, de se montrer sans le voile traditionnel que, sitôt hors de chez elle, elle a ôté et plié en quatre. Ainsi s'offre-t-elle un après-midi de liberté plutôt excitante.

Je ne lui ai même pas demandé : "Et pourquoi le lycée de garçons ?"

L'année précédente, lors des répétitions pour l'opérette, je m'étais pourtant sentie manipulée par elle. Ce jour-là, je comprenais qu'être en ma compagnie lui permettait, une fois sortie de chez elle sous le voile blanc des citadines, d'oser l'enlever avant de franchir la porte du lycée de garçons : ainsi se présenterait-elle libérée du voile, comme moi. Voilà, sans doute, qui lui paraîtrait soudain une entrée royale – elle que son père maintenait dissimulée, parce que justement sa préférée, qui se sentait et que l'on disait si belle…

En pénétrant donc, une heure plus tard, dans la cour du lycée Duveyrier, nous croisons un groupe de trois ou quatre lycéens musulmans. Les dépassant, Mounira me chuchote, avec excitation, un nom :

— Trois cousins de la même famille… !

Peu m'importe : j'oublie aussitôt ses commentaires. Au village, quelques jours après, lorsque je reconstituerai la lettre en morceaux, je me dirai que cette missive faisait, sans doute, suite à notre escapade de cet après-midi-là.

Pourquoi ai-je décidé, à la rentrée suivante, d'accepter de correspondre avec l'étudiant inconnu ? J'avais pris cette décision, froidement, en guise de riposte à l'"injustice" (je me souviens avoir prononcé ce mot avec fougue), oui, vraiment, à l'injustice de mon père à mon endroit. Est-ce que, déjà, je me mentais à moi-même ? Au point de ne pas m'avouer que la curiosité était, tout autant, le moteur de cette transgression ?

Peut-être devrais-je y déceler plutôt – mais à présent, et parce que j'écris – un trouble d'une nature plus singulière : comme si, dans ce récit déroulé presque à partir de l'autre extrémité de ma vie, mon regard se posant de si loin, ni froid ni compulsif, plutôt scrutateur, d'une acuité objective, mon questionnement se faisait plus âpre, car traversant pour ainsi dire une vie entière ? Cerner la fugacité de mon audace d'adolescente, "protégée" non pas tant par la ségrégation sexuelle du groupe que par mon ignorance, entretenue, celle-ci, par l'enfermement séculaire de nos mères d'autrefois…

Ce début de trouble, je m'en souviens, venait aussi d'une étrange question posée sur moi-même, je dirais : sur mon apparence. Ainsi j'étais "visible", et je m'en étonnais, car, à force de vivre parmi des femmes voilées, masquées, calfeutrées sous la laine, la soie, n'importe quelle étoffe, de même je m'imaginais en quelque sorte "non vue" – je veux dire : certes "visible", présente à l'autre monde, celui du lycée, de la pension, de nos professeurs et même des gens de la rue, visible à ce monde "européen" qui croyait nous voir mais sans nous voir vraiment, puisque je me sentais de toute façon appartenir à l'autre côté : "fille de la nuit", diraient leurs poètes et voyageurs orientalisants, dans le sillage de Pierre Loti qui, même en évoquant jadis les "désenchantées" d'Istanbul, s'était trompé ; ce n'étaient, nous a-t-on appris ensuite, que des Occidentales qui s'étaient déguisées pour se parer du mystère de l'interdit.

Tandis que, dans cette Algérie coloniale où chaque société ne "voyait" que son propre groupe, même ainsi, ou à cause de cette démarcation que l'on croyait infranchissable, si quelque jeune homme de l'autre clan m'avait de même écrit une lettre, pour me proposer, lui aussi, une "correspondance", mon père n'en aurait pas fait un drame ; il n'aurait ni déchiré ni jeté au panier l'audacieuse missive. Simplement, il ne m'en aurait pas du tout parlé.

Les années précédentes, avec l'équipe de basket, j'avais pris l'habitude – sans en parler à mon père – de voyager avec les autres joueuses pour participer à des matches entre lycées du département.

La première lettre que je reçus du jeune homme d'Alger – il se prénommait Tarik – proposait une rencontre à Blida, un jeudi, auquel cas, expliquait-il, il viendrait tout exprès d'Alger.

— Eh bien, m'esclaffai-je, que croit-il donc ? Que je pourrai m'afficher avec lui dans un café de la ville ?

Il me supposait plus émancipée que je ne l'étais ! Je répondis que c'était impossible. Par contre, j'expliquai qu'au prochain match de basket – qu'il était prévu de livrer contre le lycée de jeunes filles d'Alger – je viendrais, moi, à la capitale. Qu'après le match nous avions d'ordinaire, les unes et les autres, deux heures environ de liberté. Je le préviendrais de la date de la future rencontre.

Un mois s'écoula ; mon désir de transgression pâlissait. Il m'arrivait de me réveiller en pleine nuit et de réaliser que je prenais décidément un chemin "dangereux". Etait-ce vraiment moi qui allais oser ? me disais-je, yeux ouverts dans le noir, comme si je ne reconnaissais plus en moi la jeune fille de l'été précédent. Même avec mes cousines, à Césarée, j'avais tu ma décision de nouer bientôt une correspondance secrète. Adolescente de seize ans, étais-je déjà contaminée par l'étouffement de celles qui vivaient confinées, tout au long de l'année ? Courais-je au contraire les plus grands risques, sous la pulsion d'un romanesque effréné ?

Toujours est-il que je regrettais… Par bonheur, mes lectures, puis le programme si nouveau de philosophie, que j'abordais, me passionnaient. Je lisais, je lisais sans relâche dans mon lit, au dortoir ; je m'endormais parfois, le livre à la main, ma lampe de poche allumée, sous le drap.

Il m'arriva même de préférer ne pas rentrer le dimanche chez mes parents : "Trop de travail !" prétextais-je, alors qu'en fait le remords d'avoir répondu à un inconnu me taraudait.

Mes premiers pas au domaine de l'interdit généraient en moi des scénarii parfois menaçants.

Un jour de novembre, le professeur de gymnastique nous annonça la date du match contre les filles du lycée d'Alger.

— Un match important pour notre classement ! me dit-elle. Je compte sur vous !

Elle craignait que, comme les autres années, je ne me porte absente au dernier moment. Par le passé, j'avais en effet souvent prétexté in extremis un malaise, une fatigue subite. La professeur sentait bien que je mentais, mais comment lui avouer que mon père, depuis le début, avait édicté cette loi : à onze ou douze ans, à plus forte raison après, une jeune fille musulmane ne peut se mettre en short que sur le stade intérieur à l'établissement ?

Moi pour qui le basket-ball était devenu une passion – suivi par le volley-ball et, tout autant, par l'athlétisme (à la saison d'été) –, j'étais considérée comme une des meilleures attaquantes : mais nul ne se doutait que, les matchs de compétition ayant lieu le jeudi hors du collège et souvent devant un public des deux sexes, lorsque j'y participais, j'étais parfois prise d'un sentiment de panique à l'idée de voir surgir inopinément mon père.

Les jeudis où je jugeais son arrivée probable, je préférais arguer d'une indisposition soudaine : ma peur était alors plus vive que mon plaisir, ou même que l'ivresse qui me gagnait lors de ces exhibitions… Une autre crainte me saisissait : celle de risquer de révéler, devant toutes, la vraie raison de ma défection ; cette censure aurait fait paraître mon père comme un barbare, ou comme un puritain attardé. Imaginer la professeur se moquant de mon père : "Pourtant, lui, un instituteur !" aurait-elle ajouté, acerbe, je ne l'aurais pas supporté !

Devant le risque de dévoiler le tabou qui subsistait encore chez les miens, je préférais paraître "non fiable pour les compétitions", ainsi que me le reprochait parfois la professeur ; préserver l'image de mon père devant les "Autres" m'importait davantage.

Les dernières années de ma vie en pension, mon père n'avait pourtant plus répété ses mises en garde. Sans doute avait-il fini par se douter que, remportant assez souvent des prix de gymnastique, je devais passer outre à ses exhortations. Peut-être aussi sentait-il soudain combien, pour lui, enseignant si rigoureusement épris de laïcité, sa façon de stigmatiser le port du short chez les filles finissait par l'inclure dans le groupe des "vieux turbans", comme il appelait dédaigneusement nos censeurs religieux traditionnels.

Le fait que, les années précédentes, il n'était jamais apparu en inquisiteur débarquant, sans crier gare, un jeudi – jour dont l'après-midi était réservé au sport – n'avait pas dû être tout à fait le fruit du hasard. Ce qui ne m'empêcha pas de continuer à redouter, les jours de matches, son irruption inopinée.

Toutefois, en cette ultime année d'internat, c'est avec l'esprit plutôt serein que j'avertis l'"étudiant d'Alger" du jour où je viendrais pour le match prévu. Je lui proposai de se présenter à l'issue de la compétition, au lycée de filles, sur les hauteurs de la capitale. Je prévoyais que nous disposerions d'une heure ou d'un peu plus pour faire connaissance, avant que je ne reprenne le car qui nous ramènerait au collège.

3

PREMIER RENDEZ-VOUS

Que me reste-il de cette première rencontre ? C'était un jour de l'automne ou de l'hiver 1952. La ville d'Alger existe-t-elle déjà pour moi comme lieu de mon premier rendez-vous "amoureux" ? Non, je crois être allée ce jour-là à Alger, habitée autant par l'ardente volonté de gagner le match que de "bavarder", me disais-je, pour savoir quel genre d'étudiant serait cet inconnu... "D'après notre conversation, décidai-je, je saurai si une correspondance avec lui peut être continuée."

En minimisant ainsi l'excitation d'une rencontre après tout hasardeuse, fut-ce mon véritable état d'esprit ce jour-là ou bien est-ce l'effet de l'éloignement dans le temps, toujours est-il que quelque chose en moi refrène non pas mon imagination – restée vive –, plutôt le désir de ressusciter la jeune fille de quinze ans, audacieuse et romanesque, que je devais être.

Je constate que contrairement à l'épisode du "Saharien", l'année précédente, quand, à la pension, se préparait la représentation de l'opérette, je n'avais, cette fois, eu besoin d'aucune entremetteuse – et

derrière ce mot peu honorable, c'est bien sûr Mounira que je veux évoquer. Son besoin compulsif
d'intrigue m'avait-il contaminée au point que, l'épisode de la promenade avec le "Saharien" étant presque oublié, une rencontre avec un inconnu, au lieu
de réveiller ma culpabilité passée, me semblait soudain exempte de véritable danger…

J'ajouterai que, ayant six mois de plus, je devais
sortir peu à peu de mon univers de rêves et de lectures : évolution normale ? Me voyais-je armée d'un
peu trop d'audace ? Il me semble que j'attends ce jeudi
plus par impatience de livrer ce match de basket-ball
(nous étions plusieurs à désirer le remporter !), que
pour m'accorder une heure de liberté avec un inconnu
et faire connaissance.

Je nous voyais marcher côte à côte et deviser en
français, bien sûr. Converser dès la première fois en
arabe m'aurait paru succomber à une familiarité
hâtive, et pas seulement parce que, dans ma langue
maternelle, l'arabe dialectal, le tutoiement est le plus
souvent de règle. Le français, si neutre, me tiendrait
lieu, en quelque sorte, de voile.

(A présent que je réveille si tardivement ces scènes anodines, un doute me saisit : et si le "Saharien"
– qui me plaisait tant, au point que je l'avais déclaré
haut et fort à Mounira – m'avait, lui, demandé un
baiser dans notre langue, peut-être aurais-je cédé,
car la musique de son dialecte du Sud aurait sans
doute fait naître en moi le désir d'effleurer ses lèvres,
et jusqu'à son visage, lui que j'aurais senti à la fois
si étranger et si proche, étranger assurément, ses

mots murmurés laissant toutefois présager une intimité sonore qui aurait suscité en nous un trouble
partagé. Aurais-je approché son visage, comme on
se penche, dans un début de vertige, au bord de
l'abîme ? Oscillé seulement, sans m'y abandonner…
Toujours est-il que je n'aurais pas fui comme une
petite fille ridiculement effrayée et se sentant coupable, l'aile frissonnante du désir m'ayant, dès la
première fois, ployée.)

Mais, dans le car conduisant notre équipe de basketteuses au lycée d'Alger, j'avais relégué dans l'oubli
mon attirance pour le "Saharien" : six mois s'étaient
écoulés, autant dire un siècle.

J'étais capitaine de l'équipe ; il me semble que, cette fois, nous, les joueuses d'une ville de province, nous avons gagné. Pendant ce match, je me souciai peu du public, a fortiori du jeune homme, que je n'avais convié que pour la fin de la rencontre.

Sortant du vestiaire, les cheveux mouillés, le regard animé par la joie rude et éclatante d'avoir remporté, toutes ensemble, la victoire, j'en avais presque oublié le dénommé Tarik, quand il se dressa devant moi.

Il était grand, large d'épaules, le visage au regard hardi, et arborant… une moustache ! Je détournai les yeux, formulant, en moi, une brève et abrupte constatation : "Je n'aime pas les jeunes gens à moustaches !" Envie violente de lui tourner le dos ; effroi de me sentir face à un inconnu.

Or, il se présente sans timidité et me félicite pour notre victoire.

— Un moment, lui dis-je, sans sourire. J'ai oublié des affaires au vestiaire !

J'avais menti (pour fuir, soudain fuir !)

— Je vous attends, répondit-il sans se douter que je désirais le "plaquer".

Il me semble avoir raconté en ces termes la scène à ma cousine la plus proche, aux vacances suivantes, dans leur village près de Césarée. Et elle réagit aussitôt :

— Sa moustache ? Un détail ! Tu aurais pu lui demander, plus tard, de la raser !

— Non ! répliquai-je.

Le premier coup d'œil serait-il le bon ? Tournant le dos à l'inconnu, je courus au vestiaire. Là, devant le miroir, j'ai regardé, interrogative, mon double pour peser le pour et le contre ! Décider : fuir ou affronter ?

La situation pouvait sembler du plus haut comique.

— Il te faut – je fais la leçon à mon double – assumer, maintenant !

La voix de la raison insinua :

— Il te plaît ou il ne te plaît pas ? Mais, qu'importe, il ne va pas te violer, ni te manger !

Puis je me suis exercée, consciencieusement, devant la glace, à m'adresser une, puis deux ou trois grimaces – façon de retrouver courage et de me dire : "Je dois me moquer d'abord de moi-même !"

Après un long et dernier regard à mon double, je lui tournai le dos.

Je suis retournée, plus sereine, auprès du jeune homme. Dehors, nous fîmes quelques pas côte à côte. Je l'arrêtai près du car et lui précisai :

— Marchons ! Mais il me faudra revenir ici dans une heure et demie, au plus tard !

Dès les premiers pas qu'ils firent côte à côte, elle s'aperçut qu'il la dépassait d'une tête. Il s'était immobilisé face à elle et l'avait regardée posément, semblant, pour sa part, disposer de tout son temps. Elle eut la sensation que, si, spontanément, elle prenait appui sur son bras, ils pourraient marcher ainsi des heures durant (en un éclair, elle venait de remarquer ses yeux très noirs, étirés vers les tempes, ainsi que son expression d'attente placide).

Enfin à l'aise, elle lui sourit en se promettant : "Un jour, oui, je lui prendrai le bras !"

Elle finit par lui proposer :

— Nous pourrions descendre vers le centre-ville… (Elle hésita…) et bavarder, pour faire connaissance !

Lui, la tête tournée vers elle, remarqua sans doute comment elle était passée d'une roide timidité à une aisance nouvelle.

— Nous remonterons dans une heure, confirma-t-il. Vous ne raterez pas votre car !

"Il ne prononce pas tout à fait le français comme moi !" se dit-elle.

Elle marchait auprès de lui, distraite par cette remarque : elle savait en effet combien tous les garçons de son monde, tenaient – contrairement aux filles scolarisées elles aussi en français – à rouler les "r", à rythmer autrement et de manière ostensible cette langue qui ne leur était pas maternelle. Les garçons, justement, pas les filles musulmanes ! Ni son père à elle, se dit-elle, mais lui, c'était par rigueur professionnelle, puisqu'il l'enseignait, cette langue française, à ses "garçons", presque tous fils d'ouvriers agricoles ou de chômeurs analphabètes.

Je ne me souviens guère de mes propos en descendant aux côtés du jeune inconnu ce boulevard des hauteurs d'Alger. Le silence qui s'installait de temps en temps entre nous, je le laissais s'étaler, occupée que j'étais à m'emplir soudainement les yeux du panorama de l'immense baie, sous le ciel infini et d'un bleu intense, si bien que, de cette première rencontre, j'ai gardé surtout souvenir de mon émerveillement devant ce paysage.

"Alger-la-Sultane ? Oh oui !" me dis-je, prise d'une lente ivresse visuelle, grâce à laquelle je surmontais ma gêne auprès de ce compagnon inconnu, si proche de moi. Nous descendions la pente du même pas, avec allant. Etait-il intimidé autant que moi ? Je ne me posai pas la question.

Malgré notre silence, et comme la descente à pied était longue, peu à peu m'envahit une sensation neuve : avancer, ainsi "accompagnée", dans cette ville qui m'était étrangère, se révélait une expérience troublante que je savourais. Alors qu'au village n'importe quelle adolescente française pouvait se promener devant tout un chacun, comme on disait, "accompagnée", cet adjectif avait pris pour nous, les musulmanes de l'internat, un double sens, si bien que nous en usions entre nous sur un ton d'amère dérision.

Car nous leur enviions ce luxe, aux jeunes Européennes !

Dans son récit de vacances, au dortoir, Jacqueline évoquait si souvent des scènes du bord de mer, l'été, sur la plage coloniale :

— Chaque après-midi, après le bain, nous autres, les adolescentes, m'expliquait-elle (elle avait alors dans les treize ou quatorze ans), nous *faisons le boulevard*, le long de la plage, *accompagnées* !

Voilà qui signifiait pour elle le premier pas de la liberté : viendraient ensuite les premiers flirts, puis, immanquablement, les premières amours ! Je me souviens lui avoir dit en plaisantant, non sans une secrète envie :

— Tu me décris cette si enviable liberté de telle manière que je pourrais écrire une nouvelle dont tu serais l'héroïne : par exemple, lui disais-je (avec aussi une pensée pour mon amie la plus proche, Mag), je te la dédierais et, ensemble, nous l'intitulerions : *L'été, à Castille* !

Je lui faisais ensuite remarquer qu'en disant simplement "Castille" plutôt que "Castiglione", qui était un port de pêche mais aussi une station de vacances exclusivement fréquentée par les familles de colons, jamais on ne pourrait deviner que l'auteur en était une Mauresque !

Car en littérature, à l'époque, et même au cinéma, les Mauresques étaient censées n'habiter que la Casbah, et naturellement être toutes "filles de joie" !

Ce sont ces confidences passées, échangées au dortoir, deux ou trois ans auparavant, je crois, qui m'ont entraînée dans cette digression. Au reste, quand, d'un lit à l'autre, la voix de Jacqueline susurrait à mon oreille, en répétant le mot "accompagnée", qu'elle laissait en suspens, je demandais immanquablement :

— Chacune accompagnée par qui ?

Elle répondait, amusée :

— Mais, voyons, chacune avec son petit copain !

La première fois, j'avais été ahurie par une pareille situation : dans ce décor de plage coloniale réservée aux privilégiés de leur société, des mères de famille restant tranquillement assises face à la mer, à observer comment et par qui leurs filles pubères ou prépubères se laissaient "accompagner" !

Nous, musulmanes de l'internat, quand nous faisions le bilan de nos frustrations, en comparant notre vie à celle des adolescentes françaises, c'était ce mot-là, "accompagnée", qui faisait la différence entre notre condition (une fois le voile jeté aux orties) et la leur.

Mais je m'éloigne, alors que, première audace de mes quinze ans, me voici marchant ainsi "accompagnée" à mon tour, moi, la musulmane, par un jeune homme certes inconnu, mais, à tout le moins, de ma communauté, et cela, malgré la fausse aisance que j'affichais, devenait vraiment d'une dangereuse hardiesse !

Nous avons dû arriver dans le centre-ville, face à l'université, où des cafés aux terrasses découvertes se succédaient sous le soleil. Nous prîmes place à l'une des tables libres. Commandant pour moi un café, j'amorçai la conversation, lui demandant ce qu'il étudiait au juste à cette *médersa* d'Alger.

Il résuma son cursus et, en passant, ajouta quelques mots sur sa famille : du côté paternel, dit-il, c'étaient des descendants des anciens Turcs d'avant la conquête française. Par mes livres d'histoire de l'Algérie, je connaissais ceux qu'on appelait en effet des *Coulouglis*, nombreux encore dans certains ports et dans deux ou trois villes anciennes : Tlemcen, à l'ouest, et, non loin de Blida où j'étais pensionnaire, Médéa.

Son père était imam, poursuivit-il, dans la seule mosquée hanéfite (l'un des quatre rites religieux, plus fréquent justement en Turquie) de la petite ville où j'étais pensionnaire.

Tandis qu'il m'expliquait brièvement cette particularité familiale, ajoutant qu'il faisait pour sa part des études de droit musulman pour être "cadi" ou, comme on disait alors, "cadi-notaire", je lui rétorquai (pour lui faire savoir, je suppose, comme je connaissais l'histoire du pays) :

— Vous êtes peut-être d'ascendance turque, mais, depuis 1830, il s'est conclu chez nous des mariages sur au moins… (je calculai vite)… six générations ! Vous avez donc environ un sixième de votre sang, pas plus, provenant de nos anciens conquérants. D'ailleurs, on définit plutôt les *Coulouglis* comme des Berbéro-Turcs !

Je jouais les pédantes, mais avec le sourire. Il reprit – comme quelqu'un qui se vanterait que sa famille, même ruinée, n'en est pas moins d'ascendance aristocratique – qu'ils étaient Turcs "par la lignée paternelle".

Par goût de la repartie, j'allais lui demander suavement si, par hasard, tous ces pères, ayant chacun un père, n'avaient pas tout de même eu une mère… "du pays" ! Mais j'ai retenu de justesse ma réplique et me suis tue ; je m'abstins de même d'évoquer une réalité qui me paraissait encore plus évidente : avant même 1830, ces soldats turcs dont nous, indigènes soumis à la loi française, gardions la nostalgie avaient déjà fait des enfants, malgré tout, avec des femmes arabes ou berbères ou andalouses !

Ces rappels de notre commun passé, je les retins en moi-même. Une voix intérieure me susurra non sans ironie que mon oral d'histoire au premier baccalauréat datait d'à peine six mois auparavant : "Il va se dire que tu joues les femmes savantes !"

Je me tus donc, pas pour le séduire (sur le mode : "Sois belle et tais-toi !"). Je me mis plutôt à analyser d'où me venait ce besoin de lui répondre avec ironie. "Il semble si fier de ses origines turques, ou demi-turques, ou seulement turques dans la proportion d'un sixième !"

Je bus en silence le café que j'avais commandé. Lui, en face de moi, avait pris une bière ! Je remarque soudain son verre, là, sous mon nez : "Mais j'ai horreur de l'odeur de la bière !" me dis-je avec un recul immédiat.

Il s'était mis à m'expliquer que, de par ses origines familiales et son rite "hanéfite" – "le plus tolérant", précisa-t-il, par rapport aux trois autres –, il pouvait boire de la bière, quoique musulman.

Je méditai : pourquoi fallait-il absolument, quand deux jeunes gens de ce pays, tous deux musulmans "de naissance", se rencontraient, qu'ils ressortissent les cadavres de leurs ancêtres, non sans une certaine jubilation ?

J'en profitai pour décocher – "de loin, heureusement !" – un regard noir à sa bière blonde ("Décidément, même après dix jours enfermés ensemble dans une même cellule, je ne pourrai pas l'embrasser à cause de cette odeur sur ses lèvres !").

Ce flot de remarques déferlant en moi, je me voyais déjà lui dire adieu, là, dans le centre-ville, et remonter à toute allure vers le car. Comme une grande !

Le souvenir du car me fit demander à brûle-pour-point :

— Quelle heure avez-vous ?

Mon ton était alarmé. Comme les gens toujours en retard, c'est lorsqu'ils sont en avance qu'ils s'affolent, et, bien sûr, c'est quand ils prennent leurs aises que le délai s'avère alors irrattrapable.

— Nous avons tout le temps pour remonter ! répondit-il calmement.

Puis d'ajouter, avec un petit côté "gentleman" :

— Voulez-vous que je vous reconduise en taxi ? Il me décocha enfin un sourire.

— Non, merci ! répondis-je.

Une fois levés, me rappelant le plaisir que j'avais eu à marcher à ses côtés – mon esprit sur le qui-vive me précise : "Cela n'est pas dû au jeune homme, uniquement à la situation !" –, j'ajoutai :

— Refaisons le trajet à pied, même si nous devons forcer l'allure !

Je lui souris bien franchement, cette fois, pour lui signifier combien je me sentais vaillante.

Nous voici remontant, d'un pas vif, le boulevard : toutefois, à mi-chemin, la pente commence à me paraître un peu raide. De temps en temps, pour souffler, je m'arrêtais net, comme si j'étais seule ; c'était aussi pour contempler la mer, son horizon liquide, les maisons blanches de guingois, prêtes, semblait-il, à se laisser dégringoler jusqu'au port… J'ai soudain failli me tordre le pied, n'ayant pas vu au bord du trottoir je ne sais trop quel obstacle : Tarik me rattrapa de justesse par le coude.

— Merci ! murmurai-je.

Radoucie par ce contact, je lui demandai :

— Enumérez-moi les matières qu'on vous enseigne dans cette *médersa*, voulez-vous ?

Ma curiosité était sincère, non de simple politesse.

Je l'ai écouté détailler son programme : il en était, dans son cursus, à l'avant-dernière année. Après les subdivisions du droit musulman – mariages, successions, répudiations, etc. –, c'est à peine si j'écoutais, m'étonnant que tout ce savoir à mémoriser se fît en arabe classique. Puis il passa à la littérature arabe et je l'entendis soudain énoncer une matière qui…

— Vraiment ? m'exclamai-je, ébahie. La poésie antéislamique, on vous l'enseigne toute l'année, et dans un cours spécial ?

— Bien sûr, répondit-il, il en va ainsi pour chaque année du cursus !

— Comment l'apprenez-vous… vous ! interrogeai-je avec une pointe d'émotion.

Je m'étais arrêtée au bord de la chaussée et voulais savoir sur-le-champ : ce garçon possédait un trésor que j'avais souvent envié, dont l'accès me restait fermé, hormis par des traductions aussi plates que savantes, à la beauté en creux, le français ne pouvant en rien rendre les allitérations, les allusions, les double ou triple sens d'un mot pivot, le jeu intérieur des rimes arabes… Oui, vraiment, le français devient langue morte quand il n'est capable que de traduire le "sens", non la pulpe du fruit, ni la vibration de la rime ! Le sens est livré prosaïquement, jamais avec le "chant" sous-jacent : voilà pourquoi la traduction française des *Mo'allaquats* les réduisent, hélas, à une peau desséchée : cela, j'en souffrais, je m'en sentais orpheline !

Poussée par une impulsion soudaine, je me mis à évoquer avec vivacité mon désenchantement, comme si, malgré ces six ans de collège et cette dernière année que j'entamais, et "en dépit de la satisfaction de mon père", ajoutai-je avec véhémence (une voix me souffla : "Que vient faire ton père, là-dedans ?").

— Je sens que je suis passée à côté, soupirai-je.

— A côté ? s'enquit-il doucement.

Nous nous étions immobilisés sur la chaussée, dans un tournant ; un cycliste qui dévalait la pente dut faire in extremis une embardée tout en nous insultant, grossièrement, en arabe.

— Remontons sur le trottoir et marchons plus calmement ! conseilla Tarik.

J'ai réalisé alors que le prénom de ce garçon signifiait en arabe "la route". Je lui obéis tandis qu'il reprenait, avec une indulgence quelque peu attendrie :

— Marchons ! Ne vous impatientez pas ! Nous avons encore du temps, savez-vous !

Dès lors, je me fis moins rétive, en tout cas je ne me tins plus du tout sur le qui-vive à l'observer et à me faire des remarques à son sujet. J'ai tout oublié de la suite, hormis une demande qui, depuis quelques minutes, m'obsédait.

— S'il vous plaît, dis-je, puisque l'enseignement de la poésie arabe se fait d'abord, chez vous, par cœur et met en valeur le rythme, les rimes…

Nous marchions et il semblait déjà chercher quelque extrait. J'osai ajouter :

— Je vous en prie, récitez-moi, en arabe, un ou deux vers d'un de ces poètes-brigands, d'avant l'islam… Par exemple du plus grand peut-être d'entre eux : Imru al-Qays ! Je vous écouterai, ensuite vous m'en donnerez le sens… pas forcément mot pour mot !…

J'ai baissé la tête, confuse, craignant de l'avoir embarrassé : bien sûr, il pourrait choisir un autre poète dont il connaîtrait par cœur quelques vers. Une crainte soudaine m'avait envahie : n'allait-il pas croire que je voulais lui poser une "colle" ?

— Si ce n'est pas d'Imru al-Qays, murmurai-je, regrettant déjà ma demande.

310

Il m'interrompit et soudain me prit le bras au-dessus du coude : je gardai la tête baissée, regrettant ma requête qui avait jailli si vite… Mais il souriait :

— Ne vous excusez pas, car vous avez raison : Imru al-Qays est le plus grand, lui, ajouta-t-il, qu'on appelait "le Prince errant" !

Je me sentis soulagée, puis je me fis attentive.

— Je m'en vais vous réciter seulement deux vers ; mais chaque vers d'une *qasida* antéislamique se compose de deux hémistiches de longueur égale, avec, dans le corps même du vers, une rime intérieure entre les deux moitiés…

Il consulta sa montre :

— Rassurez-vous, je ne vous mettrai pas en retard… Allons-y ! Si je choisis deux vers de cette *qasida*, c'est que s'y greffe une histoire bien réelle, indissociable de ce distique !… (Il hésita.) Il faut que je vous donne quelques détails sur cette histoire…

Mais il s'arrêta de nouveau et sourit.

— Commençons donc par là, puis je réciterai les deux vers en arabe, et ensuite leur traduction…

Il me fit l'effet d'un comédien s'évertuant à agencer et à annoncer son programme.

"Pour seulement deux vers !" me dis-je, en me prenant à douter : peut-être que, de sa mémoire, il n'est plus aussi sûr ?

Mais voici que, me tenant toujours le coude, il se remet en marche, à grandes enjambées. Comme je ne peux dégager mon bras, il me faut avancer au même rythme que lui…

J'eus alors une émotion, car il prononça tout bas, comme en confidence, mon prénom, ajoutant :

— Voici d'abord l'histoire, mais hâtons-nous à cause de votre car !

J'ai dû l'écouter, le bras emprisonné tout le temps qu'il raconta. Mais c'était en français, et je me prêtai au jeu, encore que, depuis toute petite, je ne pusse supporter qu'on me touchât même le bras (heureusement, c'était l'automne, et les manches de ma veste étaient longues).

L'histoire une fois commencée, alors que nous continuions à remonter le boulevard à grandes enjambées, il ne cessa de raconter, d'une voix tantôt sourde, tantôt profonde, presque caverneuse.

Le bras prisonnier de sa poigne vigoureuse, peinant à épouser son allure (double malaise !), j'attendis toutefois l'instant où seraient déclamés les vers majestueux du prince des poètes, dans une langue du Ve siècle que je risquais fort, me dis-je, de ne point comprendre ! Après l'"histoire" débitée en français, en guise d'introduction, c'était l'autre sonorité, la langue immémoriale et son tempo cuivré, son sens secret, que j'attendais de la voix de ce jeune homme qui, pour l'heure, dans un français soudain véhément, s'attardait aux préliminaires.

Je mesurai alors comme la transmission de ces grandes odes arabes avait traversé quinze siècles – sculptures sonores, pyramides de musique, improvisations de Qays et de quatre autres de ses pairs, tous nomades inspirés dans un désert riche seulement de cette langue que je convoitais… Et j'écoutai à mon tour cette histoire qui servit de préambule à Tarik comme à tous ceux qui récitent les *qasidates* – ces vers vibrants, portés par un souffle ample, que j'imaginai pareils à des serpents étincelants sous le soleil du désert, ne craignant ni le sable mouvant, ni la sécheresse des tempêtes.

Je voyais pour de bon ces images dispersées jusqu'à épuisement par le vent du passé tandis que nous avancions, moi le bras emprisonné (donc pas tout à fait à l'aise), lui, dévidant l'histoire-prétexte avant d'entonner les deux vers antiques :

"Un peu, me dis-je, comme on défait le voile d'une jeune nomade dont la beauté ne sera admirée que par un seul !"

— Je ne commence pas par le grand poète, dit-il, mais par ce que rapporte la tradition. Je vous rappelle que Qays est mort, cinquante ans avant la prophétie de l'islam.

— J'écoute, murmurai-je, le bras toujours prisonnier.

Je dus, à nouveau, régler mon pas sur le sien tandis que nous remontions le boulevard.

— Selon une tradition rapportée par Ibn al-Kalbi du temps du Prophète, commença-t-il, une délégation de Yéménites avait été envoyée à Celui-ci, mais, traversant le désert, elle s'égara… Plus d'eau ! Les membres de la caravane marchèrent longtemps. Epuisés, ils se sentirent bientôt à la dernière extrémité, mais ils avançaient tout de même, assoiffés, de plus en plus désespérés ! Survint sur une colline un cavalier inconnu qui, caracolant dans leur direction, déclama les deux vers suivants…

Sur ce, Tarik s'arrêta net contre le mur d'une vieille maison et passa soudain à la langue originelle – "la Somptueuse", ainsi l'appelai-je :

— *"Quand elle constata que sa seule préoccupation était d'atteindre l'eau et que sa veine jugulaire de blanche avait viré au rouge écarlate, Elle se dirigea vers la source avoisinant Daridj, de hauts arbres la dominaient Qui, par leur ombre, en dissimulaient les contours !"* Le mystérieux cavalier s'arrêta de déclamer, puis demanda aux Yéménites : "Qui est l'auteur de ces vers immortels ?"

Tarik repassa au français, pour narrer la suite de la scène :

— "C'est Imru al-Qays", déclarèrent aussitôt plusieurs d'entre eux. Le cavalier leur déclara alors, avant de disparaître : "Par Dieu, il n'a pas menti : la source de *Daridj* est à vos pieds !"

Tarik s'arrêta, une demi-minute, avant de reprendre :

— L'histoire continue : en titubant, parce que parvenus au bout de leurs dernières forces, ces Yéménites font quelques pas : soudain, sous de hauts arbres, se met à couler une source abondante et fraîche, dissimulée jusque-là dans l'ombre. Elle correspondait exactement à ce qu'avait jadis décrit le "Prince des poètes" !

Nous étions arrivés sur la hauteur où nous nous étions rencontrés : devant nous, le car s'apprêtait à partir.

Je fis un signe du bras pour qu'on m'attende. J'avais encore dans l'oreille les deux longs vers d'Imru al-Qays, leur musique d'origine servie par la voix du jeune homme.

— Je vous en prie, dis-je, envoyez-moi dans votre prochaine lettre le texte arabe, mais aussi la traduction de ces vers !

Comme il me prenait la main pour dire au revoir, je lui souris, non sans une soudaine timidité, tout en insistant :

— Envoyez-moi le texte arabe, mais *voyellé*, s'il vous plaît ! Je suis hélas médiocre en arabe classique ! Je n'ai jamais pu apprendre ma langue maternelle comme je l'aurais désiré !

J'ai couru sur les quelques mètres qui restaient à couvrir pour monter dans le car. Le jeune homme s'est retourné, puis a repris sa marche en sens inverse.

Tout au long du trajet de retour, j'ai tenté de m'endormir ; mais je réentendais sans relâche la voix de Tarik scander les vers du *Prince errant* d'autrefois.

4

LETTRES DITES D'"AMOUR"

La première lettre que je reçus de Tarik me parvint au collège avec, au dos, le nom de Béatrice, la camarade censée m'écrire depuis la capitale. Le jeune homme s'était contenté de choisir des vers de la célèbre poétesse el Khansa dont la déploration évoquait la mort de son frère bien-aimé, Sakhr. Il avait recopié les deux versions, le texte original et la traduction française, en les disposant face à face : je me mis à lire, le cœur battant, les vers en arabe.

Je crois même que j'allai m'enfermer dans quelque réduit pour mieux entendre, vers après vers, la scansion du texte originel. Je décidai d'apprendre par cœur cette poésie plutôt élégiaque. Je parcourus aussi la traduction française qui en avait été établie, avec quelques notes ajoutées à la suite. Après quoi s'insinua en moi une légère insatisfaction.

Je lui avais parlé des grandes odes antéislamiques, les *Mo'allaquats*, dont je souhaitais capter le souffle "épique", me disais-je. Il croyait me faire plaisir en choisissant cette poétesse si renommée dans la tradition arabe, mais qui, après tout, n'était qu'une pleureuse, laquelle, mon Dieu, ne se consolait guère de la mort de son frère, à moins que dans ce deuil elle ne masquât l'identité de son amant en l'appelant "frère".

Les *Mo'allaquats*, ces odes célèbres, se déployaient, elles, avec un lyrisme que j'imaginais pur ou sensuel et, me disais-je, avec un romantisme qui jaillissait en moi, presque malgré moi, qui parlait d'amour, d'un amour absolu : cette inspiration qui avait fleuri ensuite en Andalousie avait influencé la poésie des troubadours et l'"amour courtois" du Moyen Age occidental.

Je dus lui avancer dans ma lettre ces arguments d'une façon rigide, qu'il dut trouver sans doute pédante. Mais quoi, j'aspirais à connaître ce corpus poétique en arabe ; je désirais l'apprendre dans sa forme originale avec la version française en vis-à-vis !

Les *Mo'allaquats*, et rien d'autre !

Une fois ma demande formulée, j'ai dû hésiter sur la salutation finale : "sincèrement" ? Non, trop impersonnel ! "Amicalement ?" Non, trop tôt. J'ai dû essayer trois ou quatre variantes, comme si c'était dans ce seul mot de la fin que je pouvais lui communiquer quelque chose de moi.

"De moi ?" Non, pas l'ombre d'une avance de ma part, surtout pas !

Ne me restait de cette première entrevue que mon si vif accès d'enthousiasme, quand Tarik avait déclamé les vers d'Imru al-Quays. Le poème s'était déployé avec un tel élan que je pouvais en palpiter encore, comme si – fut-ce là que commença à jouer le piège ? – la voix d'Imru al-Quays avait porté la voix même et jusqu'à l'inspiration du jeune homme lors de cette escapade dans Alger.

Sa lettre suivante, qui me parvint en retour, était plus courte : je lus très vite le poème. Il y ajoutait une ou deux lignes d'excuses, promettant une prochaine missive où il choisirait avec soin une *Mo'allaquat* encore plus belle que celle-là.

Je parcourus les vers, en français d'abord, puis, lentement, dans le même réduit que la première fois, je me suis écoutée lire, à voix haute, les vers arabes du poète – celui-ci, en quelque sorte, signant son texte dans cette lettre de Tarik qui, lui, oubliait par contre de me saluer à la fin de sa missive.

Mais m'importait avant tout ce qu'il avait recopié pour moi ; cette fois, il avait commencé par le nom même du poète : Nabigha al-Dhubyani, l'un des dix – ou des sept – auteurs des *Mo'allaquats* les plus prestigieuses. Je lus en hâte, comme si c'était l'auteur ressuscité qui m'avait lui-même écrit, qui s'adressait directement à moi en enjambant les siècles :

L'Euphrate quand, sur lui, soufflent les vents,
Que ses vagues projettent leur écume sur les rives !
Que toute rivière en crue y porte son vacarme,
Que les fleurs du pavot s'amoncellent avec les branches
*   cassées !*
Et que le marin, dans le deuil, l'épuisement, l'épouvante,
Demande une sauvegarde au mât,
Oh, que plus impétueusement encore, un jour
Tes bienfaits se déversent !
Et que donner aujourd'hui ne t'empêche pas, demain,
*   de donner !*

Suivaient quelques précisions : Tarik indiquait les dates de la première traduction latine, puis de l'anglaise, ensuite de l'allemande et de la française.

Je relus à voix basse cet extrait qui me laissa quelque peu sur ma faim… N'y était ajouté aucun commentaire.

Relisant le texte le lendemain, je me dis, perplexe, qu'il devait recéler un double sens ou, pourquoi pas, que Tarik en avait assez de jouer au professeur en poésie arabe !

Je décidai de ne pas répondre, pas même pour remercier : après tout, rien ne pressait !

Je relus cependant, à voix basse, puis tout haut, les deux derniers vers :

Que donner aujourd'hui ne t'empêche pas, demain, de donner !

Même en français, les vers sonnaient juste : on aurait presque pu, me dis-je, improviser sur eux un pas de danse…

Mon cœur était gai, ce soir-là ; à force de me répéter ces vers comme un refrain au dortoir (en effet, cette correspondance ne devenait-elle pas un jeu – un jeu un peu trouble, peut-être ?), j'entrais lentement dans la chambre d'échos que représentait pour moi cette poésie antéislamique.

Sur cette pensée, je m'endormis détendue et sereine.

Arrivèrent les vacances d'hiver, et donc mon retour dans ma famille, au village. Comme à l'habitude, nous allâmes tous passer quelques jours chez ma grand-mère maternelle.

J'aimais m'isoler sur la terrasse du premier étage, mon regard planant sur les terrasses des maisons voisines… J'apercevais même le phare antique, si loin pourtant, en avant du vieux port… J'échangeais quelques propos, avant le crépuscule, avec les adolescentes du voisinage qui, elles, vivaient là toute l'année : ni tristes ni même mélancoliques, préparant chacune son trousseau dans l'attente des demandes en mariage. En somme, une autre vie : provisoirement cloîtrée jusqu'à leurs noces, où elles seraient fêtées, du moins au début…

Très âgée, l'aïeule, assise toute la journée dans sa chambre, méditait, un chapelet à la main. Ma mère lui parlait, parfois accroupie, tout près de la vieille dame, redevenant ainsi sa fille attentive et respectueuse… Les hommes étaient ensemble, au-dehors. Le temps paraissait immobile !

Dans ce décor traditionnel, encore inchangé, mon amorce de correspondance avec Tarik me fit l'effet d'une transgression presque irréelle. Je gardais sur moi le texte arabe des derniers poèmes reçus : un talisman, me disais-je, craignant de le perdre. Je ne le perdis pas. J'écoutais la radio arabe dans le salon syrien dont le charme, pour moi, venait du souvenir de la première épouse de l'oncle, morte prématurément, à qui ces meubles rares avaient été offerts, lors de ses noces, par son père. Elle s'en était allée si jeune, disait-on ! La haute armoire avec ses portes nacrées, les deux fauteuils à l'élégant dossier, de style légèrement byzantin, me semblaient constituer un trésor précieux transporté d'Orient jusque-là, et dont hériterait ma cousine, fille de l'épouse disparue…

Seule dans la pénombre de ce salon au décor exotique, je me répétais les vers des *Mo'allaquats,* devenus mes trésors à moi. Mais de qui, à mon tour, serais-je l'orpheline ?

Après le retour au village, puis au pensionnat, je trouvai soudain une justification à mes menus secrets : me lancinait de nouveau la litanie des deux vers à la fin du dernier poème : *"Que donner aujourd'hui ne t'empêche pas, demain, de donner !"* murmurais-je, en arabe puis en français, dans mon demi-sommeil. Si j'avais été musicienne, j'aurais aimé, sur ces vers antiques, composer un rondeau ou quelque complainte !

Une fois revenue au pensionnat et aussitôt plongée dans les cours de philosophie, j'oubliai cependant peu à peu Tarik et ses lettres. Je me souviens qu'aux récréations j'avais de nouveau cédé à ma passion du basket, m'entraînant presque une heure durant, à faire des "paniers".

Quand la surveillante me remit la quatrième lettre dite-de-Béatrice, j'attendis sans impatience d'être au dortoir pour l'ouvrir, la lire… la relire. Par paresse, je pris d'abord connaissance de sa version française.

Cette lecture me troubla, me gêna même. Je parcourus ensuite le texte arabe (comme par le passé, ma lampe électrique sous le drap) tant et si bien que – c'est là mon souvenir le plus vif – toute la nuit, me réveillant à demi, éclairant l'espace d'une minute le texte en alphabet arabe, le mémorisant comme s'il y avait urgence, me rendormant, me réveillant à demi –, j'ai fini par rêver que les deux versions, dans ma langue maternelle et dans celle de Nerval, oui, ces deux formes sonores, à en palper la trace sous le drap, puis à réentendre le rythme de l'arabe et du français, comme accouplés tout contre moi, devenaient, dans mon sommeil strié d'absence, mais empreint de volupté, comme les deux visages d'une même poésie enveloppant mon corps de dormeuse, en lieu et place des draps, ceux-ci pas même soyeux comme à la maison, mais de toile rêche, dans ce dortoir de collège…

Au matin, sous la douche presque froide, je revins lentement à ma vie quotidienne, la studieuse : celle des cours au rythme strictement réglé, malgré l'interruption bruyante des récréations où je redevenais absente, immergée dans l'étrange rêverie de la nuit précédente… De même, dans le brouhaha du réfectoire qui déferlait autour de moi, habitée soudain des mots d'amour arabe, je m'éloignais de nouveau – vers quoi, je ne savais…

— Tu ne viens pas faire des paniers avec moi ? me proposa une "fan" de basket-ball.

Ma tête bruissait de prosodies arabe et française, entrecroisées ou s'entrechoquant comme faisaient les boules de billard sous les hauts plafonds de ces brasseries de villages du Sahel où je n'étais jamais entrée, mais qui me fascinaient lorsque je les contemplais à travers les vitres du car me ramenant, autrefois, chez mes parents.

Au printemps de cette dernière année de pensionnat, j'invoquai les révisions de fin de trimestre pour rentrer le moins possible à la maison.

Après une ou deux semaines pendant lesquelles j'hésitais à répondre aux lettres de Tarik, je reçus de lui un vrai poème d'amour, d'une si bouleversante beauté que je ressentis, en moi, une émotion prolongée.

> *Ceux qui sont partis au petit matin enlevant ton cœur ont laissé dans tes yeux un filet de larmes qui coulent toujours.*
>
> *Essuyant leurs pleurs, elles me dirent :*
> *"Que n'as-tu rencontré l'amour, et*
> *Que ne l'avons-nous rencontré !"*

KITAB EL AGHANI, *Le Livre des chansons.*

Ce dernier envoi, je me souviens que c'est une pensionnaire qui me l'apporta à l'infirmerie, où je m'étais fait porter malade, trois ou quatre jours auparavant. Malade, je l'étais, mais de *wa'hch* – autrement dit de langueur… mélancolique.

Devant Jedla – c'était le prénom de l'amie, un prénom rare, plus courant dans le sud du pays –, j'ouvris la lettre et la lus rapidement.

— Tu vas guérir, maintenant ? me dit doucement Jedla, qui était si jeune, si tendre aussi avec moi.

J'ai haussé les épaules.

— Tu as raison ! Je retourne en cours, dès demain !

Une fois seule, au moment de m'endormir, je relus le poème, puis décidai que je ne devais plus recevoir d'autre missive sous le faux nom de Béatrice, au dos de l'enveloppe.

J'ai toutefois remercié Tarik de son envoi ; j'ajoutai que, les épreuves du second baccalauréat approchant, j'allais être entièrement absorbée par mon travail.

Le dernier jour de l'année, se déroula au collège le rituel de la distribution des prix, auquel, cette fois, mon père ne put assister. Tarik, par contre, se trouvait là. La cérémonie terminée pour toutes les classes, j'eus assez d'audace pour recevoir son salut devant tous.

Mounira – que j'avais pourtant vue si peu, cette année-là – se campa aussitôt devant notre couple :

— Tous les deux, s'exclama-t-elle, ne bougez plus ! Le flash de mon appareil va se déclencher !

Si longtemps après, cette photographie – nous deux debout, côte à côte, attendant, je suppose, que l'éclair du flash nous saisisse –, je l'ai conservée.

A présent, j'interroge mon reflet : "Cette jeune fille, le jour anniversaire de ses dix-sept ans ! C'est miracle qu'à travers tant de tribulations, de pays traversés, de domiciles changés, de papiers person-nels égarés, cette photographie ait survécu !

"C'est vrai, me dis-je encore, cette robe de satin marron rayée, assez moulante pour l'époque, je puis m'en souvenir !…Mais l'expression de mon visage ?"

J'ai rêvé sur ce que ce reflet de moi pouvait me faire revivre, fût-ce le temps d'un éclair : oui, j'ai cherché en vain ce qui, même l'espace d'une seconde, ce jour-là, rendit mon regard absent, mon demi-sourire distrait.

Ecrivant si longtemps après, je me dis que, une fois ce travail de remémoration parvenu à son terme, je sais, je suis sûre que la photographie de ce couple d'autrefois, je la déchirerai : sans état d'âme !

5

LA FAMILLE À ALGER

Peu avant ces vacances, un dimanche au village, alors que notre plan habituel pour l'été était de retourner à Césarée, mon père nous annonça qu'il était nommé, pour la rentrée suivante, à la capitale.

— Cela te permettra, ajouta-t-il, tourné vers moi, de continuer tes études à l'université, cette fois en externe !

Je lui rappelai que, selon les conseils de madame Blasi, je pourrais, tout en m'inscrivant en faculté, suivre les cours de "lettres supérieures", au grand lycée de garçons, non loin de la Casbah. Mon père donna son accord.

J'ai soudain réalisé combien il avait évolué : m'imaginer l'année suivante dans une classe "mixte" où garçons et filles se côtoyaient pour préparer le même concours, voilà qu'il acceptait cette perspective !

Mini-révolution, donc, au sein de ma famille appartenant à la bourgeoisie traditionnelle de Césarée et restée auparavant à l'écart de la société européenne du village de colonisation, durant plus de quinze ans ! Il est vrai que les instituteurs venant alors, pour une part, de la France métropolitaine, ma mère était entrée en amitié avec plusieurs épouses de ces collègues de mon père.

Ce terme de "mini-révolution" que j'applique à notre arrivée à Alger, peu avant septembre 1953, se justifie par un détail : ma mère, qui allait fêter ses trente-six ans, se métamorphosa en quelques mois en Occidentale d'une élégance discrète, toujours soignée, bien coiffée : par secrète fierté plus que par vanité, elle conquit son autonomie de citadine, passant inaperçue par une allure soudain européenne dans notre quartier où le petit peuple allait et venait autour d'un grand marché. C'est ainsi que le beau voile de soie qui la dissimulait naguère au village, aux yeux de tous, et qu'elle ne quittait pas même dans la voiture qui nous menait, durant les vacances, à Césarée, fut, dès le premier jour, définitivement plié et relégué au fond d'une armoire.

Ce changement dans la vie quotidienne de ma mère fut si évident pour nous, son époux et ses enfants, que nous n'en parlâmes même pas. Quant à elle, elle dut vivre le déroulé même de chaque journée, du moins les premières semaines ou les premiers mois, comme une seconde naissance : ou, plutôt, avec un décalage d'une dizaine d'années – ce fut pour elle comme si elle était soudain revenue à une adolescence timide et à une jeunesse curieuse, éblouie, ce que, lors de ses fiançailles avec mon père à seize ans, puis de son mariage à dix-huit, elle n'aurait jamais espéré.

Ses tâches de mère de famille, elle les assuma avec ingéniosité, grâce à cette liberté de mouvements inattendue à laquelle elle s'habitua peu à peu…

330

Je puis imaginer ses dialogues avec mon père, après notre coucher : pour commencer, elle devait devant lui s'extasier sur la nouveauté la plus prosaïque : celle de faire, toute seule, les achats du jour au marché. Ainsi, sa liberté de chaque matin s'ensoleillait !

Levée la première, elle préparait pour tous le petit déjeuner. Ma petite sœur, qui fréquentait encore l'école primaire, elle pouvait la suivre du regard en train de franchir le grand portail sur lequel s'ouvrait notre balcon. Parfois elle l'accompagnait, "main dans la main", pour s'assurer que, dans la turbulence de l'entrée des enfants dans la cour, sa petite "dernière" ne serait pas bousculée... Cette benjamine avait été de constitution fragile : ainsi ma mère assumait-elle à son tour ce devoir de protection à la place du père, dont l'école était située dans un quartier éloigné.

Je partais, moi, la première, car mon trajet en tram-way, traversant tout le centre-ville jusqu'à l'entrée de la Casbah, pouvait durer parfois une heure.

J'imaginais alors ma mère, à cet instant, de retour à sa cuisine où elle devait ramener avec elle le brouhaha du marché, les joyeuses interpellations des vendeurs à l'adresse des ménagères européennes, qu'elle n'osait pas, elle, aborder la première.

Ainsi chacun des membres de la famille était absorbé par son nouvel univers, au rythme désormais accéléré.

Au grand lycée, par contre, taciturne, je demeu-rais peu ouverte à mes condisciples : y contribuèrent ces mœurs étranges dont nul ne m'avait parlé, ce que l'on appelait "bizutage", que je vécus presque comme un traumatisme, du fait que des "khâgneux" de la classe supérieure prétendaient me saisir par le bras ou l'épaule – eux, des garçons ! – pour me jucher sur l'estrade. Toutes les filles acceptaient ce rite d'initiation : moi, sans humour et, il est vrai, par ignorance, je refusai net, le considérant comme un rite d'humiliation : "Non, c'est non !" et je persistai orgueilleusement dans mon refus !

Si au moins, dans la *Correspondance* d'Alain-Fournier et de Jacques Rivière, j'avais trouvé ne fût-ce qu'une allusion à cette coutume des classes préparatoires en découvrant, chez eux, ce terme de "bizutage", même en ne pouvant m'y soumettre, par principe (j'aurais ajouté avec bravade : "en tant que musulmane, non !"), jamais je n'aurais joué ainsi les persécutées. Intérieurement, j'étais ahurie de voir mes condisciples se prêter volontiers à ces traitements : leur bonne d'humeur provenait d'une part de jeu implicite – mais aussi d'une certaine vanité à faire désormais partie de ces "classes préparatoires".

Jeu et vanité : voilà qui dut occuper ces deux ou trois jours d'étrange défoulement. On respecta mon refus obstiné, en me menaçant de ne plus me parler.

Je me raidis davantage ; "à mon tour de ne plus vous parler !" décidai-je en moi-même.

Ce dialogue de sourds contribua à me refermer sur moi-même. Il me fallut quelques semaines, de ce premier trimestre, pour atténuer tant soit peu mon air revêche de solitaire.

Par contre, chaque matin, dans le tramway que je prenais, quel émerveillement ! Je m'installais dans la première voiture, si possible non loin du conducteur, pour assister sans me lasser au spectacle de l'éveil de la ville, fascinée tantôt par le flux dense des piétons, tantôt par les places successivement traversées, avec leurs terrasses de cafés à la clientèle exclusivement masculine, mais toutes races mêlées.

Et pareil, le soir… sauf lorsque Tarik m'attendait devant l'entrée du lycée et que je disposais alors d'une heure de promenade sur les quais en sa compagnie.

J'esquisse ici les premiers temps de mon existence algéroise en hypokhâgne, où s'atténua mon malentendu avec mes condisciples, dont plusieurs devinrent enfin de vrais camarades ; mais je voudrais dire surtout combien je ne pris pas alors vraiment conscience du changement de vie plus profond de ma jeune mère.

Elle était ma mère, jeune et belle ; elle s'était métamorphosée en une femme d'apparence européenne. A la faveur de cette mutation, elle découvrait chaque jour mille menus avantages timides et silencieux, mais "révolutionnaires" pour elle : seul mon père, le soir, lors de leur dialogue dans leur chambre, dut sans doute mesurer combien elle s'était épanouie…

Partant très tôt le matin, je rentrais le soir assez tard, après mes errances avec Tarik. Je trouvais aussi plaisir à aller travailler en bibliothèque : l'une, non loin du grand lycée, dans une ruelle proche de la Casbah, avait été aménagée dans un vieux palais turc ; je m'y absorbais, dans le silence et la vétusté des lieux, y passant des après-midi entiers, et quand je sortais de là, gorgée de lectures, la tentation me

prenait de me hasarder seule dans les proches ve-
nelles du cœur de la vieille ville.

Marcher seule, parfois avec Tarik, mais d'abord
marcher, voir sans me lasser le spectacle de cette
capitale populeuse, encore paisible malgré son trafic
et son tumulte ; je n'étais que regard, comme un
chasseur d'images, renouvelant à satiété sa moisson.

6

DANS LA RUE

Je me souviens de ma première année à déambuler sans fin dans Alger, et de cette ivresse qui me saisissait alors : avancer les yeux baissés, rougir d'être prise pour une Européenne, car rares encore étaient les adolescentes qui, comme moi, se plaisaient à marcher pour marcher… Surtout ne pas parler au-dehors sa langue de cœur, je veux dire sa langue maternelle ; si vous passiez inaperçue dans la rue, grâce aux Françaises qui allaient et venaient autour de vous ; surtout ne pas user de cette langue d'intimité avec un homme arabe : aussitôt, il vous scruterait, son respect naturel envers une Européenne de tout âge se changerait en hostilité vis-à-vis d'une jeune fille de sa communauté ; il vous dévisagerait, l'air de dire : "L'impudique ! Sans voile, et pas même les cheveux dissimulés !"

Hostiles, ils auraient été, ceux de votre clan ! Pas question de vous dévoiler devant eux, ni de révéler votre identité : alors que vous l'étiez de fait, dévoilée ! Mais aussi "masquée", oui, masquée par la langue étrangère ! Tandis que, au-dehors, votre langue maternelle vous aurait trahie, elle vous aurait dénoncée ; on vous aurait presque montrée du doigt !

Les vôtres, s'ils avaient pu deviner que vous par-
liez comme eux le dialecte arabe, vous les auriez
vus pleins de haine, prêts à vous insulter, à cause
aussi de votre jeunesse, du plaisir nu et cru que vous
montriez à vous mouvoir, dévorant de vos yeux grands
ouverts les moindres espaces de cette ville penchée,
scintillante. Vous, vous manifestiez une indécente
légèreté à vous sentir, pour ainsi dire, flotter dans l'air,
glisser le long de tant de ruelles en pente, vous saouler
d'oxygène en dégringolant les multiples escaliers !

Trouble inépuisable à vous immerger dans le bleu
intense de l'air : pouvoir vivre ainsi au-dehors et
expérimenter tous les âges, s'imaginer fillette légère
un jour, puis jeune fille rieuse, plus tard vieillarde
vagabonde – car vous aviez décidé, dès vos premières marches, par cet automne ensoleillé quoique
frileux : jamais vous ne quitterez votre ville ! Autrefois, Gênes, Palerme ou Marseille vous faisaient
rêver ; à présent, vivre puis mourir dans cette cité
béante, pareille à un cri lancé vers l'azur, vous permettait, dès cet automne 1953, d'éprouver une jouissance soudain palpable, une sorte de rêve éveillé !

Mais les passants, je veux parler des garçons de
"chez vous", avec qui vous auriez pu converser distraitement dans votre dialecte commun, à peine, aviez-
vous hasardé la moindre phrase interrogative – pour
demander votre chemin à quelques-uns, jaillis d'une
porte cochère et jouant sur la chaussée, les question-
nant sur votre itinéraire, dans la "langue-sœur", quoique

votre léger accent de Césarée rende votre parler un brin sophistiqué, une "langue-oiseau" en quelque sorte – qu'aussitôt ces gamins se renfrognaient, vous lançant un regard lourd de suspicion, comme si, étant de leur clan et paraissant si éblouie d'évoluer dehors, vous leur deveniez suspecte ! On allait douter de votre moralité, dans votre dos !

Encore heureux que vous ayez promptement saisi cette vérité : ils vous respectent, ces mâles de sept à soixante-dix-sept ans, et même ils vous sourient s'ils vous croient étrangère, de passage ou bien du clan opposé ; mais vous savoir de "chez eux" et libérée, c'est impensable, estiment-ils : alors que vous êtes une figure de l'aube et qu'ils ne s'en doutent pas !

Dehors, me voici à marmonner dans ma langue, la vraiment "mienne" : sur le mode du malaise ou du mécontentement puisque je ne peux l'exposer au soleil. Elle, cette langue maternelle, pourquoi ne serait-elle pas à jamais ma langue-peau ?

Mais il faudra me résigner : garder pour moi ce parler si doux de ma mère, quel que soit l'endroit où je déambulerai. Je dois la tenir au chaud, au secret, ne pas l'exposer, elle, ce don des aïeules et de ma mère-sœur (si souvent, chez nous, nous appelons notre mère *"ya Khti"*, "ô ma sœur"). Cette langue dite "maternelle", j'aimerais pourtant tellement la brandir au-dehors, comme une lampe ! Alors qu'il me faut la serrer contre moi, tel un chant interdit… Je ne peux que la chuchoter, la psalmodier avec ou sans prosternations, la réserver, calfeutrée, à d'étroits espaces familiaux ou aux patios de naguère…

Dans la rue, alors que je peux laisser mon corps vagabonder, libre, il me faut me taire ou bien parler français, anglais, et même chinois si je pouvais, mais surtout ne pas exposer cette langue première en public, celle de tant de femmes qui demeurent incarcérées.

Une urgence me presse : je veux sortir, sortir "nue", comme ils disent, laisser mon corps avancer au-dehors impunément, jambes mobiles, yeux dévorants. Mais je ne peux jouir de cette licence qu'à la condition de dissimuler ma langue de lait, de la plaquer tout contre moi, au besoin entre mes seins !

Cette frustration dominée, je veux marcher, marcher jusqu'à m'en enivrer ! Parfois épuisée, et parce que je n'ose m'installer seule à la terrasse d'une brasserie – peut-être aussi me gêne le fait d'être confondue avec les groupes bruyants de la jeunesse "dorée" européenne –, je finis par me reposer sur un banc, sur une des placettes écartées, fréquentées par des chômeurs ou des mendiants assoupis.

Promeneuse de cette capitale, je peux savourer ce luxe : marcher en silence, et anonyme, des heures entières !

L'année universitaire, enfin, commence. Ma traversée de la ville, d'est en ouest, tôt le matin, tard le soir, je la fais dorénavant en tramway. Et la vie me sourit.

Deux semaines de disponibilité m'ont suffi pour me sentir pleinement résidente, dans l'attente des cours au grand lycée – celui-ci dressé entre les collines de la Casbah et la darse, tout en bas, celle des anciens corsaires – s'il m'arrivait parfois d'évoquer quelque ombre littéraire, ce n'était pas celle d'Albert Camus, alors bien vivant dans l'actualité parisienne, plutôt celle de Cervantès, autrefois esclave "dans les bains", autrement dit les bagnes de cette ville, trois siècles et demi auparavant.

Toi qui marches, en ces premiers jours de l'automne 1953, libre, à travers cette cité populeuse et bourdonnante, c'est voilée dorénavant au-dehors mais de la langue des "Autres" que tu avances – celle que justement tu écris, j'allais dire : que tu étreins !

Pourquoi me remémorer cette vulnérabilité, ce malaise, dans une ville comme Alger, avec ses perspectives qui donnaient le vertige, mais à cette époque encore paisible ?

D'une certaine façon, plus vous déambuliez dans ce site aux falaises, tels des remparts de la liberté, plus vous vous astreigniez à paraître une autre, puisque sans voile, "nue" – ce mot cru, épelé en arabe –, c'est-à-dire non ensevelie sous des draperies de laine ou de soie immaculée, plus votre silence demeurait habité par la langue cachée : celle des aïeules, mais aussi de ceux qui en étaient les sbires.

Mais vous, parmi ce flot masculin du dehors, vous aviez la paix, confondue que vous étiez avec les filles du clan colonial. Cela vous mettait parfois mal à l'aise, comme si vous l'aviez vraiment recherché, cet anonymat qui garantissait votre liberté de mouvements ; de celle-ci, en somme, vous en jouissiez presque par hasard. Aussi demeuriez-vous le plus souvent sur le qui-vive !

Les tout premiers temps, quand je me hasardais encore à demander mon chemin en arabe dialectal pour recevoir une réponse dans le même parler, les nuances de celui-ci me renseignaient, à mon tour, sur celui qui me répondait, usant du dialecte de Bougie ou de Djidjelli… Ces petits signes imperceptibles, entre gens du même cru, auraient pu être une connivence faite de fraternité. Oui, par bouffées, m'envahissait ce désir-là : marcheuse infatigable, je me sentais en même temps quêteuse, mendiante – d'un désir de solidarité !

Ma jupe courte tournoyant au-dessus de mes mollets, j'aurais eu envie de les apostropher, tous ces petits mâles de mon clan :

— Je suis de chez vous ! Je suis comme vous !

Ils auraient ricané, m'auraient insultée.

C'était pourtant la soif de "leur" reconnaissance qui me taraudait !

Je me remémore cette illusion de mon âge d'alors, due à ma naïveté d'adolescente devant ceux que j'aurais pu appeler des "frères", s'ils avaient accepté de me saluer dans ma neuve liberté !

Mais ce mot de "frères" ne prendrait son sens que quelques années plus tard, seulement lorsque ce même pays s'ensanglanterait !

7

PROMENADES AU PORT...

Juste avant la déchirure... quelle déchirure ? Du ciel ou de la terre ? Plutôt de la lumière dans laquelle je marchais au-dehors, plutôt de l'azur vers lequel, en ce temps-là, je croyais, d'un seul élan de bonheur ou de désespoir, qu'importe, un jour me précipiter – comme si, en chacun de nous, dans sa trajectoire, s'esquissait une accélération.

Non, plutôt que de me dissoudre sur place, chacun des voyeurs, des chômeurs, des scrutateurs vous suivant de leur regard figé, m'élancer, courir, galoper à en perdre souffle !

Moi seule ou à côté de Tarik, sitôt après avoir quitté le lycée, affronter le bourdonnement continu de la ville chaude, le long des arcades qui préfiguraient le cœur ancestral de la Ville, là où j'aurais aimé aller, accompagnée ou non du fiancé, m'immerger dans le lacis de ruelles étroites, sous des arcades d'un autre siècle ! Mais partout : des yeux, des yeux d'hommes assis, hiératiques, qu'on eût dit là, depuis la nuit des temps – le temps des corsaires, des rapines, des violences. Aujourd'hui, témoins ressuscités du passé, ils ne semblent là que pour narguer.

Ainsi, demeurions-nous, le fiancé et moi, comme en marge de quelque royaume perdu…

Errer seule, parfois au risque que l'on me prenne pour une touriste égarée, puisque je n'allais pas faire retentir ma langue, devant eux – "Et pourquoi cela, mademoiselle ? Seulement par pudeur ou pudibonderie ?"

En fait, sitôt mon identité décelée, ils seraient tentés de me lancer, de côté, un crachat de mépris.

Il m'arrivait aussi de me perdre seule, aux franges de cette Casbah, regrettant, puisque jeune fille hélas, et non garçon, de ne pouvoir dériver dans tant de ruelles étincelant de leurs cuivres exposés à l'encan, ou obscurcies d'un silence qui se prolongeait là-bas, dans des impasses aux colonnes d'un marbre lustré.

Souvent, un cours au grand lycée ayant fini plus tôt que prévu, ou le fiancé ayant prévenu qu'il ne viendrait pas, j'étais avide de me retrouver là, mes yeux insatiables dévorant tout. N'hésitant pas à m'aventurer dans cet univers – "le mien, tout de même !" murmurais-je –, je m'arrêtais devant une porte basse pour en soulever le heurtoir, la demeure paraissant impénétrable, et le faire résonner ; puis, à peine la porte de cèdre entrebâillée, parler à l'hôtesse en arabe, lui demander de me laisser admirer le patio ancien, les mosaïques aux couleurs pâlies ; avec nonchalance, elle me faisait entrer, pour contempler le bassin et son jet d'eau maigrelet.

Parfois au contraire, me soupçonnant, malgré ou à cause de notre langue commune, de poursuivre quelque but mal défini, elle me claquait la porte au nez, mon nom arabe lui paraissant soudain celui d'une entremetteuse ou d'une intrigante !

Sans doute alors aurait-il mieux valu me présenter en Occidentale, m'adresser à elle en français : quand bien même elle n'en eût compris que quelques bribes : ma curiosité de touriste lui aurait paru plus naturelle.

Elle aurait pourtant pu deviner à l'accent de mon dialecte quelle était ma ville éloignée, au passé plus prestigieux que la sienne. Moi, de me voir rejetée, je partais, malheureuse, je retournais aux rues dites "européennes", comme si j'étais devenue une véritable étrangère, partout dans cette capitale !

Soudain, un souvenir de prime enfance affleure en moi : lorsque, si petite (vers quatre ou cinq ans, je crois), j'ai résidé quelques jours au quartier dit de la Marine, presque en ruines, désormais… Un oncle maternel de ma mère habitait là. Il avait été si malade – le souvenir se précise – que ma mère et quelques parentes en avaient profité pour venir jusqu'à lui. Durant ce séjour assez court, je me rappelle qu'elles allèrent au souk des brodeurs et des bijoutiers. L'oncle devait alors être convalescent ; je garde de cette journée presque effacée un mélancolique sentiment d'abandon : m'étant réveillée en pleine sieste, j'avais attendu ma mère qui, enfin revenue de cette escapade, se moqua de moi devant ses cousines. Je lui en voulus, bien qu'elle m'eût rapporté, il me semble, quelque objet exotique que, par la suite, j'égarai…

Désormais étudiante, j'hésite à m'aventurer dans cette Casbah, semblable à quelque Babylone. Ce cœur mystérieux de la capitale, qui sera plus tard le nid d'une tragique et grandiose résistance, me demeura étranger, en cette première année de ma vie d'étudiante.

Le fiancé, quand il m'attendait devant le grand lycée, proposait plutôt une promenade vers les quais ; nous tournions donc le dos à la vieille cité, sans doute déjà tumultueuse. Il m'entraînait selon un même rituel : lorsque nous nous retrouvions en fin d'après-midi, notre déambulation de couple s'étirait, une heure durant, puis nous rejoignions le port, après avoir dérivé comme à l'aveuglette.

Là, nous étions parvenus à l'autre bout de la ville, tandis que, dans le ciel, le soleil couchant faisait gicler ses derniers rayons. Dans ce rougeoiment, nous cherchions un coin retiré et, dans la pénombre, assis sur quelque barre métallique ou quelque pylône, nous bavardions comme si nous nous trouvions à la terrasse d'un des cafés, là-haut, derrière nous (le centre-ville se devinait en surplomb, au-dessus de nos têtes). Nonchalamment, je racontais ma journée ou bien je le laissais dévider quelque propos sur une actualité plus générale. Je l'écoutais distraitement, tout en observant la file des dockers qui, à cette heure, revenaient des paquebots dont les mâts étaient visibles, à l'horizon, tandis que d'autres, par petits groupes, semblaient au contraire s'y diriger : silhouettes d'hommes de peine, eux, les "nôtres", me disais-je – ces mots-là se levaient en moi, en arabe. Me revenait alors le souvenir estompé du demi-oncle maternel de ma mère, l'image ravivée d'un homme déjà usé, les femmes de la famille relatant tout bas combien sa vie avait été autrefois pénible – propos qu'elles nous dérobaient, mais qui avaient laissé leur trace obscure dans ma mémoire d'enfant.

Moi, me rapprochant du jeune homme, j'éprouvais comme une nostalgie de ce passé flou dans la ville ancienne – où je n'étais venue qu'une fois, toute petite – ; je me taisais, j'aurais voulu dire combien j'aurais désiré retourner à ce lointain passé de la cité ; pour cela, il m'eût suffi de prononcer le nom de cet oncle, disparu prématurément, lui dont le diminutif rare réaffleurait en moi : "Khali Tadder".

Ce surnom de "Tadder" – que je devais, une fois exhumé, prononcer avec tendresse ou timidité – était le diminutif d'un prénom dont je ne savais plus rien ; ce parent devait être le demi-frère de ma grand-mère maternelle, disparu depuis lors : son souvenir soudain me hantait, en cette année algéroise, au fil de mes errances, alors que les femmes de la famille, elles, l'avaient totalement oublié.

Je m'étais pourtant imaginé que plus ces dames étaient enfermées, plus leur mémoire résisterait, pareille à un cactus qui se contente d'un minimum d'humidité. Je me disais aussi, à propos d'autres parents éprouvés par le sort, oubliés par suite de quel appauvrissement ou exil cruel, que ces dames qui ne sortaient jamais auraient dû, elles, rester fidèles à ces malchanceux – ainsi de cet oncle, comme de tous ceux et toutes celles que, dans la famille, on n'évoquait plus. "Le voici donc renié une fois pour toutes, à jamais !" déplorais-je tristement, me rappelant, moi, au prix d'un effort soutenu, les gémissements étouffés qui me parvenaient jadis de la chambre obscure où Khali Tadder se trouvait alité.

Tandis que, de cette ville, j'osais arpenter les lieux écartés, je devenais obsédée par ce souvenir du plus humble parent : il avait dû finir, chômeur ou déclassé, sans doute, par suite d'un déni de sa part d'héritage dans la tribu, là-bas (sa mère soudain répudiée et l'ayant élevé seule ?), ce que les parentes, immobiles dans leur patio, taisaient, se disant qu'il ne serait pas de "bon ton" d'évoquer les inévitables laideurs et lâchetés du passé familial…

Je m'enfonçais dans cette mémoire en haillons, pendant que les dockers et autres journaliers berbères ou arabes allaient devant nous, de leur pas fatigué, avec des éclats de voix qui semblaient les escorter comme un reste de gaieté lasse. A mes côtés, le jeune homme se taisait tandis que le ciel s'éclairait des derniers rougeoiements du soleil couchant. Tarik ne savait pas comme j'étais loin, en train d'ensevelir en moi, dans un ultime sentiment de piété, l'image de cet oncle oublié… Il m'enlaçait dès la première obscurité, qui nous dissimulait aux silhouettes grises des dockers sur le chemin du retour.

Je me laissais emprisonner, j'acceptais les premières caresses sur mon visage ou mes épaules ; j'avais soudain froid, je voulais me lever, je ne me souviens d'aucun trouble en moi, comme si je ne désirais vraiment que regarder : les dernières lueurs sur le port, la file des travailleurs qui s'amenuisait et, au loin, la forêt de mâts des paquebots dont je ne distinguais que la masse peu à peu assombrie dans l'incendie du crépuscule.

Je me redressais, me rappelant qu'on m'attendait à la maison. C'était l'époque – j'en souris tristement à présent – où, par naïve indifférence, je me persuadais que le désir naissait seulement chez les jeunes hommes. Et tandis que l'exaltation me saisissait à tout vouloir embrasser du regard autour de moi, "absolument tout", me disais-je – cette ville, la mer, le port peu à peu déserté –, je me laissais aussi gagner par une indulgence attendrie pour ce compagnon quand il me disait, d'un ton durci, qu'il avait quitté sa *médersa* et m'avait attendue plus d'une heure, dressé à l'arrêt du tramway, devant le grand lycée – il lui arrivait de se tromper sur mon emploi du temps.

De sa hâte, de son échappée, de cette longue promenade ensemble – qui, pour moi, me dispensait le plaisir si vif de me permettre de parcourir tant d'espaces où je n'aurais pu me hasarder seule –, je ne semblais pas, disait-il, tenir compte, et il me le reprochait. Pour lui, concluait-il, ces moments propices aux caresses étaient si précieux…

Suis-je sûre, à présent, qu'il prononçait ce mot de "précieux" ? Nous parlions, je me souviens, en français : subsistait en moi une certaine résistance, ou une forme de pudeur, le français me devenait langue neutre, alors qu'avec lui, mon premier amoureux, les mots d'amour dans ma langue maternelle – qui était aussi la sienne – auraient jailli maladroitement. L'usage de l'arabe pour exprimer l'amour m'aurait sans doute semblé, je ne savais pourquoi, indécent…

Le parler amoureux des jeunes gens d'alors, ils devaient – c'est à présent que je me le dis – le ramener du bordel ; des filles de joie ou des dames d'âge mûr leur tenaient lieu d'initiatrices, dont ils devaient, me semblait-il, tomber amoureux. Pour ma part, je me refusais à imaginer quoi que ce soit de sa vie à lui, ce "fiancé" que j'avais accepté ainsi, d'emblée, pendant près d'une année, à cause des lettres d'amour – un amour écrit en arabe, justement, mais la langue ancestrale et de poésie gardait une noblesse, pour ainsi dire, surannée, dont j'avais la nostalgie, même dans nos tête-à-tête.

Or, Tarik n'utilisait jamais avec moi les vocables chatoyants des poètes d'autrefois, qu'il aurait pu me réciter d'une voix chuchotante à l'oreille : alors je me serais blottie plus ardemment dans ses bras, éclaboussée par les feux du crépuscule, même si, dans la file de dockers, là-bas, on aurait pu soudain nous scruter, ce qui m'eût gênée.

Etait-ce à cause de ces voyeurs attardés que je ne pouvais m'abandonner à l'étreinte du jeune homme ? Celui-ci le sentait ; il me reprochait aussitôt je ne sais quoi d'autre encore (par la suite, je m'habituai à ses reproches, au ton cabré de ces disputes sans cause réelle, moments auxquels je prenais goût puisque ce déclenchement d'une querelle vénielle était signe dès lors, pour moi, de son amour – je ne me disais même pas ce mot, j'aurais pu le remplacer par, disons, la "frustration possessive du fiancé").

Ainsi ces instants d'intimité volés dégénéraient-ils le plus souvent en amorce de brouille qui s'étirait alors entre nous…

Je me rappelle cette solitude à deux partagée, au port, face aux paquebots qui, le lendemain, partiraient au plus loin ; ces minutes qui auraient pu être de tendresse, bavarde ou silencieuse, finissaient en vaines querelles dans lesquelles le jeune homme s'enferrait, s'enfermait.

Je le quittais ; l'heure était tardive, la nuit tombait vite. Je n'aurais, en arrivant chez mes parents, que le prétexte de m'être oubliée à la grande bibliothèque de l'université, ce qui n'était la vérité qu'une fois sur trois. J'oubliais l'étudiant, dont la mauvaise foi, dans nos disputes, me paraissait le signe manifeste de son état amoureux ; une fois dans mon lit, j'excusais son humeur, me disant que cela lui passerait, qu'un jour nous serions mariés, comme dans les feuilletons que je ne lisais pas, qu'en ce jour lointain, être de vrais amants, cela voudrait dire : partager le même rythme, accorder nos humeurs si bien que je n'aurais plus droit – par quelque soudain miracle – qu'au véritable amour – "éternel", devais-je ajouter, non sans emphase…

8

MOUNIRA RÉAPPARUE

Un soir, sortant de la bibliothèque universitaire assez tard, je tombai sur Mounira. Elle me demanda avidement comment je m'habituais à ma vie algéroise.

Une réticence en moi : nous avions été deux pensionnaires du même lycée de province ; je voulus me convaincre que nous nous étions simplement perdues de vue. Après les vacances d'été, trois semaines s'étaient seulement écoulées.

Par une condisciple de notre pensionnat, j'avais appris que Mounira avait obtenu de son père de pouvoir s'installer à la cité universitaire des filles et d'entamer des études d'arabe classique. Elle était, en cette matière, d'un bien meilleur niveau que moi.

En outre, ce père, soudainement "libérateur" – avait ajouté Djamila, ladite condisciple –, lui permettait enfin de vivre à l'occidentale, donc sans le voile ancestral qui l'entravait dans la petite ville. Désormais, elle pouvait, en toute liberté, se consacrer, à Alger, à ses études…

— Certes, avait précisé Djamila, Mounira a dû promettre de retourner chaque semaine dans sa famille… et (conclut-elle, sarcastique) de retrouver, là-bas, le voile-chiffon !

Puis l'informatrice d'ajouter avec une désinvolte ironie qu'elle réservait aussi bien à son propre sort, mais dont elle semblait m'exclure :

— Toi, Dieu t'a favorisée !

— Mais non, avais-je rétorqué, mon père me fait confiance, c'est tout !

— Mais c'est beaucoup ! avait-elle conclu, en me quittant.

Quelques jours plus tard, me voici donc, un soir, face à Mounira, à la sortie de la bibliothèque.

J'avais eu à traduire un texte de Lucrèce que le professeur de latin nous avait demandé d'étudier pour le lendemain : peu confiante dans ma traduction, j'étais allée attendre mon tour à l'entrée de la bibliothèque, pour me plonger dans un exemplaire des Belles-Lettres, afin de vérifier si ma traduction ne comportait pas quelque faux sens (ma passion pour Lucrèce n'est pas retombée après tant de décennies, plus pure que tant d'autres enthousiasmes, comme si l'imagination stimulée par la vision du grand poète latin – tel un ciel rempli de constellations chatoyantes – m'entraînait vers un état d'enchantement…).

Ce soir-là, mon esprit sous le charme de Lucrèce – qui m'avait transportée dans un autre monde –, en proie à cette rêverie revigorante, je tombe, à la sortie, sur Mounira. Nous descendons ensemble le grand escalier qui domine l'avenue où, avec Tarik, une année auparavant, je m'étais installée au café lors de notre première rencontre.

Sans dissimuler sa curiosité, Mounira me demande où j'en suis "avec Tarik !". Elle me questionne avec une vivacité qui me semble friser l'indiscrétion : je me sens si loin, ce soir-là, encore dans le monde de Lucrèce…

Parler de Tarik, je le fais avec naturel. "Après tout, me dis-je, nous ne sommes plus à l'internat à nous chuchoter des secrets, hier encore, si dangereux !" Ce soir-là, me semble-t-il, j'avais prévenu mes parents que j'arriverais tard, pour l'heure du dîner, à cause de cette recherche en bibliothèque.

Face à Mounira, je me sens transparente ; pourquoi me tiendrais-je sur mes gardes ?

Je la félicite au contraire pour son apparence d'Occidentale.

— Toi qui as le teint si clair, avec tes cheveux châtains, on doit souvent te prendre pour une Européenne ?

Je l'interroge sans arrière-pensée, avec même une cordialité renaissante.

Elle se lance aussitôt dans l'aveu attristé de son "flirt" de l'année précédente (qu'elle avait dû me confier, je crois), relation concrétisée au lycée par une correspondance "amicale", murmure-t-elle. Mais c'est le passé, annonce-t-elle tristement, elle vient de l'interrompre !

Elle s'exprime sur un ton mélancolique, alors que je croyais la trouver dans l'excitation de sa récente émancipation algéroise.

D'une voix vibrante de curiosité, elle m'interroge, à son tour :

— Où en es-tu, toi, de ta romance ?

362

Je me sens gênée, par cet accent de connivence. Tandis que nous continuons à descendre le grand escalier, elle insiste pour savoir comment je fais pour rencontrer mon "amoureux", c'est le mot qu'elle emploie. J'avais justement rendez-vous le lendemain – qui se trouvait être jour férié – à une brasserie non loin de là, juste pour un café, en fin de matinée.

Mounira questionne encore. Je réponds de mauvais gré : dissimulant ces rendez-vous à mes parents, j'hésite à en parler avec d'autres.

Devant mon silence, elle insiste :

— Invite-moi à cette brasserie, seulement pour prendre un café avec vous !

Je suis prise de court.

— Pourquoi ? dis-je, tout en cherchant la raison de cette intrusion.

Soudain, j'eus honte de mes réticences. Rares étaient mes tête-à-tête avec Tarik, dans cette brasserie où nous ne faisions que converser ; que je me retrouve avec lui, en présence de Mounira, pourquoi pas ? Ne s'était-elle pas déjà imposée à nous, en effet, le dernier jour de l'internat, lorsque, après la distribution des prix, elle s'était avancée vers notre couple pour, avait-elle proposé, nous prendre tous les deux en photo ?

Mounira réévoque cette journée, dernière trace de nos années communes de collège. Devant elle qui semble si triste, je me prends à regretter ma réaction, alors que, sans doute, quelque soudaine intuition m'alertait.

Sans discernement, j'accepte de la revoir le lendemain.

En me quittant, elle me fait préciser avec un reste d'excitation l'adresse et l'heure du rendez-vous.

— Nous t'attendrons à la brasserie Victor-Hugo : à l'étage ! Mais, ajouté-je d'un ton ferme, je pense qu'au bout d'un moment, le temps d'un café, nous te quitterons là !

S'il fait beau, Tarik proposera que nous retournions au port.

"Le plaisir, me dis-je, de flâner côte à côte dans nos lieux familiers, sans l'urgence, cette fois, de devoir repartir dans la hâte : ce sera une journée entière de promenade et de liberté pour nous deux !"

J'oublie Mounira en remontant jusqu'au domicile des parents. Je crois même que, ce soir-là, sur le trajet du retour, j'oublie Tarik et le monde entier autour de moi : j'ai appris par cœur ce soir-là ces vers de Lucrèce :

"Puisque nous sentons que tout notre corps est le siège de la sensibilité vitale, Puisque partout l'âme y est répandue, si d'un coup rapide, une force soudaine, Vient à le trancher par le milieu, l'âme elle-même sera Tranchée, fendue, et comme le corps tombera en deux moitiés. Mais ce qui se fend et se divise… ne peut prétendre à l'immortalité."

Et je me répète les derniers vers dans le texte original que je peux scander : *"Ad quod scinditur et partis discedit in ullas, scilicet aeternam sibi naturam abnuit esse !"*

Je suis pleine du texte de Lucrèce, dont je marque le rythme de mon pas de marcheuse, dans cette remontée de l'avenue qui porte le nom de l'historien préféré de mon père : Michelet.

Après dîner, je relate brièvement à ma mère ma rencontre avec Mounira ; j'ajoute que je lui ai donné rendez-vous pour le lendemain matin, dans un café.

— Et pourquoi pas ici, chez nous ?

— Elle me paraissait si triste : si elle veut me confier quelque chagrin ou déception, elle ne le fera pas devant toi ! prétexté-je, à demi sincère.

J'ai donc trouvé d'emblée le moyen de pouvoir m'absenter longuement, le lendemain matin, en compagnie de Tarik. "Nous bavarderons à trois, me dis-je, Mounira est prévenue : elle comprendra que nous ayons besoin de rester en tête-à-tête, au bout d'un moment !"

Ce soir-là, dans mon lit, si je cherche le sommeil, c'est surtout l'esprit enfiévré par les vers de Lucrèce. La nuit tombant, je m'endors en poésie.

Mon sommeil est léger : une ouate qui me restaure. Joyeuse de me réveiller, de me lever ! Heureuse et bien vivante sous la douche ! Je me retiens pour ne pas chantonner : ma mère, fine mouche, y verrait matière à soupçon.

Au petit déjeuner, elle murmure sur un ton bougon que me voir sortir un jour férié n'est pas convenable. Lorsqu'elle insiste pour que je ramène Mounira à la maison, je trouve la parade décisive :

— Voyons, Mma, après m'avoir quittée, Mounira doit prendre son train pour passer ces deux jours chez ses parents !

Et je m'enfuis légère, je m'envole, trop en avance, me croyant habile en manigances : sans même l'avoir prémédité, grâce à ce prétexte de la rencontre avec Mounira, je pourrai rester plus longtemps avec Tarik.

Je me rappelle la douceur du soleil, en ce matin d'automne : je songe au fiancé, décidant soudain de me montrer plus douce que, jusque-là, je ne le voulais.

Car, Mounira une fois partie, nous retournerons au port, face à la mer, notre complice.

9

NOUS… TROIS !

Sur mon chemin jusqu'à la brasserie, je suis d'humeur allègre : pour la première fois, je vais à la rencontre de Tarik dans un élan de liberté quasi étourdissante.

"Grâce au prétexte de Mounira, me dis-je, ma mère n'aura pas à m'attendre !"

La brasserie Victor-Hugo, avec sa petite loggia au premier étage, le plus souvent désert, nous est devenue, depuis peu, un nid d'amoureux propice aux effusions timides.

Ce matin-là, du moins au début, nous ne serons pas les seuls consommateurs ; nous serons… trois !

La veille, Mounira, avait insisté pour nous rejoindre : tout au long de mon trajet, ce matin-là, une voix intérieure, inspirée par le malaise ou la perspicacité, avait commencé à me murmurer :

— Mounira ne vient pas pour être avec toi, mais pour se faire valoir en présence de ton amoureux !

Et la voix, de reprendre, acide :

— Mounira sera de trop ! Elle vient faire la coquette devant un jeune homme de sa ville à elle !

Je refoule cette voix-là : ce qu'elle me dit n'est qu'un mauvais scénario aux grosses ficelles !

"Je suis bien au-dessus de ça ! me dis-je. Si Mounira veut s'immiscer entre nous, qu'elle essaie, elle verra bien !"

J'arrive à la brasserie, essoufflée, quelques minutes après Tarik, qui remarque avec un sourire :

— Tu n'es pas en retard, cette fois-ci !

A peine les consommations commandées, je vais pour lui annoncer la venue de Mounira quand celle-ci arrive en coup de vent, habillée de couleurs vives, le visage fardé, les paupières soulignées d'un trait bleu. Elle répond brièvement à mon salut et s'assoit d'autorité auprès de Tarik, qui s'est courtoisement levé.

Se tournant vers moi, elle déclare, d'un ton presque triomphant :

— Tu n'as pas à me présenter ! Tarik doit se souvenir du dernier jour de collège : c'est moi, n'est-ce pas, qui vous ai pris, ensemble, en photo !

Le garçon vient poser les consommations, puis s'éclipse. Mounira se penche vers Tarik et se lance dans un discours en arabe. Dans un premier temps, je l'écoute, heureusement surprise : sa langue sophistiquée s'orne de formules que je trouve élégantes – un parler presque littéraire, un tour maniéré qui me rappelle certaines parentes de mon enfance, vieilles dames à la langue raffinée, quoique légèrement surannée.

La tête tournée vers Tarik, Mounira penche de temps en temps son profil vers moi, me sourit légèrement, puis s'adresse à nouveau ostensiblement au seul Tarik, qui, je le remarque, n'a prononcé que de rares mots.

Elle ne converse finalement qu'en arabe, avec l'accent de sa ville, à l'intention de Tarik, tout en lui souriant continûment.

"Elle est venue jouer un rôle ! remarqué-je. Elle semble l'avoir répété depuis hier !"

Au début, j'en suis amusée. Elle, toujours en oratrice de langue arabe, ne cesse de monologuer. Elle étale sa connaissance de la famille de Tarik : de ses oncles, de ses multiples tantes – ces dernières qu'elle dit souvent rencontrer dans des noces ou au hammam. Elle se conduit un peu comme si elle était devenue une cousine ou une parente par alliance, que lui, Tarik, attendait. Elle se complaît dans ce rôle.

"Sans vergogne, me dis-je, elle lui détaille toute sa parentèle, puis elle fera sans doute de même pour la sienne : elle a trouvé le sujet qui me laisse de facto en dehors !"

Ces tribus ainsi convoquées devant nous, elle désire sans doute lui signifier que c'est à elle qu'il aurait dû adresser sa première lettre.

Sur sa lancée, elle minaude, tient à lui faire sentir qu'elle est sous son charme. J'observe sa comédie. Tarik, lui, voit bien que je suis résolue à rester spectatrice ! Souriant à demi, il lui a répondu, à deux ou trois reprises, par quelques mots brefs.

"Cette rencontre à trois, me dis-je, m'aura au moins permis de l'entendre, lui, s'exprimer dans notre langue !"

Je profite d'une courte pause pour prendre la parole à mon tour, mais dans la langue de Voltaire, tout en me disant dans mon for intérieur : "Un jour, je dirai des mots doux à ce jeune homme, mais dans l'intimité (encore lointaine) et ce sera dans notre langue maternelle !"

Doux diminutifs de la prime enfance, tendresse chuchotée, mots chuintés, glissés entre les dents, tout l'amour de ma mère me caressant naguère la peau, les joues, palpant mon corps de fillette au bain maure quand elle m'essorait, moi, nue et grelottante, entre d'épaisses serviettes, en plein cœur ombreux et brûlant du hammam – tout cela ressuscite soudain si bien que j'imagine en un éclair combien mon abandon se fera un jour avec Tarik, dans l'attente et le secret : comme si l'amour charnel, lors de nos noces, n'avait de cesse de se coudre à ces premiers balbutiements, à ces frôlements de mains, de lèvres, de voix, de…

Je suis absente ; je les ai oubliés, ces deux-là. Devant moi, elle s'est rapprochée de lui. Je le vois lui sourire, leurs voix baissées dialoguent dans le parler commun de leur ville. Je me lève. Depuis la rampe du premier, je fais signe au garçon de venir se faire régler. Je l'entends monter. Je m'adresse à Mounira, d'un ton neutre :

— Comme je te l'ai dit hier, nous avons maintenant un programme à nous ! On va te dire au revoir !

Pendant que Tarik se détourne pour payer, elle s'approche et, d'une voix suppliante, elle chuchote, cette fois, en français :

— Je pourrais peut-être…

Je fais non de la tête. Je prends le bras de Tarik – à la manière, hélas, d'une épouse déjà légitime ! En cet instant, je dois être très, très "antipathique", me souffle la voix intérieure.

Je laisse descendre Tarik devant moi. A la soi-disant amie qui a voulu s'immiscer entre nous, j'adresse un petit signe désinvolte de la main :

— Adieu !

J'ai lancé à voix forte ce mot prémonitoire.

Dehors, Tarik et moi nous engageons le long d'une rue étroite qui monte vers un quartier que je ne connais pas. Après avoir parcouru quelques mètres, côte à côte, sans mot dire, je lui prends le bras, non pour m'y appuyer, plutôt pour souligner ma décision d'avoir mis fin au sans-gêne de Mounira.

Tarik garde le silence, tête baissée. Je n'ai nulle envie, là, dehors, de lancer la conversation sur celle que je vais désormais appeler la "fausse amie".

L'ayant congédiée (c'est le mot qui me vint alors), je me mets, dans la rue, à respirer à fond – le malaise d'avoir vécu cette "rencontre à trois". J'attends aussi quelque commentaire de la part de Tarik.

Je m'apprête à lui rapporter ma rencontre de la veille, à la bibliothèque, avec la "pseudo-amie" qui avait tant insisté pour nous rejoindre ; je dois aussi m'excuser d'avoir accepté : il pourrait être en droit de me reprocher de lui avoir imposé la présence de Mounira, ce matin-là, sans l'en avoir prévenu.

Au lieu de quoi, alors que je garde mon bras lié au sien – ce que je ne faisais jusque-là que dans nos promenades sur les quais, loin des autres –, je l'entends me questionner d'une voix basse :

— Pourquoi l'as-tu ainsi renvoyée ? Ça ne se fait pas !

— Je t'en parlerai une autre fois !… Marchons, dis-je.

Et je murmure à part moi : "Oublions !" Cette matinée d'automne semble si douce, nous ne sommes même pas retournés sur nos lieux familiers, où nous aurions joui d'un peu de solitude…

Ce jour férié, les avenues de la ville semblent vidées de leur foule habituelle. Je continue à avancer droit devant moi. J'ai lâché le bras de mon compagnon : nous nous mettons à gravir l'artère qui monte vers les hauteurs. Tarik semble décidément avoir renoncé à notre projet de retrouver nos lieux habituels, sur le port.

"Face à la mer !…" soupire en écho une voix chagrine, en moi.

Alors que je traîne les pieds, prise d'une brusque fatigue, ou par déception (où est passée ma gaieté de la veille avant de m'endormir, ma légèreté de cœur dans cette hâte à le rejoindre, le matin même), j'ai la sensation que Mounira a laissé des miasmes dans l'air entre nous deux – à moins que ce ne soit en moi, me dis-je, saisie d'une vague prémonition ?

Tarik me devance de quelques pas ; est-ce moi qui, prise d'une lassitude étrange, traîne le pas ainsi ? Il marche, tête basse, ruminant quoi ? Puis, ralentissant pour se retrouver à mon niveau ("Si je pouvais m'asseoir quelque part, reprendre souffle, me dis-je ; ce n'est qu'une angoisse qui ne veut pas se dissiper"), s'arrêtant, Tarik me fait face ; avec dans la voix une violence mal contenue qui me stupéfie, il ordonne tout bas ("Heureusement, me dis-je en un éclair avant de l'écouter, nous sommes seuls ! Nous ne sommes ni fiancés, ni mariés, ni amants ! Car voici que survient la plus laide des querelles conjugales !").

— Tu vas, c'est un ordre, assène-t-il d'une voix basse et vibrante, tu vas retourner vers ta copine, la ramener jusqu'à nous, et…

— Et ?

Je crois bien que je le nargue. Ou est-ce que je prends ses propos pour une sinistre plaisanterie ? Le ridicule me fait éclater d'un rire incontrôlé. En même temps, je monologue, étrangement revigorée : "Dieu le Père, et par la même occasion mon propre père, tous deux réunis me donneraient un tel ordre, je n'aurais même pas besoin de dire non : un mur en moi se dresserait, de bronze ou d'airain : je me montrerais irréductible !"

Sur quoi, j'ai vraiment envie de rire : soudain devenir folle ? Serait-ce là un rire de folle lucide ? Je ne sais s'il a même entendu mon rire – peut-être celui-ci n'a-t-il fait que me traverser ?

Je me suis contractée, toute d'acier dans cette bravade : une question d'honneur ! Je me découvre en même temps excitée à sentir combien mon refus immédiat me rend forte.

Plus tard, je repenserai à cette réaction : mue par une envie de danser, j'aurais même pu clamer, désespérée mais victorieuse, ce chant étrange : "Tuez-moi donc, ô vous les oppresseurs ! Tuez-moi, mais vous ne m'aurez pas !'"

Ces quelques minutes, portées par cette exaltation si vive, ont dissipé les remugles de la scène à trois : ainsi lui, l'homme, le "même-pas-fiancé", remuant je ne sais quoi dans sa tête, me sort des lâchetés qu'il tente de m'imposer : et pour qui ? Pour une intrigante venue déployer ses minauderies, sa coquetterie de quatre sous ! Qu'il la rejoigne, qu'il s'excuse, lui, qu'il l'enlace, qu'il la traîne ou qu'il se traîne…

Mon délire se libère dans un défoulement qui me paraît salutaire. La rue montante que nous avons suivie débouche sur une esplanade : devant nous, de larges marches d'escalier descendent vers le front de mer. Tournant le dos à Tarik, je contemple tout en bas le boulevard animé. "Derrière, me dis-je avec émoi, la mer est là pour moi seule. Oublions l'homme qui divague ! Marche loin, devant toi, toujours devant… jusqu'à la mer !'"

Alors que je m'apprête à descendre jouir seule de ma liberté, par ce matin d'octobre, Tarik, que je n'ai pas entendu approcher, me prend par le coude, et, assez bas :

— Viens, murmure-t-il. Il y a ce vestibule, tout près. Entrons-y et parlons !

Son ton semble de conciliation : à regret je pénètre derrière lui dans un immeuble bourgeois dont la lourde porte a été laissée entrouverte.

10

DANS LE NOIR VESTIBULE…

Comme le fou dont le corps se désas-
semble !

MAJNOUN

Dix minutes ou un peu plus avant l'"acte"… quel acte ? L'acte fou, irraisonné, imprévisible, jailli d'un coup, je ne sais comment, de quelle nuit ou de quel incendie, jusqu'à m'aveugler, sans me dépouiller de cette électricité qui m'a fait bondir, fuir ou m'envoler, je ne sais plus, je ne sais où.

Comment ai-je pu ensuite continuer à vivre, à sentir, à languir ou à me passionner alors qu'est restée enfouie au fond de moi, brûlant à petit feu, cette braise inentamée me dévorant en dedans, non, plutôt cette obscurité tournoyante qui a persisté, des décennies durant – oui, des décennies au cours desquelles le cœur s'est immobilisé, l'esprit, non, la sensibilité aux autres demeurée ouverte, vulnérable ?

Voici que je formule enfin la seule question que j'aie cru éteindre en moi, alors que ses feux, par éclairs nocturnes, devaient encore rougeoyer : comment

377

ai-je pu poursuivre ce si long chemin, à moins que, je le pressens, une sorte de pétrification ne vous laisse indifférente au temps, à l'usure, au désenchantement ? Comment ai-je continué à vivre malgré cette opacité nouée en moi, n'ayant certes causé du tort qu'à moi-même, à la part féminine, dirais-je, de mon cœur ?

Je ne trouve pas de réponse, alors que cette remémoration tardive ne se développe en cercles successifs que pour tenter de faire se dérouler peu à peu le fil de ce cocon enfoui.

Me reviennent deux mots grecs que je pourrais inscrire ici dans leur graphie d'origine – peut-être qu'alors une seule arabesque saurait entrelacer mes deux alphabets : l'un acquis dès l'enfance pour apprendre par cœur et écrire plusieurs sourates du Coran, l'autre à mon adolescence pour entrevoir l'ombre de Socrate dans le texte de Platon : "gnôthi seauton"… "Connais-toi toi-même" : oh oui, inscrire ce conseil en graphie arabe, puis m'imaginer accroupie, sereine, dans l'ombre d'Averroès, là-bas, chez nous, en Andalousie…

Juste avant l'acte, dix minutes avant : à jamais, ce jour semble suspendu pour moi devant l'orgueilleuse baie d'Alger. Tout au long de cette rue étroite que nous gravissons, nous nous affrontons dans un dialogue heurté, tout en soubresauts, amorcé et relancé par lui ou par moi, je ne sais plus. Mais je nous vois ensuite l'un et l'autre – le jeune homme et la fiancée – pénétrer dans un hall d'immeuble, sur le palier d'un imposant escalier intérieur, à la rampe de bois luisant, conduisant aux étages.

Je me rappelle tous les détails de l'endroit, également ce soleil radieux d'automne que je regrette aussitôt de laisser derrière nous – tiède mais pas aveuglant : quelques-uns de ses rayons affaiblis se glissent entre nous, à contre-jour.

Est-ce Tarik qui m'a tirée par le bras et entraînée là ? J'en doute soudain. Une fois nous deux face à face dans le noir, ne subsiste pour moi de la scène qui va suivre que des échanges de paroles morcelées, hachées. Pas les miennes, les siennes en premier lieu.

Il prétend me donner un ordre que je n'entends pas. Je vois sa bouche ouverte, sa face congestionnée. Moi, les bras ballants, le regard vacillant. Dès la première minute de face à face, je sais, je sens en effet que je n'ai plus de lieu ! Je n'aurai même plus la maison de mon père !

Ni là-bas, à la sortie de la brasserie, lorsque nous avons commencé à nous opposer l'un à l'autre, ni ensuite, au-dehors, devant les passants qui nous frôlaient : c'est à peine si je me souviens de mes paroles – d'autant qu'insidieusement je ne sais plus soudain ni me tenir ni me redresser, ni, à défaut, comment me volatiliser. La sensation abrupte de n'avoir désormais plus de lieu ni d'espace pour respirer…

Ne subsistent de la querelle que deux ou trois mots qu'il profère, lui : il réitère un ordre, je découvre sa prétention dans un au-delà de la stupeur, de la fierté affligée… Quelque chose en moi, comme une voix d'enfant, balbutie : "Je n'en crois pas mes yeux, ni mes oreilles !"

Tout près, l'homme arbore un rictus sur son visage rougi, défiguré, car il crie (il crie, mais je n'entends plus sa voix). Mes yeux fixent toutefois la face… ou la bouche ou le front qui ordonne.

M'efforcer de l'entendre ? C'est une voix inconnue : je me trouve devant un étranger. Le "non", ce mot unique, bien à moi, a jailli de moi par effraction, de partout : de mes yeux, de toute ma face, de la moue dédaigneuse de mes lèvres…

Est-ce moi, soudain, la véritable errante, celle de la rue, qui, il y a longtemps, n'a jamais voulu se demander : "Pourquoi avoir un jour choisi d'écouter cet inconnu ?" Suis-je soudain ce personnage qui, dans une ville étrangère, se serait trompé de porte ? Deviendrai-je à jamais une égarée ?

Pendant ce temps, l'homme continue de parler : je crois même qu'il s'obstine à ordonner ! Il ne se doute pas que, depuis le début, j'ai coupé le son ! De façon abrupte, par réflexe de survie ? Non, ma réaction est de pure bravade.

Soudain – puisque, après tout, je découvre devant moi un inconnu – je décide d'écouter : cette tactique enfantine, je m'y essaie par jeu sans me douter encore de ce qui gronde en moi.

"Je me sens sur un autre continent, me dis-je, rusant plutôt avec moi-même, mais je décide : écoutons, puisque je suis hors du coup, hors de tout ! Comme au théâtre… Deux fantômes qui se démènent, dans ce recoin le plus obscur de la ville, ce matin-là… Ainsi donc, il ordonne ! constaté-je. Sur quel socle s'imagine-t-il se dresser ? C'est un dialogue de sourds à quoi aboutit cette correspondance, ces lettres dites "d'amour", l'une après l'autre, reçues là-bas, à l'internat de jeunes filles, avec Béatrice servant de prête-nom."

Tout défile devant moi : images de la ville de province au pied de l'Atlas, définitivement quittée, et mes battements de cœur d'alors – autrefois, il y a un siècle, lorsque j'ouvrais chaque missive, mon ardeur à apprendre par cœur ("par cœur et avec le cœur" : j'ironise désormais sur moi-même), dix vers avec double hémistiche d'Imru al-Quays… Scènes resurgies par éclairs, sur un rythme de fièvre froide, papiers froissés cachés sous l'oreiller – je me remémore, soudain désarmée. Tenace est la mémoire.

Revenir à ce vestibule ? Ce temps d'affrontement dans le couloir obscur a-t-il duré dix minutes, quinze ? Je distingue l'homme ou plutôt le fauve qui montre ses crocs… Il parle, hausse le ton : ses paroles proférées, ou leur vibration, retombent devant moi – dans le vide.

Il argumente et je perçois le grondement de sa voix, je vois sa face contractée, ses yeux étroits dont je ne reconnais en surplomb que la ligne des sourcils – détail qui pourrait me fléchir : si souvent, lorsque nous nous asseyions là-bas, devant la mer, c'était la seule caresse que j'osais : de l'index lentement redessiner l'arc du sourcil et de l'autre… Hier encore !

Tout se déchiquète, de par cette perturbation – une tempête immobile –, puisque j'ai suivi jusque dans ce corridor "l'homme", disons le maître qui s'essaie à… mais à quoi ?

Soudain, malgré ce quart d'heure d'étrange surdité ou de mutité, je suis sûre – tant de décennies après – de ma lente, de ma tâtonnante découverte face à ce mâle gonflé de quel illusoire pouvoir ? Je retrouve intacte l'acuité de mes sens : mon ouïe, mon regard décapant, d'une froide neutralité…

Je l'entends, ce jeune homme qui recopiait pour moi, semaine après semaine, les longs poèmes d'amour des *Mo'allaquats*, ces odes poétiques, les *"suspendues"* aux mâts d'autrefois, à quoi concouraient des bardes païens, mi-bandits, mi-improvisateurs, mais tous délirants, voleurs de mariées ou de chevaux, tous soulevés par un souffle lyrique inépuisable – j'avais patiemment appris leurs stances audacieuses, déclamées jadis, sous le ciel d'Arabie…

Mes mots, aujourd'hui, ceux d'un désarroi rimé, que ce soit en français ou en arabe, où les suspendre, à mon tour ? Les *suspendues* : pour chercher à remporter l'une de ces palmes d'autrefois, me faudrait-il, moi, avec ma voix et mon corps tout entier, me suspendre, à bout de bras, sinon au pilori, du moins par mes épaules soulevées, par mon cou enchaîné, ma langue trouée, mon cadavre exposé à tous vents, non pas justement sous le ciel d'Arabie, mais sous tous les ciels du vaste monde ?

Langue trouée, hélas oui, mais pourrai-je encore au moins chanter, par bribes, ces grandes odes d'autrefois que j'avais apprises par amour, que je ne renie ni par désespoir ni par regret ?

Ainsi ai-je déliré quelques minutes, qui me furent autant d'éclairs de vérité… A cause non pas de mon éloquence, mais de ma désespérance, ne pourrai-je pas prétendre au moins à quelque petit trophée dans ces concours des *Mo'allaquats* ?

Sauf que ce mot-là, désormais, me devient évocateur de tortures ! Plus trace des enivrements d'hier : il y a maldonne, et pas seulement à cause du changement d'époque ou de langue !

Pour l'heure, dans ce vestibule, l'homme qui me fait face, le scribe d'hier qui se contentait de recopier ces poèmes immémoriaux, serait-ce au nom des bardes d'autrefois qu'il ose ordonner ?

Devant lui se tient dans le désarroi la jeune fille jusque-là rêveuse et docile (l'ombre du père s'éloigne, se dissipe, disparaît). L'habite désormais la petite voix d'une sœur inconnue, s'exprimant pas même dans une langue oratoire, non, dans ma langue maternelle, murmurante et rebelle :

"Cet homme-là, est-ce lui avec qui tu croyais sortir hier, *accompagnée*, comme disaient les copines de la pension ? Tu n'as même pas besoin de son aide pour franchir le seuil qui t'est déjà entrouvert, toi qui, désormais, dans les rues d'Alger, te hasardes, seule, quelquefois jusqu'au cœur de la Casbah ! L'anonymat est désormais ta seule armure !"

La petite voix sororale se tait, puis revient, chuchotante :

"Ce jeune homme dont tu aimais à dessiner le tracé oblique des sourcils n'est pas l'amant, à peine si tu le nommes – à mots couverts – le "fiancé" ! Est-ce que ce mot acquiert vraiment en toi quelque réalité ? En langue arabe, le "fiancé" n'existe pas, du moins en ce temps où toute jeune fille, sortant avec ou sans voile, est "promise" par le père ou le frère ou l'oncle maternel… Or, ce jeune homme n'est pas même le "promis" ! A peine est-il le perturbateur (tu te remémores la lettre déchirée en morceaux par ton père : cette scène-là semble s'être déroulée, il y a si longtemps !). Que fais-tu là, dans ce vestibule, face à cet étranger ?"

L'espace d'une seconde, tu rêves au nombre infini de mots arabes pour dire l'amour : aucun de ceux-là n'a été utilisé par ce jeune homme – à peine s'il a pris le temps de recopier les hémistiches d'Imru al-Qays !…Ta mémoire chevauche plusieurs recueils d'amour divin, d'amour humain, œuvres de poètes andalous – eux que tu lisais dans le texte et en tra-duction –, ainsi que des mystiques d'Orient qui te conviaient à la danse extatique.

Le jeune homme a repris son discours de fureur contenue ; son visage en est défiguré. Avec une ténacité frénétique, il répète :

— Oui, tu vas la chercher, puisque c'est toi qui l'as chassée !

Je sens qu'une arrière-pensée s'est installée en lui, mais je n'y comprends rien, sauf qu'il me sem-ble soudain que des toiles d'araignée ont envahi ici tous les recoins… Pour m'enserrer ?

Il attend, l'homme, et moi, je le fixe du regard sans le voir : dix fois, vingt fois au moins, dans cette ville où je marchais à ses côtés, j'ai accepté le risque palpitant du danger. Dix fois, vingt fois, je m'étais murmuré avec exaltation : "Si mon père l'apprend, je me tue !"

"Apprend quoi, ton père ?"

Une autre voix, de froide raison, aurait pu rétor-quer : "Apprendre que je marche au-dehors aux côtés de ce jeune homme, que j'entre même avec lui dans des salles de cinéma populaires, moi souvent la seule femme parmi des garçons de la Casbah, tous, comme mon accompagnateur, fervents admirateurs de Marlon Brandon dans *Jules César*, ou de telle autre star américaine du western…"

Oui, face à moi il ordonne ! Sommes-nous ici depuis de longues minutes ? Ou serait-ce leur étirement infini sur plusieurs heures ?

"Tu tiens à peine sur tes jambes !" constaté-je avec un subit apitoiement sur moi-même.

Un début d'épuisement s'est en effet emparé de moi : "Que fais-tu donc là dans ce couloir obscur, face à cet homme qui délire… ?"

Je me souviens : quelqu'un, une femme, je crois (un bruit sec de talons, saccadé, dans mon dos), en descendant, nous a à peine bousculés ; elle a murmuré, dans un souffle : "Pardon !" Je n'ai vu d'elle que ses épaules, un dos large, des bras nus de ménagère : elle a disparu aussitôt.

L'autre, en face, l'inconnu ou le trop connu, a repris sa phrase dont je comprends à peine le sens – j'allais dire les flèches du sens : mot après mot, ceux-ci comme plantés, fichés dans ma peau !

Sur ce, une blanche clarté s'est déversée d'en haut, statufiant les deux personnages de la scène : à peine ai-je tenté de comprendre, l'espace d'un éclair, comment cette lumière nous a enveloppés, qu'une sorte

d'électricité m'a pénétrée pour m'épargner la pétrification qui menaçait.

"Allons (j'interromps ici cette réminiscence),
qu'as-tu entendu ? Quels mots perçus par toi dans
leur vibration hostile ?"

Cet inconnu auprès duquel tu as marché au cours
de ces dernières semaines, le prenant pour un compagnon, un confident, un soupirant qui, en fait, n'a
jamais soupiré, c'est lui qui à présent ordonne ?

Soudain la lumière blafarde qui a inondé la scène
se change en force de dissolution des lieux, impla-
cablement : des murs qui t'entourent, de la pénombre, au fond, de tout ce qui était bruit, tes mots
comme les siens, pareils à des cailloux en petits tas
se ressoudant pour projeter leur sens, et t'en lapider !
Métamorphose du lieu et de sa lumière, la lueur
décolorée du soleil noyant les épaules, et la face de
l'homme devant toi :

— Répète !

J'ai proféré calmement, assez haut, ce seul mot.
Il m'a regardée fixement, puis s'est tu : a-t-il compris
que, moi aussi, j'étais devenue une autre ?

Changement de rôles, de masques, de fantômes ?

Peut-être fut-ce l'aïeule soudain accourue en moi ou contre mes flancs, elle qui, un jour, avait décidé, là-haut, près des sanctuaires des deux saints, ancêtres protecteurs, oui, elle qui avait plié bagages, avec ses enfants sous son aile, ses bijoux sur sa poitrine, entre ses seins nus – elle a pensé : "Allons, adieu !", et elle ne l'a pas seulement dit, elle l'a fait devant l'époux qui se croyait le maître ! Son ombre à elle à présent, tout contre moi !

Libérée enfin de mon rêve de plusieurs mois de fiançailles livresques, secrètes, comme sorties d'un roman de quatre sous, j'ai redit, d'une voix énergique, défiante :

— Répète !

Il a répété. S'installant dans un rôle convenu, presque avec confort. Proférée doublement, mon apostrophe commence à peine à le surprendre.

— Ton amie que tu as congédiée, va la chercher ! Tu l'as insultée ! Je t'ordonne de t'excuser et…

— Et ? répliqué-je vivement.

Je l'ai dévisagé par une brusque mise à nu. "Invraisemblable !" Ce mot-là m'a submergée. Je découvrais qui il était réellement : un jeune homme au regard incertain, aux traits soudain brouillés… "Voici que je me trouve, me dis-je, dans une pièce que je n'ai pas choisie, du bien mauvais théâtre…"

Ces mots refluent des décennies après… Tout doit resurgir, de cette durée qui se dissout inexorablement. Même trop tard !

Je crois aussi – non, j'en suis sûre, je ne doute pas que, par l'intuition acérée qui éclaire les eaux sombres du désespoir, j'ai perçu – hélas, non point par amour pour cet homme (allais-je l'aimer vraiment dans le désert des années où nous allions nous engouffrer ?) – oui, j'ai saisi, grâce à la neutralité que confère l'amère lucidité, son misérable mobile, enfin !

"Me forcer à aller faire revenir la fausse amie vers le couple qu'elle enviait, entre lequel elle voulait s'immiscer…", cette pensée tordue et retordue de l'homme s'est dévoilée à moi. Lui se gonflant d'importance au sein de ce trio où il se voyait déjà le coq…

J'ai éclaté d'un rire de malade, saisie de honte pour lui, mais surtout d'un remords incommensurable contre moi-même !

Peut-être, me dis-je à présent sur le tard (ou le trop tard), peut-être désirait-il, par obsession obscène, savoir jusqu'à quel point j'allais lui obéir ? Laideur de l'hypothèse à peine entrevue ! La sensation qu'éprouverait soudain une comédienne (moi qui ne le serais jamais, pourtant) qui s'attendait à jouer même un petit rôle dans une tragédie et qui se trouverait embourbée malgré elle dans un mélo de piètre qualité… Mais me souciais-je vraiment de moi ? Dans quel "mauvais

lieu" me découvrais-je empêtrée ? Ai-je alors hurlé ?
N'ai-je pas plutôt éclaté d'un rire strident de forcenée,
en proie à un début de folie où un reste de volonté
désespérée m'empêchait de sombrer ?

Figée – le désenchantement commençant à opérer –,
suis-je devenue de pierre, sans voix ni pleurs ?

J'entends soudain un rire, jailli de moi, qui roule,
puis se tarit lentement...

Ma mémoire éperonnée me livre une ultime image,
alors même que ma voix s'est éteinte : toujours dans
ce vestibule, au cœur de la pénombre, une flaque
de soleil a pénétré de l'extérieur dans ce marais de
solitude.

Deux êtres face à face : l'homme qui a ordonné,
la jeune fille qui regarde, mais à partir d'une prison
enfin béante. A quel point ce flot de clarté la baigne,
elle, l'adolescente ?

Moi qui écris désormais, si longtemps après, je
comprends : je suis à cet instant une jeune fille
certes vulnérable, qui a répété comme une antienne,
toute son année de philosophie, à cause de sa correspondance d'amour secrète, oui, je suis celle qui
a scandé tout en frappant sa coulpe, au bord de ce
qu'elle croyait être le "péché", à commencer par le
premier baiser donné sous l'arbre et dans la pluie :
"Si mon père le sait, je me tue !"

Je ne saurais dire comment a jailli cette phrase
magique, cette phrase maudite, dans ce hall où tout
se jouait, face à ce jeune homme qui me devenait à

jamais étranger – qui sera pourtant le premier époux. "Epoux", avez-vous dit ? Que non pas, étouffoir, suaire plutôt !

Est revenue la petite musique de cette phrase tragique ou, d'une certaine façon, comique, lamentablement anodine, de mauvaise farce, ou de mélancolie : "Si mon père le sait, je me tue !" Hachés, les trois derniers mots ont dû jaillir d'une des pages des dix ou vingt livres dévorés dans l'appartement du village, le dernier été : peut-être inspirés d'un poète allemand, ou sinon de ces romans de Giraudoux où les jeunes filles sont bavardes mais légères, comme en apesanteur.

La scansion de cette musique destinée à affirmer l'absolu de la décision cessa d'être antienne obsessionnelle pour se rapprocher en lasso tournoyant au-dessus de ma tête : "Si mon père le sait, je me tue !" Les trois derniers mots en couronne, en licou : "Je me tue !… me tue !", se sont métamorphosés en variante à danser : "Mon père… me tue !"

Le père et la mort. Le père qui condamne à mort. Tel Agamemnon. Or, tu n'es point Iphigénie, ni même victime consentante… Aucune flotte royale n'attend que les vents se lèvent pour quelque expédition guerrière.

Le père me paraissait la fierté même : silhouette dressée contre toute forme d'obstacle… Peut-être que ce père, tu l'as brandi là pour que, devant cet homme aux contours indécis, tu te sentes devenir toi-même le père ? Peut-être fut-ce ce qui te parut le plus insupportable, le plus intenable : que ce jeune homme qui osait ordonner, inconscient de ce que tu étais, ne soupçonnât même pas l'illimité de ton irréductible fierté – fierté pouvant devenir humble, seulement devant les vrais humbles…

Ce tournoiement en toi, quelle confusion ! Ce tangage : le passé (la dernière année du pensionnat), le présent immédiat (ce "chevalier servant", dirait-on dans la "vieille France", devenu, au mieux, ton "garde du corps"). Grâce à lui, tu auras passé les mois et les années suivantes à assouvir ton besoin de marcher dans cette ville inconnue et – même si tu te seras laissé embrasser, là-bas, face à la mer – il t'aura permis de te mouvoir partout, au-dehors, tantôt en jeune fille "accompagnée", tantôt avec l'enivrante sensation de te croire soudain androgyne.

Tu te disais que ce "fiancé" t'ouvrait les portes invisibles d'un extérieur illimité et qu'il serait fier, après tout, de ce rôle. Tu accepterais en retour ses baisers, sans en être troublée : don sentimental de ta part. Même si, parfois, tu le devines mal à l'aise, en proie à des désirs qu'il doit, après tout, savoir maîtriser, tu n'en as cure.

Or, à présent, que découvres-tu, sinon qu'il y a eu maldonne ?

La phrase tragique ou mélodramatique met en branle son tic-tac effréné en toi : "Si mon père le sait, je me tue !"

Tu aurais dû t'arrêter, t'interroger froidement : "Si ton père sait quoi ? Les baisers que tu acceptes avec, à peine, l'ombre de l'ombre d'un début de désir ?"

Tout s'est précipité. La figure du jeune homme a rougi : est-ce le courroux de te voir dressée, déjà absente, livrée aux fantômes ? Tu as eu une pensée évanescente pour celle (la fausse amie) qui a semblé jouer ici – un peu comme dans l'opérette d'autre-fois – un rôle de catalyseur. Elle – diraient les femmes superstitieuses de la famille, celles qui, enfermées, s'enferment davantage encore dans leurs alarmes – oui, elle, fausse ou vraie complice, t'aura jeté – diraient-elles –, le mauvais œil ! Cette expression si convenue ne m'a pas effleurée, mais, la clarté rougeâtre baignant notre couple, je la revois : cette profusion d'éclats, d'images, d'émotions confuses, je la recons-titue aisément.

D'où vient l'épaisse, la boueuse mémoire, giclant de soubresauts d'un volcan intérieur, fusant hors de nous, oh, deux ou trois fois seulement dans une longue vie ? Ce trouble qui n'est pas volupté. Ce vertige qui n'est pas bonheur durci. Ce tangage enfin dont on ne peut se dégager que par un élan aveugle, une fuite en avant dans l'espace infini du dehors vidé de la foule soudainement effacée…

Alors, je suis ressortie :

"M'en aller au plus loin, courir au plus vite, me précipiter, me projeter là-bas, éperdue, au point exact où se noie l'horizon ! Ne m'arrêter que là où la mer m'attend… m'attend…"

Réapparue sous le soleil, je remarque les marches d'escalier juste à mes pieds. Et levant les yeux, la mer : si loin, si près.

Une seconde, je me tiens droite, décidée à reprendre ma course – vers quel but ? La voix de l'homme m'a hélée. Trop tard ! Le fil est rompu.

L'escalier à mes pieds : descendre ! Courir, partir au plus loin, là où je ne pourrai plus que m'arrêter. Courir jusqu'à la mer qui m'attend.

Aucune voix derrière. Descendre indéfiniment. Légère, je suis ; hantée, je deviens. M'envoler, descendre, descendre encore, malgré le brouhaha du boulevard, jusqu'en bas. Quant à la phrase fatale du début, à son tempo ("Si mon père…"), grâce au vent de la course qui s'étire, ses mots enfin dispersés m'expulsent…

Espace immense, ciel et mer bientôt confondus… Tout en bas, la ville bruissante, son murmure si proche à mes pieds, jusqu'à la ligne verte, là-bas… Azur et nadir confondus.

Devenir un point dans l'espace !

Courir !

Il me semble à présent que je cours encore…

Elle a dévalé les escaliers de pierre jusqu'au boulevard Sadi-Carnot, la jeune fille. Son sac et ses affaires abandonnés gisent à terre. Du haut des marches, le jeune homme l'appelle encore deux fois, peut-être trois. Courir… vers quoi ?

Hors du vestibule, la jeune fille a-t-elle entendu la rumeur bourdonnante du boulevard, à ses pieds, la mer à l'horizon, dont les bras immenses se tendent vers la fugitive ?

"Courir… jusqu'à la mer !"

Elle dévale les trois volées de marches : tantôt la main sur la rampe, tantôt…

J'ai tourné la tête sur ma droite, comme si j'étais une passante ordinaire et non une folle éperdue, sans but ni contrôle.

En un éclair, mon regard aperçoit le tramway qui arrive en trombe. La machine est lancée, bondissante, bienheureux monstre ! Mon but, enfin : m'anéantir là-bas, là où la mer est si lointaine, pour y dormir.

Une dernière volée de marches à dévaler.

Tout près, la motrice fonce : en une seconde, mon projet a mué. Les rails : m'y coucher ! Tout sera plus vite accompli.

Parvenue tout en bas, résolue, gaie, tout désespoir dissipé, vais-je traverser l'avenue ? Non, me coucher là, en diagonale, sur les rails !

A l'ultime seconde, j'ai imaginé mon corps de jeune fille coupé... en trois !

Cris. Tumulte. Brouhaha mêlé des stridences de la foule. Quelques minutes plus tard, tandis qu'extirpée de sous la motrice, étendue sur le dos, la jeune fille émerge peu à peu de l'évanouissement, une voix d'homme – celle du conducteur (sans doute boule-versé) – ulule, obsédante, affolée, au-dessus du corps aux yeux clos :

— Elle s'est jetée… c'est elle qui s'est jetée ! Re-gardez : ma main en tremble encore !

Si longtemps après, je sais que je le reconnaîtrai, cet homme ; je le reconnaîtrai à sa voix quasi désespérée, fût-ce au cœur de la foule la plus dense.

En pleine nuit, aujourd'hui encore, je me réveille parfois juste pour me dire :

— La prochaine fois, dans le souffle d'un inévitable vertige, sera-t-il encore là, lui, le conducteur ?

11

CE MATIN-LÀ

A partir de ce matin-là, je me suis tue devant les miens. A peine si le cousin, étudiant en médecine, appelé à l'hôpital, comprit vaguement, tout en ne doutant pas qu'il s'agissait d'un "accident". Il ne me posa aucune question.

Je me suis tue aussi devant le "fiancé". Un étrange face-à-face nous occupa les quatre ou cinq jours suivants. Moi, sur le balcon de l'appartement des parents, au troisième étage, allongée sur une chaise longue, semblant lire ou rêvasser ; lui, en face et dehors, près d'une porte cochère, planté durant des heures, adossé contre un mur, s'imaginant sans doute que nous reprenions ainsi – à vingt mètres de distance – nos anciens tête-à-tête, ces affrontements silencieux lorsqu'un différend, à tout propos, pour quelque cause anodine, nous raidissait l'un contre l'autre dans un mutisme puéril.

Après quelques jours de ce distant face-à-face, je me suis levée, j'ai déclaré à ma mère que j'allais reprendre mes cours de lettres supérieures au grand lycée de garçons. La vie universitaire m'absorba aussitôt tandis qu'un nouveau et durable silence m'envahit. Le plus étrange est que je me suis définitivement tue sur cette matinée-là, même face à celui qui avait, après tout, déclenché les prémices du drame.

Quant à Mounira, qui s'était figurée un instant en possible rivale dans ma petite histoire de cœur, je ne la revis plus. Nous ayant quittés à la sortie de la brasserie, elle n'apprit ni notre querelle après son départ, ni l'accident supposé qui clôtura cette matinée.

Nous avons dû nous revoir l'une et l'autre, quelque vingt ans après, à Paris, et pour une relation de travail. Même alors, il ne me vint pas à l'idée d'évoquer ne serait-ce notre temps de collège. Dans le paroxysme du drame qui s'était noué ce matin-là, elle n'avait même pas été une comparse ; de même, avec le "fiancé", qui, par la suite, partagea si longtemps ma vie, je n'eus jamais un mot pour évoquer cette matinée. Peut-être ai-je cru qu'y plaquer des mots nous eût fait replonger dans un irrémédiable quiproquo. Peut-être me doutais-je déjà que ce qui s'était joué là en moi ce matin-là n'avait été qu'un acte de folie solitaire.

Ce qui, aujourd'hui, m'étonne et m'attriste, et me trouble, c'est qu'après ce matin d'octobre, même après notre face-à-face quasi romanesque de plusieurs jours, je me suis définitivement tue sur ce délire qui m'avait saisie, emportée, et qui aurait pu m'être fatal ; je le constate à présent puisque j'y reviens de front, et non pas allusivement par le biais de quelque personnage. Je n'ai jamais posé, par la suite, sur cet acte fou le moindre mot.

Désormais, si longtemps après, sur ce silence, je me force à réfléchir : combler, habiter ce blanc comme si une exigence me contraignait à scruter un visage muet – mon visage.

La voici donc enfin, cette figure sans regard ni parole, figée par une interrogation pareille à celle qui effleurerait un nouveau-né, ou un enfant durci, sans soupirs ni larmes. S'installa en moi un long enfermement.

Il y aurait de quoi pleurer... se lamenter sur soi, sangloter désespérément, au point de s'effrayer soi-même après coup, c'est-à-dire en vain. Est-ce pourquoi la voix du conducteur de tramway – dont je n'ai jamais vu le visage – m'est restée si présente, des décennies plus tard ? Cette voix d'inconnu, encore frémissante, pas vraiment effrayée, plutôt... tournoyante :

— Voyez, ma main tremble encore ! C'est elle, elle ! (La voix crie, son écho se prolonge jusqu'à s'incruster en moi.) Elle s'est jetée...

Lui, le conducteur de tramway dont la main m'a sauvée, s'étonne encore dans ma mémoire. Est-ce que, plus tard, dans ma vie de femme, restera au moins aussi présente, quelque autre voix, celle d'un amant exprimant ou le désir, ou... La peur stupéfiée de ce conducteur dont je n'aurai jamais aperçu le regard tordait, épaississait sa voix comme si la clameur collective et diffuse qui l'entourait faisait partie de mon corps qu'on relevait, qu'on emportait.

Ensuite, je n'ai plus pu ouvrir les yeux sur le ciel, le ciel d'Alger de ce dernier automne de paix.

Depuis, il est vrai, l'un ou l'autre de mes personnages de femme, parfois le plus inattendu, semble échapper de dessous ma main qui écrit et le trace. Parfois cette ombre que j'invente, d'un sourire me nargue – moi, l'auteur. Et j'éprouve soudain comme une névralgie. Cette femme-personnage, avant de s'élancer (je le devine juste une seconde avant elle), voici qu'elle me sourit ou, doucement, me nargue : "Tu vois, je fuis, je m'envole, je m'arrache."

Et j'ai fini par trouver la parade.

Au cours de ma deuxième union, un jour, ouvrant un Coran à une page au hasard, car j'étais en complet désarroi, juste avant de prendre une décision, je quêtais intérieurement une "lettre", un verset, une parole à moi destinés : en somme un signal !

"Nul ne peut porter la charge de l'autre", disait le verset dans la sourate de l'Etoile au moment où je mendiais, en silence, de l'aide. C'est Gabriel qui dicte cette sentence au Prophète. Le verset était beau, le verset était lourd. Je me trouvais alors dans un bus de banlieue ; une fois rentrée chez moi, bouleversée, ou plutôt alertée par cette "lettre", je me précipitai

402

pour trouver cette fois un Coran arabe ! Relire le verset à haute voix dans sa première langue, le sou-peser dans toute sa beauté, sa sonorité.

Oui, ce jour-là – mais si longtemps après cette matinée d'octobre 1953 –, la densité du verset, sa poésie, un peu aussi de ma foi d'enfant m'apportèrent l'aide que je quêtais. Je la saisis comme une lueur pour sortir de l'obscurité.

Un autre verset de la même sourate dit : "L'étoile, lorsqu'elle tombe…" Je le relis parfois : il me rap-pelle, à moi redevenue sereine, mon tout premier désarroi. Depuis, dans mes fictions, tout personnage féminin entravé finit par chercher aveuglément, obstinément, une échappée, comme sans doute je le fis moi-même, dans mon passé juvénile. Comment s'en sortir ? Comment s'élancer ? Comment retrou-ver essor et légèreté, et ivresse de vivre – même en sanglotant ?

"Nul, en effet, ne peut porter la charge de l'autre !" répond la sourate.

Tout ce détour pourquoi ? Expérience étrange pour moi que de replonger si profond dans une première et trop longue histoire dite "d'amour", laquelle ne fut pourtant pas d'amour, ni exactement de sujétion, mais d'abandon volontaire de ma part, mais de don, malgré toutes les déraisons, la lucidité restant tapie, en veilleuse, tandis que le mâle, en face, revêtait tous les oripeaux de la vanité, de la poursuite du "succès", que lentement se consommait sa chute, ou plutôt sa dissolution, une fatalité qui ne me découragea pas, qui me poussa au contraire à rester solidaire, à maintenir de l'extérieur le couple, même à tenter d'en réparer les failles, les trous… Tout cela pour une fausse histoire d'amour adolescente qui s'épuisera au bout de tant d'années ?

Mais vous – je me parle à moi-même, comme ferait une étrangère sarcastique –, où en êtes-vous, vous qui avez commencé votre vie par l'intervention du père, du père et de sa fille prétendument aimée ou réellement aimée – et qui déclarez soudain presque à la face du monde :

"Nulle part dans la maison de mon père" ?

Dépossédée ? Vraiment, et quel aiguillon vous incite à l'écrire ? Pourquoi vouloir ainsi le clamer à tous vents ?

Rejoignons plutôt le personnage que l'ambulance emporte en ce matin d'octobre 1953 pour le conduire à l'hôpital. Dans l'ambulance, le "fiancé" – pas encore connu de la famille de la jeune fille – est lui-même sans doute encore sous le choc. Mais je n'en ai cure, encore traversée par la décharge de la pulsion de mort, l'irrésistible détente de l'envol, dans l'exaltation de me dissoudre aux quatre coins de l'immense espace de la baie d'Alger, seul et dernier panorama entrevu.

Inexistante me paraît par contre la fausse amie qui s'est crue un moment ma rivale, en voulant tirer les ficelles d'un misérable trio ; inexistant, le jeune homme emprunté, sans doute abasourdi par ce qui vient d'exploser presque sous ses yeux : mon corps une seconde entrevu en morceaux, sang et os éparpillés, que le conducteur à la main sûre a miraculeusement épargné.

Je reconstitue à présent ce qui a dû se passer, hors de moi, après tout, comme une bourrasque dans l'esprit ou le cœur de ce jeune homme adulé plus tard, sous mes yeux, par une mère admirable et cinq sœurs, toutes plus ou moins amoureuses de lui, de sa beauté, de sa prestance…

Mais moi donc, de quoi me suis-je au juste éprise, pour autant que j'aie cru l'être, "éprise", ce que je ne crois plus, si ce n'est de ses lettres qui reproduisaient les vers – en arabe voyellé – des poètes-héros vainqueurs des joutes antéislamiques ! Les plus beaux poèmes d'amour de la société bédouine d'avant l'islam, œuvres de bardes, un peu brigands peut-être, rivalisant en improvisations poétiques – nous aurions pu dire plus tard : des "voleurs de mariées"…

Leur langue, à ces ombres inoubliables, cet arabe du temps d'Homère, l'étudiant d'Alger m'en recopiait des pages et des pages que j'apprenais par cœur. S'il ne m'en donnait pas toujours la traduction vers par vers, je me mettais à la chercher moi-même en bibliothèque ; je la recopiais, j'apprenais le texte arabe qu'il m'avait envoyé, comme s'il en avait été l'auteur lui-même. Je le lisais, je l'apprenais avec une tension et une passion qui transformaient ces missives en vraies "lettres d'amour", celles-ci d'un duo vécu, en somme, au présent.

C'est de cela que je fus amoureuse, en cette dernière année du collège, tout en préparant mon baccalauréat de philosophie. En ces derniers mois d'internat, il me semblait boire à deux mamelles, comme si, transportant obscurément en moi, depuis le début de mes études, une dichotomie, j'avançais à tâtons, sur un possible sillon unitaire : d'unité dans la beauté et dans le ressourcement. Naïvement, puérilement, je plaquais tous ces désirs anciens sur une pseudo-correspondance amoureuse !

Tel était mon secret. Le nœud coulant, aussi. A partir de là s'installa en moi le vertige. L'aimer alors, cet inconnu, ce scribe d'emprunt dans l'ombre d'Imru al-Quays ? Ne lui récitai-je pas au moins une fois ces vers, à lui que je voyais auréolé de cet antique verbe arabe ? Ne croyais-je pas sentir ce charme en m'approchant de son visage, et jusqu'au creux de ses premiers baisers ?… Vivre quelques minutes intenses fondues dans ces deux univers que, de toutes mes forces, je fusionnais dans le besoin d'une même beauté !

Ainsi finirai-je – mais trop tard – par comprendre de quoi je me suis alors sentie amoureuse : de la langue perdue, réanimée dans ce visage de jeune homme qui la maîtrisait, lui, cette langue d'autrefois. Je la recevais en poésie ressuscitée des batailles ancestrales, alors qu'il ne faisait que l'étudier comme rhétorique. "Poèmes suspendus" dans le désert d'Arabie, parmi la foule et la poussière, déclamés par des brigands-poètes, certainement pas par des "chevaliers" ni surtout des poètes de l'"amour courtois" !

Je me suis ainsi attachée, je me suis voulue prisonnière de cet héritage-là, six mois, huit mois durant, dans cette période de clôture au pensionnat. Si bien qu'un jour, sous l'arbre et sous la pluie, j'offris mes lèvres au premier baiser et, comme dans les contes de fées, puérilement, je me crus "enchantée".

Un verbe perdu – dont j'entendais néanmoins la musique et le halètement – affleurait au visage d'un jeune homme à la beauté mi-tartare, mi-berbère. Six mois ou dix mois après, le rêve, tissé à la manière d'une toile d'araignée, s'affaissa. Mon corps – d'où mon âme et mes rêves cherchaient à s'enfuir – se trouva précipité en avant et au plus loin dans cet éclair, ce matin-là, devant la baie immense d'Alger. La douleur, ensuite ? Même pas. Un rêve qui crève – rien de plus.

La stance qui m'avait obsédée une année entière avait soudain repris sa cadence quasi diabolique ; à chaque rendez-vous caché auquel j'étais allée aupa-ravant, je m'étais répété : "Si mon père l'apprend, je me tue !" Cette phrase obsessionnelle, agissant comme seul moteur, connaissait des variantes : "Si un ami de mon père me reconnaît dans une rue d'Alger, alors que je marche aux côtés de ce jeune homme, s'il va le dire à mon père, si mon père me convoque à son tribunal, je n'apparaîtrai pas !…" Comment lui faire savoir que mon corps est vierge (hantise de notre société, depuis des siècles), que je n'ai accepté que des baisers (qui ne m'ont même pas émue ni bouleversée, mais la transgression et le risque pris, oh oui, passionnément !) Comment oser avancer même la pointe du pied sur ce terrain in-terdit par la pudeur devant le père ? Chaque fois, une conclusion venait clore le dilemme : "Si je suis convoquée au tribunal du père… je me tue !"

En ce matin d'octobre, cette antienne, je ne me souviens même pas qu'elle m'ait réhabitée quelques secondes avant de me lancer pour me noyer là-bas, à l'horizon.

Fut-ce là ma première pulsion ? Je me souviens que je m'étais mise à dégringoler la volée de marches, tournant une seconde la tête et apercevant, au milieu de ma course échevelée, la motrice du tramway qui, à ma droite, semblait foncer sans freins. La décision première d'aller exploser contre l'horizon, au-dessus de la mer, des bateaux, des dockers, de la foule, en une seconde devint (sans doute, accompagnée aussi de la scansion : "Si mon père… je me tue ! Si mon père… je me tue !"), par un renversement de ce projet (me projeter en avant, exploser là-bas tout au fond, sous le soleil, au-dessus du port et de la mer immuable qui m'avalerait) – oui, en une seconde, cela devint : "Coucher mon corps en travers des rails : la mort viendra plus sûrement, la machine est lancée !"

Lancée… lancée… "Si mon père le sait… je me tue… tue !" Oui, j'ai voulu m'endormir en travers des rails : être dispersée, poussière devenue, plutôt que masse sanguinolente, enfoncée dans la terre, avec la mer comme premier témoin, mais m'enveloppant, la mer mêlée au ciel, la baie immense pour linceul, ô gloire et mort bienheureuse !

Bruits, gerbes de cris…

Dans ma chute et mon semi-évanouissement, ces mots criés par le conducteur :

— Ma main tremble encore !

Un tout dernier souvenir tandis que l'ambulance arrive, que l'on me soulève, que la voix se répète : une main de cet invisible me soulève, me presse fortement le dos entre les omoplates… Le tohu-bohu encore, puis un silence profond, béat, exempt de toute lassitude.

Dans l'ambulance qui m'emporte, la voix de… de qui donc, au fait ? Est-ce toujours le "fiancé", le rapteur, le voleur de mariée, le déclencheur, celui qui a remplacé le père et qui fait à présent la leçon, mais avec une voix qui délire, qui ne crie pas, qui hoquète : "Le suicide est interdit en islam !"

Le suicide, certes, mais l'envol, mais la course jusqu'à la mer immense, mais le "si mon père le sait, je me tue", ces trois derniers mots scandés chaque fois, en moi, tout au long de ma petite aventure anodine, "fleur bleue" ?

Au cours du trajet, la voix masculine gronde : elle ressemble à celle d'un imam. Mais c'est la voix de celui qui m'accompagne – elle ressasse une leçon de morale : "pour enfants, pour fidèles en train de prier, de baiser le sol, de plier l'échine, de…"

Une fois arrivée à l'hôpital, je garde les yeux fermés. Je donne toutefois le numéro de téléphone des parents. L'autre, le jeune homme soudain silencieux, partira. Toujours yeux fermés, j'ajoute que j'ai un cousin, interne en médecine. Il viendra donc… Il ne comprend pas ou il ne comprend que trop : "Un accident !" Un accident si banal… Je l'entends dialoguer avec l'infirmière : mon talon a dû accrocher la rainure du rail, par imprudence j'ai dû courir pour traverser devant le tramway lancé à vive allure…

Le cousin me ramène en taxi jusqu'à l'appartement des parents, dans le centre d'Alger. Ma mère est en larmes. Moi, muette.

Les trois ou quatre jours suivants, je les ai passés allongée sur le balcon du troisième étage. Pendant trois ou quatre jours, le jeune homme – qui reprend le titre de "fiancé" – s'installe dans la rue en face. Il reste planté pendant des heures.

Il est là, le chasseur. Il veille sur la proie.

Mais la proie est indifférente. Sa passion l'a emportée "jusqu'au bout". Une passion vidée. Plus jamais, en effet, la jeune fille ne dira : "Si mon père le sait… je me tue !" Elle vivra au jour le jour cette vie dite "sentimentale" : est-ce que vivre ainsi sera vivre ? Ou plutôt rêver et savoir que l'on continue de rêver… tout en longeant, en plein brouillard, quelque gouffre ?

Quoi qu'il en soit, le couple restera lié d'octobre 1953 à septembre… 1974 ! Vingt et un ans… J'ai compté, je recompte, je relis, les yeux cette fois bien ouverts : oui, vingt et un ans, dont quinze années de mariage !

Moi qui écris aujourd'hui, qui viens de reprendre dans le détail, au plus près, les secondes, les minutes de celle qui, ce matin-là, du haut de la volée de marches, au-dessus du boulevard du front de mer, a couru, puis s'est jetée, puis s'est couchée sur les rails devant le tramway venant en trombe, oui, moi, aujourd'hui, qui reconstitue par les mots de la langue française ces secondes et ces minutes d'un trou béant (béant entre quoi et quoi ? entre l'amour du père et celui du "voleur de mariée" qui approche), moi, aujourd'hui, face à cette béance, ce faux drame, ce risque d'une mort qui a dansé, puis s'en est allée, ballerine funèbre, moi au sol, moi, le corps relevé et porté jusque dans l'ambulance, je témoigne froidement, inexorablement, qu'il aurait mieux valu pour moi que le bras du conducteur de tramway ne fût pas aussi sûr, qu'il aurait dû m'écraser sans en éprouver de remords, enfoncer ce corps dans la terre ou le laisser s'envoler en poussière – comme je le désirais tandis que je m'étais élancée, folle impétueuse, forcenée, pour me dissoudre dans la glorieuse et royale baie d'Alger…

Voilà, oui, qui aurait dû être une fin préméditée ! Moi disparaissant au-dessus de la foule criarde, puis indifférente. Issue logique, dans le droit fil de ma dernière année d'adolescence – de mon ivresse à lire philosophes et poètes, de mon vœu de fidélité à mon père, lui n'imaginant que mes études, nullement l'exaltation qui m'empoignait.

Fin précoce, sans doute, contingente, comme toutes les fins. Mais ce qui s'impose soudain à moi – moi, aujourd'hui narratrice de ce chemin de vie –, ce sont, hélas, les vingt et une années qui suivirent : non à cause de ma fièvre d'écriture ; mais mon désir d'une beauté perdue puis ressuscitée ne fut qu'un long mirage et je persistai dans l'illusion de vivre à la fois la force, l'intégrité d'un amour sans en posséder la langue... Le chevalier était un faux chevalier, madame ! La romance était de carton-pâte, mademoiselle ! Ainsi, les bonnes raisons et les mauvaises causes se démultiplient, fissurant tout l'édifice.

Au-dessus de mon corps de jeune vierge, ce matin-là, retiré de sous le tramway, il aurait en fait fallu invoquer deux responsables de l'échec : le père, victime de son ignorance rigoriste et des préjugés de son groupe, et surtout ledit "fiancé", faux chevalier en proie aux ombres de sorcières ou d'envieuses, femmes anges et putains qui l'avaient entouré, adulé, annihilé.

A quoi bon remonter encore à l'instant – tournant : écrire désormais pour me mettre en situation de juge et de coupable à la fois ? Et l'après, ces vingt et un ans immobiles qui suivront et feront de la jeune fille, devenue jeune femme, puis femme mûre – ou apparemment mûre –, un être tout au plus pétri de rêves, de fumées, d'illusions ? Vingt et un ans gelés, madame !

Ce jour d'octobre 1953 précéda de douze mois l'explosion d'un pays, de toute la terre dite Algérie.

ÉPILOGUES

1

LE SILENCE OU LES ANNÉES-TOMBEAUX

Ce récit est-il le roman d'un amour crevé ? Ou la romance à peine agitée d'une jeune fille, j'allais dire "rangée" – simplement non libérée – du sud de quelque Méditerranée ?

L'esquisse d'une ouverture, prologue à une plus vaste autobiographie ?

Ces "premiers souvenirs" ne s'imposent à moi que par besoin soudain – quoique tardif – de m'expliquer à moi-même – moi, ici personnage et auteur à la fois –, le sens d'un geste auto-meurtrier. La suite de l'histoire dite d'"amour" continuera, si longue – si longuement ratée.

Je commence à peine à comprendre que le plus grave fut mon silence – mon silence sur cette pulsion qui, malgré moi et en moi, se préparait. Ainsi, depuis le début, s'agissait-il davantage du père – du père qui mourra sans savoir que sa fille aînée, de justesse, n'est pas morte, cet automne d'avant la guerre d'Algérie. N'est pas morte, mais cet élan funèbre, si durablement latent, pourquoi a-t-il jailli dans l'éclair d'une pulsion irraisonnée ?

Revivant cet épisode au plus près, quoique si longtemps après, me laissant conduire, toutes rênes lâchées, par l'ébranlement de cette poussée irrésistible de la mémoire, celle-ci galopant soudain telle une pouliche de race une fois libérée, une conclusion s'impose : "Nulle part dans la maison de mon père !"

Cette "maison de mon père" fut d'abord édifiée autour d'une poutre maîtresse : l'amour du jeune époux pour son épouse (amour constant et pudique) – mini-révolution dans cette société à peine sortie d'une séculaire pétrification entre les sexes.

Dans ce récit, la mère se tient là, prête à une progressive transformation qui ne s'arrêtera plus : femme en mouvement grâce à sa force propre, à son intelligence, mais aussi grâce à l'assurance secrète que lui donne l'amour de l'époux. Celui-ci est rigide, lui qui assume son rôle de mari protecteur, de fils né pauvre, devenu aussi soutien de sa mère et de ses sœurs.

Et son rôle de père ? C'est dans ce rôle qu'il se présente. Malgré ses idées et sa foi en la Révolution française, assuré qu'il est des bienfaits évidents de l'instruction pour lui comme pour les siens, malgré cette stature, en qualité de "père" – en particulier vis-à-vis de la première fille – il redevient malgré lui ou sans le savoir "gardien de gynécée".

Comme époux, il évoluera progressivement, rapidement même, pour l'époque. Comme père, c'est sa fille qui va d'abord le devancer, certes, "sa main dans la main du père".

Mais une fois adolescente ? Elle continuera de chercher à embrasser l'espace libre, la mutation, l'élargissement de l'horizon. Elle ne peut le faire alors que hors des yeux du père. Elle craint son jugement ? Non, même pas ! Plutôt les doutes qu'il pourrait risquer d'avoir, lui, le père, sur son intégrité, sa virginité…

Elle ne trouvera pour solution provisoire que de cacher ce qu'elle croit être son "amour" et qui n'aura été qu'une amourette (si ne l'avait tant auréolé le risque pris à ses yeux, énorme). Dans ce risque même, elle aura scandé ce refrain tragique : "Si mon père le sait, je me tue !" Une telle alarme, hyperbole de la transgression alors qu'elle ne se sent coupable que d'avoir accepté des baisers, quelques caresses – elle est vierge, et de corps et de cœur.

"Je me tuerai" : elle a tant et si bien répété en elle ce serment que, au premier raté de la relation (l'amie jalouse est une figurante qui disparaît), elle est poussée, elle, pour défier le jeune homme, à courir, courir jusqu'à la mer.

De quel passé perdu a jailli en elle ce délire ?

Cette même personne, écrivant la relation plus de cinquante ans après, vient à peine de comprendre que s'est joué là, dans l'éclaboussement de cette matinée d'octobre, un mini-drame à double sens : en ces minutes, derrière le jeune homme plutôt fat, en sus de son rôle de déclencheur, puis de témoin affolé, c'est l'ombre soudain géante du père qui a encombré la baie d'Alger. Ce père mort aujourd'hui, sans savoir qu'il aura été, en fait, le conducteur du char de la mort. Un conducteur aveuglé lui aussi, mais implacable.

La femme qui écrit désormais regrette, prétend-elle, les vingt et un ans d'immobilisme de la pseudo vraie histoire d'amour qui s'ensuivit. Peut-être se trompe-t-elle dans son décompte. Peut-être qu'il lui faudrait ajouter les années suivantes, et compter par décennies.

Peut-être devrait-elle s'accuser de ne pas avoir éclairé (quand bien même elle n'aurait pas écrit ce récit) le silence sur elle-même – silence de soie, non, plutôt de suie, et de pluie, et de brouillards accumulés…

Qu'a-t-elle craint ensuite, quelle révélation ? Ou n'y eut-il, prétend-elle, que de la fausse pudeur, cette lâcheté qui se farde ? A-t-elle reculé devant quelque brutal éclairage, une lumière trop crue, à blanc – comme on dit "tirer à blanc" ? Ces questions-là se posent, car, après tout, l'auto-analyse intervient bien tard, trop tard : depuis octobre 1953, un océan d'années s'est écoulé.

Certes, arguerait-elle dans une position ambiguë d'accusée (accusée par sa propre raison ou déraison), celle qui écrit aujourd'hui n'a cessé de le faire durant ce demi-siècle : pour l'essentiel, des histoires de femmes, de jeunes filles, toutes tentées de se libérer peu à peu ou brusquement.

Or, voici que la fiction se déchire, se troue. Voici que des gouttes de sang, malgré l'encre tant de fois déversée, perlent. Voici que l'auteur se met à nu... Seulement parce que le père est mort ? Le père aimé et sublimé ? Le père juge, quoique libérateur et juge forcément étroit ?

L'auteur interpellée tenterait de se défendre – plutôt mal :

"Je me suis projetée à dix-sept ans dans l'ampleur du panorama de la baie d'Alger, en cette aube d'automne. C'est le père que je fuyais, dont je craignais le diktat : je me suis lancée au plus loin pour ne pas avoir à avouer – mais quoi, quel forfait ?"

La confusion demeure : je croyais l'éclaircir, et je découvre pis dans cette écriture au présent. Ce n'est plus ma mémoire qui m'aiguillonne, mais l'avancée du poinçon de l'écriture, du dessin qui saisit ce qui reste, qui creuse ce qui demeurait flou.

Ainsi le plus grave, le plus triste, ne fut pas même cet élan irraisonné – la vigueur sans frein de la jeunesse qui cherche, qui se cherche jusque dans ses muscles, ses jambes, ses pieds, pas seulement dans ses mots ou ses cris. Pour mon devenir de jeune femme, l'impardonnable, pour moi, victime et juge, coupable et révoltée, faible mais forte au moins dans l'improvisation – oui, la faute fut d'avoir entretenu mon propre silence : *après*.

Je me suis engloutie à force de m'être tue.

Tue ? Disons même "emmurée" ! Devant le fiancé – époux ? Devant les autres, mais quels autres ? Si jeune, que pouvais-tu faire et à qui parler, à qui demander de chercher avec toi, de douter sur toi, même après coup ?

Se taire devant soi-même : ce fut le plus grave.

Les livres, les fictions, les théories, les épopées, les emportements lyriques, tout ce bouillonnement ne t'aurait donc servi ni à te stimuler, ni à t'alerter, ni à t'épurer… seulement à t'assoupir, à te faire fuir dans les fumées de l'imaginaire, à te dissoudre – non plus à te projeter, à t'inciter à défier les machines, la tempête, la vitesse : non, seulement à dormir…

Oublie : le père vrai, le faux fiancé, les témoins, la mère aimée du père, oublie les autres, mais pas toi-même ! Les mots t'ont perdue, les langues mortes t'ont enterrée, les momies depuis longtemps sont exposées à l'encan, même plus protégées ni vénérées : tu te faisais roide au-dehors, bouillonnante en secret, et tous tes romans, tes poèmes, tes paroles de solitaire, séchées sur le papier, ne furent que des remèdes dérisoires, fuites qui ne s'avouent pas, paix si peu méritée puisqu'elle n'est pas celle de l'inlassable quête, aiguë et scrupuleuse.

Tu écris (c'est ce double qui soudain me secoue, me réveille) : la mémoire n'est pas un berceau, ni des chansons pour mieux se noyer. Tu aurais mieux fait de crier dans le désert comme tant d'anachorètes, et il y en eut justement beaucoup sur ta terre ancestrale, de toutes les religions…

Tu t'es élancée l'espace d'une minute, tu en es restée pantelante, palpitante, prétendument oublieuse, mais ce n'était qu'une fausse et volontaire amnésie ! Pourquoi ce demi-siècle à la fois d'écriture et de mutisme, quel est cet invisible qui me hante, qui, malgré moi, enfin se déchire, me déchire, m'enveloppe de bandelettes de pharaonne, moi, autrefois, il y a si longtemps, la petite princesse de mon père ?

Je n'ai plus de "maison de mon père". Je suis sans lieu, là-bas, non point seulement parce que le père est mort, affaibli, dans un pays dit libéré où toutes les filles sont impunément déshéritées par les fils de leurs pères.

Je suis sans lieu là-bas depuis ce jour d'octobre – un an et quelques jours avant qu'une autre explosion ne se soit déclenchée sur cette même terre : en mille morceaux ce territoire où se succéderont expulsions, meurtres, morts héroïques ou barbares, espoirs piétinés et toujours renaissants…

Depuis cette aube de 1953, est-ce dans l'une ou l'autre des villes de corsaires d'autrefois, est-ce vraiment dans cette immensité, ce coin d'enfance, là-bas, sur ce rivage où les ruines se dressent plus majestueuses, plus ensoleillées que les demeures des vivants – est-ce là-bas que je cherche, moi, inlassable, où se trouve la petite, l'obscure maison de mon père ?

2

LA JEUNE FILLE SAUVAGE

Je me suis relevée, en ce matin d'octobre 1953. Je suis restée debout, trois ou quatre minutes ; soutenue de part et d'autre, je ne sais par qui : des inconnus de passage sur ce boulevard de "front de mer"… Le fiancé aussi, je crois, mais je ne le regardais pas ; j'entendais seulement sa voix qui avait chaviré. Je suis sûre de ne pas l'avoir regardé – et toutes les années qui suivront, non plus, je ne le regarderai pas vraiment : un flou à côté de moi ou en face de moi.

Debout, dressée, avant d'être portée jusqu'à l'ambulance qui arrivait. Tout autour le brouhaha de ce tramway d'où les passagers étaient descendus, puis commençaient à s'égailler peu à peu.

Cela aussi, je puis l'écrire, fixer la scène : moi, soutenue de part et d'autre – mais rigide, les yeux secs. Qui ne voient rien, ou qui voient… quoi donc ? quel invisible, quel au-delà ? Cela, je ne sais le dire.

Même allongée peu après et transportée par l'ambulance, je comprends que je ne m'envolerai plus de la sorte : ne jamais plus courir, aveuglée, pour me projeter dans la mer, là-bas tout au fond ! Quelle mer et pourquoi courir, avec quel désir de rupture, de déchirure ?

Dans le tumulte alentour, dans le silence et le vide creusés en moi, moi redressée entre deux inconnus, il y a ce raidissement qui tressaille encore en moi, cette aile d'oiseau qui m'a frôlée, une seconde juste avant. "La joie, me dis-je, à cet instant et encore plus tard, une joie dure comme du cristal, un diamant noir que j'avais quêté, toute l'année précédente, celle de philosophie !"

Moi debout, presque à l'oblique, puis allongée dans l'ambulance, placide ou déçue, je ne sais trop (j'aurais voulu être je ne sais où ailleurs, à jamais ailleurs). Puis tranchante ou raffermie. Parvenue sur quel seuil entrevu, pour quel départ ? Une marche de marbre, là-bas, au milieu de détritus ou bien de ruines.

Pierre de quel seuil, de quelle première marche ?

Peu auparavant, alors que je chancelle encore, mais debout, ma main lissant machinalement ma jupe et dégageant mon front, je garde toutefois les yeux baissés, je ne me veux pas objet de spectacle. Au cœur du groupe qui m'entoure, suis-je celle qu'on dévisage comme une sauvage qui aurait bondi hors de quelle sombre forêt ?

Si longtemps après, quasiment une vie entière, par accès ou dans le demi-sommeil, en rêve surtout, glissant pêle-mêle sous ma peau, oui, "tout ce temps" distendu me fait enfin monter les larmes non versées.

Enfin, devrais-je dire, non versées sur moi-même, et qu'elles ne soient pas d'amertume !

Une sensation s'accroche à moi, avec insistance : parvenue au terme de ce récit, je regrette, oui, je regrette que ce conducteur que je n'ai jamais vu, dont la voix, avec son interrogation désolée, impuissante, s'est gravée en moi jusqu'à aujourd'hui, comme si elle devait m'être dorénavant sauvegarde, je regrette que le sort, ou la chance, ou le hasard qui, par essence, est neutre, oui, vraiment, je souffre du fait que ce conducteur du tramway, ce matin-là, sur le boulevard Sadi-Carnot, à Alger, n'ait pas laissé sa machine lancée en trombe poursuivre son élan ! L'on aurait retiré mon corps en morceaux tandis que seuls mes yeux seraient restés grands ouverts sur le ciel pur d'automne.

Je refais le scénario, insatisfaite de sa fin bien réelle : "une fin… ratée !"

Quelqu'un, une adolescente, juste quelques secondes après avoir aspiré à mourir, s'élance et on la tire de là de justesse. Eh bien, qu'elle recommence !

Mais je n'ai pas recommencé, comme si la pulsion de mort, m'ayant entièrement pénétrée, s'était asséchée d'un coup.

Dès lors, pourquoi ce regret ? Pour l'inutilité des décennies à venir, pour le gel intérieur qui me maintint, apparemment la même, et irréversiblement une autre. Une autre, c'est-à-dire un être posé, extérieurement paisible, tantôt rêveuse et nonchalante, tantôt serrant les dents et entreprenant telle ou telle tâche, jusqu'au bout, quelles qu'en soient la nature, la visée – le "divertissement", a dit Pascal.

En fait, ne m'a jamais quittée le désir de m'envoler, de me dissoudre dans l'azur ou bien au fond du gouffre béant sous mes pieds, je ne sais plus trop. Une houle demeure en moi, obsédante, faisant corps avec moi tout au long du voyage ; une houle ou bien une peur, plutôt une réminiscence qui m'a insidieusement amenée à garder comme un regard intérieur, distant, mais ouvert sur quoi… ? Comme si l'enjeu était de toute façon autre, irrémédiablement "autre" que ce qui apparaît dans la réalité, l'apparente réalité… Comme si je vivais pour de bon, ailleurs, délibérément, tout en m'astreignant au fond de moi à être vraiment là ! Jouant le jeu : social, esthétique, quel autre encore ? Comme si "vivre", je veux dire "vivre pour de bon", "vivre vraiment", se jouait par une autre, votre double mais ailleurs, là-bas, derrière l'horizon !

Tournée vers moi-même, me taraude encore cette question sans réponse, je le sens, et je tente d'abolir en moi la distance, de comprendre, de me comprendre : soudainement folle, une seule fois mais épargnée, volontairement mise en danger mais sauvée, et pourtant pas encore revenue, pas vraiment réveillée de quel délire, de quel "charme" ? Pourquoi, au dernier stade de ta vie, ne pas te dire dans un semblant de sérénité, une douce ou indifférente acceptation : ne serait-ce pas enfin le moment de tuer, même à petit feu, ces menues braises jamais éteintes ? Interrogation qui ne serait pas seulement la tienne, mais celle de toutes les femmes de là-bas, sur la rive sud de la Méditerranée…

Pourquoi, mais pourquoi faut-il que je me retrouve, moi et toutes les autres, "nulle part dans la maison de mon père" ?

3

INVENTER LE VERTIGE

Ecrire tantôt avec des larmes (de rage, de défaite, de gel, de stupeur…), tantôt pour capter un rythme, depuis ce jour d'automne 1953 jusqu'… jusqu'en 2007, plus d'un demi-siècle après.

Ce sont ces décennies immobiles qui soudain me paraissent des tombeaux. Disons pas de pierres, bien sûr ; pas de solitude non plus, grâce à l'amitié entre femmes, dans un dialogue léger, ou dans la rue, par brusques illuminations avec des inconnus (hommes, femmes) ou des personnes dites de confiance (celle-ci, instinctive, d'emblée, sans paroles ni serment), qui soudain s'ouvrent ou devant lesquelles on peut parler (pour soi, devant soi, dans une soudaine transparence de la vérité, de la fluidité, de la légèreté des corps, de l'allant des jambes, du regard renversé vers le ciel), oui, toutes ces décennies en effet pleines à déborder de paroles partagées, de confiance l'espace d'un éclair, d'une seconde, et tant pis si l'illusion ensuite se dissipe, car on ne peut quand même pas monologuer, comme une folle, une hantée par les voix d'ailleurs, les soupirs d'autrefois, peut-être traversée par la douleur des autres, des autres femmes, veux-je dire, parfois aussi par le remugle des autres – d'un homme ou deux qu'on n'a pas méprisés, qu'on a simplement sentis "bloqués", amputés, paralysés, ou bien qui voulaient vous frôler, vous toucher, vous palper, vous caresser, ou, à défaut, vous frapper, vous cogner, juste pour vérifier pour eux-mêmes que vous êtes bien en chair, et pas seulement en mots, fumées, rêves, en exhalaisons…

Toutes ces années derrière toi, tu vieillis ou seulement tu avances, seule, à tâtons, intrépide ou superbement ignorante. Ignorante de tout, sauf de tes pulsions. Le cœur durci et par simple entêtement, tu progresses à travers quelle forêt obscure ?

Tu as cru au départ que, sur ta terre d'origine et seulement là, il y avait maldonne – ta terre, celle de la généalogie maternelle, des petits hobereaux du Dahra, fiers tout comme s'ils descendaient des monts de l'Himalaya, ou qu'ils étaient cousins de la race des Don Quichotte, mais pas expulsés, eux, se dressant face aux Francs, ceux-ci alors invaincus, eux (les ancêtres) s'élançant, se jetant en avant et perdant le combat, laissant leurs femmes, ou leurs mères, leurs sœurs, de préférence, les chanter dans leur glorieuse défaite, les ululer, eux, cavaliers tous tombés du même cheval blanc, les ululer de leurs voix de gorge roucoulantes, le youyou devenant non plus chant mortifère, mais ruissellement d'une douceur de colombe – toi, la fillette d'autrefois, tu écouterais indéfiniment ce thrène, jeune fille, tu le danserais pour transformer ce chant de mort en complainte du désir impossible…

Tu comprends à présent, puisque tu es enfin revenue à cette aube d'octobre 1953, face à l'immense baie d'Alger, un an exactement avant l'insurrection programmée de tout le pays, en cette nuit du 1er novembre 1954 qui allait entraîner mort d'hommes, de femmes et d'enfants des deux camps, de ceux de ton clan comme de ceux d'en face, alors que toi, tu n'es désormais de nulle part – mais tu ne le sais pas encore, tu t'es même crue davantage liée au jeune fat, cause ou prétexte de votre affrontement, ou de ton refus, lui, ensuite témoin de ta course aveugle, de ta chute, du surgissement du tramway lancé à toute vitesse, qui stoppa de justesse au-dessus de ton corps étendu.

Une fois celui-ci tiré de sous la machine, c'est désormais la voix du conducteur – voix pleine d'alarme alors que la vigueur de sa main sûre t'aura sauvé la vie –, oui, c'est cette voix d'inconnu qui te revient, ou plutôt tu la réentends chaque fois que (deux ou trois ans après) tu te lances dans une écriture aveugle, gratuite comme une danse, une écriture mobile, mais griffée, striée, par jeu, crois-tu, par pure fantaisie, par luxe peut-être ? Tu prenais ta première fiction pour un simple jeu d'hirondelles dans l'espace et soudain, ivre de cet élargissement, tu en échafaudais aussitôt une deuxième, une troisième…

Te voici donc à "écrire", et tu t'imagines inventer de toutes pièces, mais non : c'est "écrire" certes, mais pas vraiment ! Jouer, alors ? Non, à peine, car cette sorte d'allégresse a tôt fait de retomber. Ecrire corps et cœur noués ? Que non pas ! Ecrire corps mobile mais cœur étouffé ? Pas davantage ! Tu te sentais la force d'écrire, corps mobile et cœur ouvert… à éclater. Il suffisait seulement de te plonger, tête la première, dans les cascades de l'ombre ou dans une présence de commencement du monde !

Tu écrivais, tu inventais – avec des rires, avec des larmes –, mais, pour ainsi dire, "en attendant !"… Et, chaque fois, tu aurais pu te rappeler que cette liberté, cette inventivité – qui n'étaient en somme que légèreté du corps et de la tête –, tu les devais désormais à ce conducteur de tramway corse, ou sicilien, ou maltais, ou émigré de Provence, pourquoi pas de Bretagne, bref, un "pied-noir", mais doté d'une poigne vigoureuse, celle qui, en deux ou trois secondes, te sauva.

C'est d'ailleurs parce que tu as commencé enfin à te rapprocher de ce tournant ("élan brisé" : faut-il l'appeler ainsi ?) en ce matin d'automne, boulevard Sadi-Carnot – transition suspendue au-dessus de ton corps tombé, puis de ton front redressé –, ce matin que tu as voulu oublier et que tu avais bel et bien fini par oublier.

Alors, chacune de tes fictions s'est mise à pencher, à tanguer de droite et de gauche, et chaque fois, inopinément, tel ou tel personnage de femme sortie de ta main finissait – vers la fin du récit, de la nouvelle ou du roman – par t'échapper, par dévier de la trajectoire prévue à l'horizon, soudain, tu la voyais courir, quelquefois sans but, à l'aveugle, riant mais désespérée, en pleine foule mais seule, ivre à la fois de solitude et d'une violence mortifère, mais parfois joyeuse…

438

Or, un autre œil la suit, une ombre sœur au regard vigilant : toi donc, veillant, presque maternelle, mais prévoyant, mais sachant quoi ? Qu'elle est heureuse, ta créature de mots, courant échevelée, et elle veut quoi, cette ombre qui cavale, toutes amarres rompues, dans cet espace-là, plus tellement de jeu, entre rêve et réalité, entre joie et cauchemar – car ta mémoire, sous ta main autoguidée, travaille, te travaille, se réveille, accélère, tente en somme de te faire sortir de ton rôle de narratrice, d'autrice, de manipulatrice : puis tu laisses malgré toi le personnage partir jusqu'à l'horizon, c'est comme un alcool que tu goûtes ou que tu délaisses (par prudence, par regret ?), pour, in extremis, ramener la barre bien droite !

Tu arrêtes d'un coup ces mécaniques inventives ou mémorielles. Tout l'échafaudage s'est mis à tressauter, à pencher comme tour de Pise. Tu détournes le jeu, le récit ; la fin ne peut être nœud coulant, on ne t'en demande pas tant, ni d'arracher le masque, ni d'éteindre les lampes puisqu'il n'y a plus de scène.

Car tu as beau tourner, te retourner, te laisser porter à l'oblique, par un rythme presque incontrôlé, tu ne veux plus de jeu. Tu veux pouvoir dormir, et tu dors, et tu oublies, et tu regardes devant, derrière toi. La main qui écrit attend de ta tête – machine à rêves – l'impulsion, la vitesse d'un départ. Mais plus de toiles d'araignée au plafond !

Les lieux vidés, tu repars un mois plus tard ou parfois un an après (une année de paresse, de distractions, tant de nuits pour danser, pour...). La solitude te réenveloppe : tu n'as pas peur, non, mais, comme dit le poète (français) René Char, pour ne pas le nommer, qui, au sortir, il est vrai, de ses années de résistance, constate : "Je n'ai pas peur, j'ai seulement le vertige !"

C'est donc cela, ton vertige à toi : inventer ou le croire, comme lorsque, fillette, tu jouais à la corde, tu allais apprendre à monter à bicyclette – qui, d'un coup, va interrompre ces jeux ? Pas toujours le père, pas encore le compagnon que le désœuvrement rend jaloux !

Sur ce, toi, tu fuis les autres ou l'Autre à qui tu crois soudain avoir trop donné : ton corps, tes nuits, parfois ton labeur du jour ; mais en toi l'attention aux pupilles blanches, aux yeux brûlés d'aveugle, veille – l'éveilleuse, en somme, la diablesse, qui donc encore, la curieuse avec voracité, la fausse indolente, la passionnée qui se musèle et désire se calmer quand soudain, l'instant d'après, elle se re-trouve, par quel retournement, sur le pied de guerre, à croire qu'à travers toi ce sont les ancêtres d'il y a trois générations qui t'habitent avec leur furia, leurs chevaux rapides, leur folie de mourir, leur dérisoire infériorité en nombre, en armes, mais pas en célérité ni en audace… Ils tombent du haut du rêve qui les a redressés un instant, trop théâtralement, trop si-lencieusement – seules les femmes, surtout les aïeu-les, même aveugles et qui ne chauffent même plus leurs *bendirs*, elles, les mères des mères de tous les pères vaincus et de leurs fils pas encore à naître, pas encore à se lever d'un coup avant de se diviser par émulation fratricide, les aïeules derrière toi, devant toi, ululent spasmodiquement, nous ramènent au théâtre, à la scène immobile d'un Temps enfin figé.

Toi, à la fois, tu regardes et tu te souviens, mais tu questionnes aussi, au-dedans de ton cœur vidé, ces ombres immenses du ressentiment, de la défaite dressée, hyperbolique, tumultueuse. Te voici soudain muette, enfin !

Enfin le silence. Enfin toi seule et ta mémoire ouverte. Et tu te purifies par des mots de poussière et de braises. Tatouée, tu marches sans savoir où, l'horizon droit devant.

C'est cela, jusqu'à l'horizon !

New York : novembre 2005-février 2006
New York et Paris : novembre 2006-mai 2007

POSTFACE

"SILENCE SUR SOIE"
OU L'ÉCRITURE
EN FUITE

J'aurais pu intituler ce texte *Silence sur soie*, comme si oser écrire sur soi, cet exercice rêche (tel le silice qui, chaque jour, chaque nuit, écorche la peau de l'ascète qui ne cesse, prière après prière, de se mettre à nu devant son Dieu), m'incitait à ce que cette re-mémoration, avec son effort de dédoublement pro-gressif, m'amène à du "soyeux" et non du torturant.

Mais comment rendre cette auto-analyse rétro-spective "soyeuse", et donc rassurante, puisque source de lucidité, voire de sérénité ? Comment, à supposer ce résultat atteint, éviter que cet éclairage sur soi-même ne s'accompagne d'une inévitable contrition ?

Cette confession (et je remarque à temps que ma culture musulmane d'origine ignore ou s'écarte de ce dévoilement, du moins face à un prêtre) peut m'inciter pourtant à battre ma coulpe, tout en flattant peut-être ma vanité d'écrivain. D'écrivaine, dans mon cas, avec ce "e" au féminin qui inclinerait vo-lontiers à la complaisance, pire, à la pavane devant le miroir...

Certes, derrière la "soie" de ce silence se tapit le soi, ou le moi, qui s'écrivant peu à peu s'arrime, en se coulant dans le sillon de l'écriture, aux replis de la mémoire et à son premier ébranlement – un "soi-moi", plus anonyme, car déjà à demi effacé…

Dans ce long tunnel de cinquante ans d'écriture se cherche, se cache et se voile un corps de fillette, puis de jeune fille, mais c'est cette dernière, devenue femme mûre qui, en ce jour, esquisse le premier pas de l'autodévoilement. Ce n'est là ni désir compulsif de la mise à nu, ni hantise de l'autobiographie – ce succédané "laïcisé" de la confession en littérature d'Occident. En lettres arabes – pour ne rester qu'avec les maîtres de mon "Occident" –, l'autobiographie même des grands auteurs – Ibn Arabi l'Andalou, Ibn Khaldoun le Maghrébin – devient un itinéraire spirituel ou intellectuel : inscription des étapes de la vie intérieure, mystique pour l'un, intellectuelle et politique pour l'autre.

Dans mon modeste cas, la nécessité qui a animé cet "écrit sur soi" – cette trajectoire éclatée, livrée par brisures – ne s'était pas vraiment imposée, du moins dans l'urgence… Serait-elle, comme la définissait Hannah Arendt, une "impatience d'autoconnaissance" ?

Un premier cercle de souvenirs – enfance, puis adolescence culminant dans un soudain "acte gratuit" lors de ma dix-septième année – éclair-éclair, acte fou, jailli d'une concentration de quelques minutes, par un matin d'octobre, impulsion violente, déflagration improvisée, pourtant obscurément préméditée sur plus d'une année.

Ce "premier cercle", non pas mouvement – élan, envol ou course folle –, plutôt "départ-sans-savoir-où", démarrage-avec-dérapage mais vers où, quelle violente pulsion a habité "celle qui court jusqu'à la mer" ? Et pourquoi la mer, au loin, a, en une seconde, envahi tout le paysage pour celle, affolée, cette envolée, hors d'elle, soudain, et donc hors de tout et qui se voit – pour recouvrer la joie – absorbée, en bout de course, par cette mer-origine, lieu de naissance et de renaissance ?

Il est deux types de livres, me suis-je dit abruptement presque au terme de cette entreprise : d'un côté, ceux à travers les pages desquels est couché, invisible mais tenace, le corps même de l'auteur ; d'un autre, tous les livres, petits et grands, inspirés ou simplement habiles et séducteurs, écrits dans les mille et une langues du monde, les vivantes comme les effacées, celles-ci devenues à jamais illisibles. Ceux de la première catégorie, que nous lisons avec l'obscure sensation que l'auteur(e), couché(e) à jamais depuis lors, tourne pourtant avec nous les pages, relèvent-ils seulement de l'art (je veux dire de la littérature, à quelque niveau d'ambition qu'elle se place) ; ne pèsent-ils pas, de par leur degré de gravité, ou plutôt de leur irréversibilité, plus lourds hélas ? Nous y entrons, nous en ressortons, parfois le cœur serré, comme si l'auteur(e), sous nos yeux qui ne peuvent s'arracher aux pages (quand ils ne le peuvent vraiment pas, en l'occurrence il ne s'agit nullement du fameux "suspense", qui n'est qu'un "truc" de métier), comme si l'auteur était en train d'en payer le prix au centuple !

Quel prix ? Et pourquoi dire "payé", alors qu'on pourrait supposer qu'il se serait, au contraire libéré, allégé ?

"Livres à part", les livres de cette sorte peuvent sembler "livres de deuil" puisque la voix de celui (de celle) qui écrit s'est en quelque sorte arrachée progressivement de sa gorge, de son corps – ce dernier, lentement dissipé en poussière sur le sol : l'image nous enserrerait-elle insidieusement, tout au long de notre lecture lente ? Oui, réduits en cendre, l'auteur et sa mémoire, malgré cette voix qui a taillé inexorablement des mots dans le silence : creusés, engoncés ou raides de solennité, comme s'ils avaient été dessinés par un pinceau égratignant le papier pelure blanc écru – cette voix donc qui, à la dernière page, se tait absolument.

Nous, lecteurs, parvenus à la sortie du tunnel, allons embrasser d'un regard plus perspicace le champ vain de ruines qu'aura laissé cet auteur(e) encombrante(e), qui, devant nous, regrette de ne pas avoir réussi…

Pourquoi n'est-elle pas allée simplement jusqu'à la mer pour se noyer – oui, s'y noyer ?

Mais voici que l'auteure – dont nous risquions de voir le corps étendu, coupé en morceaux, ou bien dissous –, tout en courant au bord de la déraison, semble nous dire qu'elle préfère, en définitive, l'hybris de l'écriture-aveu, de l'écriture en fuite… et en sanglots.

Même si, de cette écriture qui tente de ramener un lointain passé, progressivement remémoré – par là, ressuscitant une société coloniale bifide –, la narratrice en ressort, elle-même à peine éclairée.

Ne nous égarons point : cercles de soie ou de soi ? Ou sur soi – peau vivante qui s'efface peu à peu, sous ces tatouages, ces griffures ?

J'en reviens à ce moi d'autrefois, dissipé, qui ressuscite dans ma mémoire et qui, s'ouvrant au vent de l'écriture, incite à se dénoncer soi-même, à défaut de se renier, ou d'oublier !

Se dire à soi-même adieu.

Le cercle que ce texte déroule est premier pas de l'entreprise.

Alors que s'est imposée à moi cette figure géométrique, je découvre soudain qu'il y en aura au moins trois… Comme les cycles du papillon qui va rompre sa nuit à l'intérieur du cocon. M'étreint dès lors le pressentiment que le dernier, s'ouvrant et se refermant, coïncidera au plus près avec mon dernier soupir.

Cercles à déployer avec lenteur, ou par éclairs, parallèlement même avec ce qui reste à écrire… Ainsi, le deuxième "œuvre" (au masculin) deviendra la face "rude", donc volontaire, de mon labeur d'écriture : roman, théâtre ou essai, mais plus d'autobiographie, plutôt des constructions inventives, des échafaudages de plein vent ou de tempête, avec des personnages du passé, ou ceux que par hasard j'ai côtoyés, observés, flairés – ceux en tout cas que j'aurai aimés, ou désirés, du moins approchés –, ceux-ci ou ceux-là les peindre, les animer, leur redonner souffle (mon souffle, seulement), grâce en soit rendue à la Sainte-Fiction (comme on disait autrefois la "Sainte-Alliance"), grâce aussi à mes muses littéraires, une Sainte-Fiction de progrès, toujours-en-progrès, c'est-à-dire en esquisses, en aléas, en incertitudes, en mouvement autonome…

Tout auteur de narration (sinon de poésie) sait bien que l'instant miraculeux est celui où, grâce à un détail, au moment le plus inattendu, le personnage ou la force en action, en masque, vous échappe, glisse entre vos doigts, n'est plus mécanique – c'est vous soudain, non plus l'auteur, mais le suiveur, l'obligé, le serviteur, l'aimant d'amour, par ombre portée de l'Autre, cette fumée, cette ombre-sœur et ennemie en mots et en voix, laquelle est vous et n'est pas seulement vous…

La vie – même quand elle n'est pas de chair, mais réduite à des mots mobiles – la vie que vous osez ou croyez ressusciter, vous, l'espace d'une seconde, métamorphosée en Dieu-le-père et en Dieu-la-mère à la fois, auteure donc, pleine de la semence ou de la douleur de la gestation, puis de son accomplissement – oui, la vie du Texte résiste, se rebiffe, se rebelle : au terme de votre entreprise, vous voici en train de devenir, au cœur de cette mise en œuvre, lecteur (lectrice) aussi, par humilité ou dévouement à ce mélange, à ce magma : un livre, un parmi des milliers, des millions que le temps réduira ensuite en poussière ou à une architecture arachnéenne faite de multiples silences, symphonie d'un rêve évanoui, mais obsédant.

A. D. – 2006-2007 – New York-Paris

P.-S. – Toute entreprise d'écriture s'étire en silence. L'écriture en fuite, telle que je l'ai esquissée ici, en a été consciente dès le début : c'est à la fois son audace et sa modestie. Sa vanité ?

TABLE

TROISIÈME PARTIE
Celle qui court jusqu'à la mer

ÉPILOGUES

POSTFACE

BABEL

Extrait du catalogue

COÉDITION ACTES SUD – LEMÉAC

Ouvrage réalisé
par l'Atelier graphique Actes Sud.
Achevé d'imprimer
en février 2011
par Normandie Roto Impression s.a.s.
61250 Lonrai
sur papier fabriqué à partir de bois provenant
de forêts gérées durablement (www.fsc.org)
pour le compte
des éditions Actes Sud
Le Méjan
Place Nina-Berberova
13200 Arles.

Dépôt légal
1re édition : février 2010
N° d'impression : 11-0805.
(Imprimé en France)